Gabriele Raspel

Unvergesslicher Frühling in Meran

Gabriele Raspel

Unvergesslicher Frühling in Meran

Roman

rosenheimer

www.rosenheimer.com

Titelfoto: © Nemo1963 - istockphoto.com
Lektorat und Satz: BuchBetrieb Peggy Sasse, Leipzig
Druck und Bindung: GGP Media GmbH, Pößneck
Printed in Germany

ISBN 978-3-475-54875-8

1
Linni

Als Linni an diesem Morgen aufstand und ans geöffnete Fenster trat, erschien auf ihrem Gesicht, wie stets an sonnigen Vormittagen im Frühling, ein freudiges, den Tag auf das Heiterste begrüßendes Lächeln. Und das war so, seit sie ein kleines Mädchen war.

Lag es an der Frühlingsluft? Dufteten die ersten Frühlingsboten im Garten so gut? Oder bezauberten sie die erfrischend schäumenden Fluten der Passer unweit ihres Hauses? Lag es gar am munteren Vogelgesang? Oder erfreuten sie die zahlreichen Prismen, die an einem Korkenzieherhasel-Zweig am Fenster hingen und die das Zimmer in eine mystische Welt mit ihren funkelnden Farb-Sternen verwandelten, deren Licht an den Wänden beim leisesten Windhauch tanzte? Freilich, diese Magie dauerte nur so lange an, bis die Sonne weitergewandert war und die Sternchen erloschen, dennoch schienen sie das Zimmer in einem freundlichen Licht zurückzulassen.

Ja, für Linni gab es kaum etwas Glanzvolleres als einen heiteren Frühlingsmorgen in Meran, mit seinem aquamarin-blauen Himmel und einer weichen, die Haut streichelnden Brise im

Gesicht. Es war pures Glück, dass sie ein ansehnliches Haus in einem der ältesten Viertel von Meran ihr Heim nennen durfte.

Und es war ihr eine helle Freude, sich um einen kleinen Jungen zu kümmern, der jeden Tag ihr Herz mit seiner überbordenden Fröhlichkeit erheiterte, zumindest meistens. Und das Herzklopfen und die Erwartungen, die dessen Vater, Elias, in ihr auslöste. Die Ziellinie schien zum Greifen nahe: eine leidenschaftliche Verbindung mit diesem wunderbaren Mann. Ja, jetzt, nach vier Jahren des Wartens, fehlte nur noch die Krönung zu ihrem Glück, bestehend aus den berühmten drei Worten aus seinem Mund: »Ich liebe dich.« Gefolgt von: »Willst du mich heiraten?«

Es war acht Uhr. Zwanzig Minuten später betrat Linni die Küche, um wie üblich das Frühstück zu bereiten. Samstags versammelte sich die Familie erst gegen neun. Im Gegensatz zu den Werktagen, an denen sie um halb acht Uhr schon gedeckt hatte, sodass jeder pünktlich zu seiner Arbeit kam: Ella und sie in die Sattlerei, und Elias in seine Klavierbau-Werkstatt nebenan. Am Nachmittag wechselte Linni den Arbeitsplatz und zog sich in ihre kleine Werkstatt »Linnis Federschätzchen« zurück, die durch eine aus Japanpapier bestehende, halbhohe Trennwand von der großen Sattlerei und von Ellas vor ein paar Monaten gegründeten »Ellas Leder-Werkstatt« abgeteilt war. In der Sattlerei gab es auch einen gemeinsamen Verkaufsraum für Ellas Lederwaren sowie Linnis eigene, ganz spezielle und einzigartige Schmuckkollektion, den sie wochentags bis fünf Uhr geöffnet hatten sowie samstags bis ein Uhr.

Ihre Hausgemeinschaft, die sich täglich in der Küche zu den Mahlzeiten einfand – außer an den Wochenenden, dann kümmerte sich Elias allein oben in seiner Wohnung um seinen Sohn Luca – bestand in der Woche aus fünf Personen: ihrem Vater Christian, der seit einem Schlaganfall vor einem halben Jahr ins Erdgeschoss gezogen war, ihrer Schwester Ella, die gemeinsam mit ihr den ersten Stock bewohnte, und aus Elias und Luca, die im zweiten Stock lebten. Zudem gesellte sich zum Mittagessen noch der Sattler Ricardo zu ihnen, der seit einigen Jahren in der Werkstatt arbeitete und den Ella und sie bei jeder kniffligen Arbeit um Hilfe bitten konnten.

Ihre Mutter fehlte. Sie war vor vier Jahren bei einem schrecklichen Autounfall ums Leben gekommen. Auch Marie, Lucas Mutter und Elias' Frau, die den Wagen gefahren hatte, war gestorben. Sie waren auf einer schmalen vereisten Landstraße gefahren, als ein Reifen geplatzt war, ausgerechnet in einer unübersichtlichen Kurve. Der Wagen war frontal mit einem entgegenkommenden LKW zusammengeprallt. Nur der LKW-Fahrer hatte schwer verletzt überlebt. Zurück blieben ein verängstigter vierjähriger Junge, ein geschockter Vater sowie natürlich Linni und Ella und deren paralysierter Vater. Sie vermisste ihre Mutter noch jeden Tag.

Samstags wechselten Ella und sie sich mit dem Kochen und dem Frühstücksdienst ab, wohingegen in der Woche allein Linni für das Kochen und den restlichen Haushalt zuständig war. Sie kümmerte sich dabei auch um Luca, hatte ihn nach dem Unfall immer in den Kindergarten und später in die Schule gebracht. Heutzutage ging er natürlich ohne ihre Begleitung. Und nachmittags wanderte er fröhlich von einem zum anderen und forderte Einblick in die vielfältigen Arbeiten.

Heute stand Ella im Laden und Linni hatte Küchendienst. Sie stellte die Zutaten auf den Tisch in der großen Küche. Sie war arbeitstechnisch perfekt geschnitten und eingerichtet: schlicht und gemütlich, ohne besonderen Schnickschnack. Und alle waren sich einig, dass sie eher auf ein großes Wohnzimmer verzichten würden als auf eine großzügige Küche. Die Küchentür führte durch einen Wintergarten in einen schattigen Innenhof, der von Hochbeeten flankiert wurde, in denen sie Blumen aller Art angepflanzt hatten. Dieser wiederum ging in ihren kleinen Gemüsegarten über, welcher vom geschützten Hof mit seinem Wintergarten durch einen Torbogen getrennt war und an seinem Ende einen Zugang zum Nachbargarten von Brigitte Baresi besaß.

Den Mittelpunkt des Hofes bildete ein ausladender Maulbeerbaum, der von einer Bank umarmt wurde, die der Vater gebaut hatte. Gern fanden sich alle, einschließlich der Nachbarn, abends oder am Wochenende an warmen Tagen zu einem Plausch auf dieser Bank ein. Wenn die länglichen blauen Früchte reif waren, mussten sie rasch verarbeitet werden und Linni machte dann eine herrliche Marmelade daraus. Sie genoss es einfach, die Früchte zu ernten und einzukochen. Wobei sie großzügig mit Unkraut umging, das Jäten war nicht so ihr Ding. Auch der anderen nicht so, doch das kümmerte niemanden.

Den Wintergarten im Hof hatten die Eltern bereits vor zwanzig Jahren selbst aus alten Holzfenstern verschiedenster Größe gebaut. Er verlängerte die letzten warmen Tage im Spätherbst und ließ sie die ersten, noch kühlen Frühlingstage geschützt im Grünen genießen.

Bereits zu dieser frühen Stunde sah sie dem Mittag entgegen. Dann würde es warm genug sein, um einen Aufenthalt im Wintergarten zu genießen, und man konnte sich an den Frühlingsblumen in den Hochbeeten erfreuen.

Sie ließ einen letzten Blick über den Tisch gleiten. Heute Morgen waren sie zu viert. Auch die Nachbarin Brigitte kam zum Frühstück, wenn sie sich, wie immer in den letzten Wochen, um Christian – Ellas und Linnis Vater – gekümmert hatte. Linni hörte wie immer pünktlich die Tür aufgehen.

Brigittes Angebot, sich morgens und abends um ihren Vater zu kümmern, war von Christian spürbar erleichtert aufgenommen worden, wie Linni und ihre Schwester festgestellt hatten.

Brigitte, fünfundsechzig Jahre alt, war gelernte Krankenschwester und seit drei Monaten Rentnerin. Sie mochte Christian sehr, nicht erst seit dem Tod von Floriana, wie allen immer schon bekannt gewesen war. Die Wertschätzung bezog sich auf Gegenseitigkeit, und so waren alle zufrieden. In erster Linie ihr Vater, der die Hilfe seiner Töchter, auf die er in den ersten Wochen nach der Reha noch angewiesen war, als peinlich empfunden hatte. Und niemandem entging, dassdie beiden den größten Teil des Tages gemeinsam verbrachten. Das war ein beruhigendes Gefühl für seine Töchter.

Schon öffnete sich die Tür und Brigitte und Christian betraten die Küche.

»Hallo, guten Morgen«, begrüßte Linni die beiden.

Seit sich die Nachbarin mit den lustigen Grübchen auf den Wangen, die trotz ihrer Rundlichkeit sehr wendig ihre Arbeiten verrichtete, um ihren Vater kümmerte, hatte man die beiden noch nie mit schlechter Laune erlebt. Und so erfreute auch heute Morgen Linnis Herz das Glück, das in den Gesichtern der beiden leuchtete, linderten sie doch einander die Einsamkeit. Auch Brigitte war Witwe, bereits seit vielen Jahren. Ihr Sohn, Tommaso, lebte schon seit zwanzig Jahren nicht mehr im Nachbarhaus. Er war als Brückenbauer in die weite Welt gezogen, doch schien sein Wanderleben wohl demnächst ein Ende zu haben, wie Brigitte glücklich verkündet hatte.

Linni musste lächeln, wenn sie an ihn dachte. Bevor sie Elias verfallen war, gehörte ihr Herz dem sieben Jahre älteren Tommaso – was dieser natürlich hoffentlich nie erfahren hatte. Sie war niemals etwas anderes als die niedliche Kleine von nebenan gewesen. Dass er derjenige gewesen war, den sie bereits als Vierjährige zum Heiraten auserkoren hatte, war seit damals tief in ihrem Herzen verschlossen.

Bis Elias kam, der alles veränderte.

Ihr Vater hielt Brigitte höflich die Tür auf und betrat dann mit vorsichtigen Schritten die Küche. Sein volles, schwarzes Haar, das langsam an den Schläfen ergraute, mit den schönen Wellen, das er ein wenig länger als die meisten trug, hatte er Linni vererbt. Ebenso seine braunen Augen, die vollen Lippen und die mollige Statur.

»Guten Morgen, Linni. Mein Gott, Kind, du strahlst ja wieder wie der junge Morgen.«

Linni erwiderte Brigittes herzliches Lächeln. Brigitte trug heute ausnahmsweise eine Jeans und ein T-Shirt in knallbunten Farben. Dazu Turnschuhe. Eine Ausnahme, weil sie heute im Garten arbeiten würde. Normalerweise sah man sie stets in farbenfrohen Kleidern, Röcken und Blusen. Beige, Grau und Schwarz fehlten in ihrem Kleiderschrank. An ihre nahezu faltenfreie Haut kam nur Allzweckcreme im Sommer und eine reichhaltigere Creme im Winter, sonst bloß Wasser und Seife.

»Guten Morgen, ihr beiden, und danke für das Kompliment. Ich hatte nur gerade an etwas

Nettes gedacht«, gab sie mit einem Lächeln zurück. Dass der Grund ihres Lächelns Tommaso war, behielt sie für sich.

»Hm, wie gut das Brot wieder duftet, das du gestern gebacken hast«, seufzte Brigitte, die keinen Hehl aus ihrem Genuss am Essen machte, worin sie perfekt zu Christian passte.

»Das ist ein ganz neues Rezept. Ich hoffe, es schmeckt.«

Sie trat zu ihrem Vater und gab ihm einen Kuss auf die Wange. »Na, Papa? Hast du gut geschlafen?«

»Wie ein Stein. Kein Wunder, nachdem mich Brigitte gestern mit ihrem Rotwein außer Gefecht gesetzt hat.«

»Oha, so schlimm war's doch gar nicht, du übertreibst«, lachte Brigitte. Sie selbst liebte Wein, trank aber nicht gern allein – und gab sich daher alle Mühe, Christian, den passionierten Biertrinker, zum Mittrinken zu animieren. Ausgerechnet ihn, der Weine nur in die Kategorie weiß-rot, süß-sauer und einigermaßen mundend oder nicht trinkbar einteilte.

Sie setzten sich und gleich darauf wurde die Tür von Ella aufgerissen.

»Servus, miteinander«, murmelte sie schlaftrunken, zog die Tür laut hinter sich zu und ließ sich auf den Stuhl am großen Esstisch fallen.

»Hast du wieder bis tief in die Nacht gearbeitet?«, erkundigte sich Christian in seiner seit seinem leichten Schlaganfall bedächtigen Sprechweise.

Ella fuhr sich durch die kurz geschnittenen, blonden Haare und rieb sich die topasfarbenen Augen. »Ja, ich bin wirklich noch hundemüde. Aber ich wollte unbedingt eine Tasche fertigmachen. Die Kundin will heute Morgen noch vorbeischauen und sie mitnehmen. An sich eine schicke Tasche, wenn sie nicht auf diesem Lila bestanden hätte. Aber der Kunde ist König, gell Papa?«, sagte sie mit einem Seufzen. »Übrigens, sie bat mich, eines von deinen Kunstwerken am Griff anzubringen«, wandte sie sich an Linni.

Linni wunderte sich zum hundertsten Mal, dass man ihrer Schwester niemals ansah, ob sie gut oder schlecht oder nur wenige Stunden geschlafen hatte. Sie sah immer aus wie ein Engel. Eine Schönheit, auf die die Männer flogen – wenn auch stets die falschen und lediglich für kurze Zeit.

Linni betrachtete ihre Schwester zärtlich. Sie war sich längst klar darüber, dass Ella die Hübschere war – Neid hatte es wirklich nur selten zwischen ihnen gegeben. Das Einzige, worüber sie früher manchmal gestolpert war: ihre Figur, weiblich, wie ihre Mutter immer wieder betont hatte. Die Wörter mollig oder gar dick fielen nie in ihrer Familie, ohnehin war das Thema Figur bei ihnen ohne Bedeutung. Mittlerweile hatte sie sich mit ihrer weiblichen Figur versöhnt, und dass Ella essen konnte, wie sie wollte, ohne zuzunehmen, nahm sie hin wie die Tatsache, dass es große und kleine Menschen gab. Sie liebten sich, so einfach war das.

Dass Ella als Neugeborenes adoptiert worden war, spielte dabei keine Rolle. Sie war zwei Jahre älter als Linni und empfand sich von jeher als Aufpasserin – der einzige Grund zu gelegentlichen Streitigkeiten zwischen ihnen.

»Ach ja? Ein Stück von mir? Welches denn?«, erkundigte Linni sich erfreut. Seit einigen Jahren fertigte sie neben ihrer Arbeit in der Sattlerei fragile Schmuckgebilde aus Federn, wie Ohrhänger, Ketten und Broschen aller Art an. Schon früh hatte sie sich in die kunterbunten Federn verliebt und irgendwann angefangen, sie zu sammeln. In der Sattlerei ihres Vaters hatte sie wie Ella den Beruf der Sattler- und Täschnerin erlernt. Doch im Gegensatz zu Ella bereitete ihr die filigranere Arbeit als Schmuckherstellerin mehr Freude, und so hatte sie nach eineinhalb Jahren Lehrzeit bei einem Goldschmied ihr Hobby zum Beruf gemacht, und sich darauf spezialisiert, Schmuck herzustellen. Diese »Lehre« war in den Abendstunden und am Wochenende ausgeübt worden, und natürlich hatte sie in dieser Zeit nichts verdient. Sie war Anton Maier, mit dem sie mittlerweile eine tiefe Freundschaft verband, sehr dankbar, dass sie bei ihm die wichtigsten Schritte für die Modeschmuckherstellung lernen durfte. Und sie suchte ihn noch heute auf, wenn sie eine neue knifflige Arbeit in Angriff nehmen wollte. Noch arbeitete sie mit in der Sattlerei, doch bald musste Ella möglicherweise jemanden zusätzlich einstellen, wenn Ricardo nächstes Jahr in Rente ging. Wenn sie auch noch nicht allein von ihrem Hobby leben konnte, so standen dank der Touristen und ihrer eigenen Webseite die Aussichten auf eine größere Auftragslage gut.

»Einen von deinen Silberohrringen mit diesen bräunlich-schwarzen Jagdfasanfedern. Ich konnte sie allerdings davon überzeugen, dass du die nur im Paar abgeben würdest.«

»Da zeigt sich wieder, dass du nicht nur eine gute Handwerkerin bist, sondern auch eine famose Geschäftsfrau«, erklärte Brigitte mit Bewunderung in der Stimme.

»Und nicht nur das. Ich hab' ihr außerdem deine Karte mitgegeben. Eine ihrer Bekannten bewirtschaftet einen Hof, auf dem sie unter anderem Perlhühner halten. Ich hab' sie gebeten, bei Gelegenheit einige Federn mitzubringen und sie versprach, es nicht zu vergessen.«

»Oh, das ist wirklich lieb von dir. Ich werde sowieso im Internet neue Federn bestellen müssen.«

»Himmel, du erstickst doch in dem Gefieder«, seufzte Ella übertrieben. »Stell mir bloß nicht noch einen Schrank in die Werkstatt«, bat sie ungeachtet der Tatsache, dass sie selbst immer auf der Suche nach besonders schönen Federn war, die sie dann ihrer Schwester zum Geschenk machte.

»Keine Sorge«, gab Linni lachend zur Antwort. »Ich werde den nächsten Schrank auf einen alten draufstellen.«

Linni dachte daran, dass es im Internet wirklich alles gab, nicht nur ihre Schränke mit den zahlreichen Schubläden für Zeichnungen, in denen sie ihre Federn und Schmuckstücke unterbringen konnte. So gab es auch einen Versand für Federn, bei dem ihr das Herz aufging und kein Wunsch nach außergewöhnlichen »Schätzchen« unerfüllt blieb, seien es Marabufedern, Hahnen- und Putenfedern, gepunktete Perlhuhnfedern, Straußen- und Pfauenfedern. Selbst Federn von ihr unbekannten Kirchenfensterfasanen waren im Angebot. Längst nahmen ihre Schränke die gesamte Breite der Werkstatt zum Hof in Anspruch, wo sie ihre Werkbank aufgebaut hatte.

Eine wertvolle und mittlerweile seltene Besonderheit ihres historischen und über die Jahre sorgfältig restaurierten Hauses war die Tatsache, dass das Erdgeschoss zur Straße hin zwei Werkstätten beherbergte, welche den Hausbewohnern den Broterwerb ermöglichten: Elias' »Werkstatt für Pianoforte«, in der er Cembali und Hammerklaviere herstellte wie zu Zeiten Bachs und Mozarts, sowie auf der anderen Seite durch einen schmalen Flur getrennt die Sattlerei, in der sie, ihre Schwester und Ricardo immer noch Sättel, Zaumzeuge und Kummets herstellten. Doch Ellas und ihre Passion hatte sich jedoch im Laufe der Zeit immer mehr den fragileren Dingen wie Ellas Taschen, Geldbörsen und Gürtel und ihren Schmuckstücken zugewendet, die sie im angegliederten Laden verkauften. Es waren kleine Werkstätten, wie es sie in früheren Zeiten zuhauf im Steinachviertel gegeben hatte. In diesem ältesten Quartier von Meran liefen die Uhren tatsächlich noch etwas langsamer. Man kannte noch seine Nachbarn und traf sich gern zu einem kleinen Schwatz oder einem Viertel Roten. Es bestand die Möglichkeit, seine Lebensmittel zu Fuß oder mit dem Fahrrad zu besorgen, ohne gleich einen großen Supermarkt anfahren zu müssen. Und auf seinen Wegen erhaschte man immer wieder den Blick auf wertvolle, alte Gebäudeensemble, ohne dem Touristenstrom ausweichen zu müssen, der das Viertel noch nicht entdeckt hatte. Gut, es schien an manchen Ecken nicht ganz so gepflegt wie der Rest der Meraner Altstadt, aber es wurde geliebt, vor allem wegen seines zum Teil versteckten Liebreizes. Und seine Bewohner fühlten sich in ihm wohl, wie in einer jahrelang getragenen und liebevoll geflickten Joppe.

»Um den Schrank hochzuhieven, benötige ich allerdings deine starken Arme«, fügte Linni hinzu. »Allein bekomme ich den Trumm nicht bewegt, fürchte ich.«

Ella hob abwehrend beide Hände. »Oh, nein, meine Liebe, sicher nicht, da fragst du mal lieber deinen Elias.«

Als Ella den Namen Elias nannte, zog sich Linnis Magen wie üblich zusammen. Seit Marie, die Frau von Elias, vor vier Jahren mit ihrer Mutter bei dem Unfall ums Leben gekommen war, hegte sie die Hoffnung, dass Elias ihre Liebe zu ihm irgendwann erwidern würde.

Überlegend schaute sie hinaus auf den Innenhof. Sie wollte noch einige Kleinigkeiten fürs Wochenende einkaufen. »Zum Einkaufen könnte ich eigentlich Luca mitnehmen«, überlegte sie halblaut. Wie sie aus Erfahrung wusste, waren er und sein Vater bereits auf.

»Genau. Und bei dieser Gelegenheit könntest du auch deinem Elias einen Besuch abstatten, gell Schwesterherz?«, flötete Ella.

Linni wurde rot. »Er ist nicht mein Elias«, erwiderte sie erhitzt.

»Stimmt, hast Recht. Hätte ich beinahe vergessen«, stimmte Ella mit einem Grinsen zu.

Linni entging nicht der warnende Blick, mit dem Brigitte ihre Schwester bedachte. Ja, ja, sie wusste es natürlich. Ihrer Familie tat sie mittlerweile leid, waren doch alle der Meinung, dass ihre Liebe aussichtslos war. Nun, sie sollten sich irren. Sie erkannte doch diese kleinen Liebesbeweise – Schokolade oder Blumen zum Wochenende und vor allem jener besondere Blick, mit dem er sie dann und wann bedachte, den er nur für sie auf Lager hatte. Sie war neununddreißig Jahre alt und kein jungfräuliches Mädchen, sondern eine liebeserfahrene Frau – jedenfalls hatte sie schon ein paar Mal ein Verhältnis mit attraktiven Männern gehabt, wenn diese auch nur immer von kurzer Dauer gewesen waren. Das lag natürlich daran, dass sie seit dem Einzug von Elias mit seiner Frau Marie vor neun Jahren in ihn vernarrt war, sodass aufkeimende Leidenschaften für andere Männer nur mäßig erfolgreich waren.

»Ich hab' übrigens eine schöne Neuigkeit«, unterbrach Brigitte Linnis Gedanken.

Alle Augen blickten zu Brigitte, und Linni war froh, dass sie nicht mehr im Fokus des Interesses lag.

Brigitte nahm einen großen Schluck von dem herrlichen Filterkaffee – keine noch so moderne Espresso- oder gar Kapselmaschine würde je den Weg in dieses Haus finden – und strahlte dann: »Tommaso wird schon nächstes Wochenende aus Dubai nach Hause kommen, wohl für immer.«

»Na, das ist doch mal eine wirkliche Freude. Und ist das sicher, dass er seine Arbeit als Brückenbauer aufgibt?«

»Absolut«, entgegnete Brigitte auf Ellas Frage. »Er hat genug von der Reiserei und will sich hier vollkommen neu orientieren.«

»Na, da wird unsere Linni ja endlich von ihrem Elias loskommen. Hoffentlich. Wenn ich mich recht entsinne, war sie schon als Vierjährige in Tommaso verliebt«, tönte Ella gut gelaunt.

In diesem Moment wäre Linni ihr gern an die Gurgel gegangen, Liebe hin oder her. »Du redest ein Blech zusammen«, zischte sie erbost.

»Wenn du meinst«, bemerkte Ella unbeeindruckt.

»Tommaso ist jedenfalls ein toller Kerl«, ließ sich da Christian vernehmen, der ihrem Gespräch wie so oft in letzter Zeit schweigend gelauscht hatte. »Schade, dass er seit so vielen Jahren in der Welt unterwegs ist.«

»Aus der er jetzt endlich für immer zu uns zurückkehrt«, erinnerte ihn Brigitte mit einem liebevollen Lächeln.

»Gut so«, murmelte Christian nickend.

Nach dem Frühstück eilte Linni die Stiege nach oben zur Wohnung von Elias und Luca, wobei sie tatsächlich an Tommaso denken musste.

Sicher war er immer noch attraktiv. Sein lockiges Haar, dessen schwarze Farbe die hellblauen Augen noch mehr betonte, seine kräftige Figur mit den breiten Schultern und seine schönen, schmalen Hände hatten noch jedes Meraner Dirndl hingerissen von ihm träumen lassen. Sie hatte ihn lange nicht gesehen, zehn Jahre mindestens, und wenn, dann auch nur im raschen Vorübergehen, denn er stand eigentlich immer kurz vor einer neuen Reise und hatte ihre Familie während seiner Zwischenaufenthalte auch nicht aufgesucht – sehr zu Linnis Enttäuschung. Aber dann war ja zum Glück Elias aufgetaucht.

Tommaso musste jetzt sechsundvierzig Jahre alt sein. Gut für Brigitte, dass sie nicht mehr allein in ihrem großen Haus leben musste. Wie Linni verstanden hatte, war er solo. Sie lächelte unbewusst, gespannt, was aus ihm geworden war, und ob ihm der Erfolg zu Kopf gestiegen war. Vielleicht schleppte er sich ja gestresst und ausgepowert zurück in die Heimat.

Sie erreichte die Tür im Obergeschoss und wollte soeben anklopfen, als die Tür aufgerissen wurde und Luca vor ihr stand.

»Guten Morgen, Linni. Magst du mit uns frühstücken?«, fragte er sie mit seiner hellen Stimme. Er, ein stämmiger Bursche von acht Jahren, verfügte über ein gesundes Selbstbewusstsein, nachdem er den Schock über den frühen Tod seiner Mama scheinbar überstanden hatte. Im Gegensatz zu seinen Freunden durfte er sich gleich über zwei heimatliche Orte erfreuen, an denen er seiner Kreativität freien Lauf lassen konnte. Regelmäßig pendelnd zwischen den Werkstätten, besaß er in jeder seinen eigenen Bereich, wo er den vielfältigen Aufgaben nachgehen konnte, denen er sich mit Hingabe widmete.

»Nein, danke. Aber ich wollte dich fragen, ob du mit mir einkaufen gehen magst«, fragte sie. Insgeheim war dies allerdings tatsächlich nur ein Vorwand, Elias zu treffen, wie sie sich ehrlich eingestand, um ihm die Möglichkeit zu geben, sie einzuladen. Zu irgendetwas, und sei es zum Wochenendeinkauf.

»Servus, Linni«, begrüßte sie jetzt Elias, dem wie immer die blonden Haare in die Stirn fielen. Wieder erfreute sie die Art, wie er mit einer raschen Kopfbewegung, die sie schlicht sexy fand, die Haare zur Seite zwang, die im Gegensatz zu Tommasos Haaren feiner und glatt waren. Tommaso hatte stets Mühe gehabt, seine ungebändigten, kräftigen Haare in eine Richtung zu zwingen: ein aussichtsloses Unterfangen. Und da er Haarmittel außer Shampoo verachtete, lief er somit immer wie ungekämmt, mit in alle Richtungen abstehenden Haaren durch die Gegend.

»Nein, danke dir, aber Luca und ich wollen heute etwas ganz Besonderes kochen und dazu benötige ich beim Einkauf seine Hilfe, denn er muss mich beraten, welche Nudeln die Besten sind«, fügte er augenzwinkernd an.

Himmel noch mal. Wie stets, tauchte sie auch jetzt ein in das Leuchten dieser braunen Augen, die er, genau wie die blonde Haarfarbe, von seiner Mutter aus Südtirol geerbt hatte, wie sie wusste.

»Da kann Linni doch mitgehen.« In Lucas Stimme schwang Begeisterung.

Atemlos wartete sie auf Elias' Reaktion. Doch die Antwort kam postwendend. »Nein, Luca. Linni hat genug zu tun.«

»Ja, aber da kann sie doch trotzdem mit uns …«

»Lass mal, Schatz. Dein Papa hat Recht. Du musst ihm wirklich helfen, dass er das Richtige kauft. Ich möchte mich auch noch mit meiner Freundin treffen«, unterbrach Linni ihn rasch. Sie wusste ja, dass der Samstag und der Sonntag die »heiligen« Tage für Elias waren, an denen er mit Luca allein sein wollte, da er in der Woche so wenig Zeit für ihn hatte.

»Dann wünsch' ich euch noch ein schönes Wochenende.« Sie zögerte eine Sekunde, doch von Elias kam kein weiteres Wort. Schade. Letzten Freitag hatte er sie für den Abend auf ein Glas Wein mit Käse in seine Wohnung eingeladen, und sie war darüber so aufgeregt gewesen, dass sie sich komplett neu eingekleidet hatte –

einschließlich sündhaft teurer Unterwäsche, die sie sich normalerweise nie geleistet hätte, deren Geld eigentlich für die Urlaubskasse bestimmt gewesen war. Wie sich herausstellte, war der Kauf der Unterwäsche eine verfrühte, in diesem Augenblick jedoch notwendige Maßnahme gewesen, schließlich wollte sie auf alles vorbereitet sein.

Es begann mit normalem Small-Talk und dann war er sehr rasch dazu übergegangen, nur über Luca zu schwatzen und Elias' Sorge darüber, dass Luca in der Schule gemobbt wurde. »Es gibt da einen Jungen, der hat schon einmal die Klasse wiederholen müssen. Er ist bereits zehn Jahre alt und ich bin tatsächlich in Sorge«, hatte er Linni mitgeteilt. Fredie war im Gegensatz zu Luca erst spät eingeschult worden. Hinzu kam, dass der Schulkamerad Luca körperlich anscheinend überlegen war. »Was Luca wohl imponiert«, hatte er geseufzt. »Als gute Freundin wäre mir deine Meinung wichtig. Mir fällt dazu nichts ein«, war die Unterhaltung schließlich beendet worden. »Ich würde dem Knaben ja eins auf die Mütze geben, aber da ich Luca immer predige, dass man sich nur mit Worten wehren soll, konnte ich damit natürlich nicht kommen.«

»Ich bin absolut deiner Meinung. Gewalt ist so ziemlich der letzte Lösungsansatz von Konflikten«, hatte sie nickend bestätigt.

Nach zwei Stunden, als ihr wirklich nichts mehr eingefallen war, worüber sie noch sprechen könnten, und seine Blicke auf die Uhr wirklich nicht mehr zu ignorieren waren, war sie um eine Verabschiedung nicht mehr herum gekommen. Und wenn sie ehrlich war, hatte der Abend nicht das gebracht, was sie sich erhofft hatte – die Äußerung seines Wunsches, sie öfter nach der Arbeit zu sehen, oder gar ein Abschiedskuss. Nicht, dass er unfreundlich war, nein, auch jetzt blickten seine Augen liebevoll auf sie herunter. Lag in ihnen nicht doch versteckt ein Wunsch, sie in den Arm zu nehmen? Was er sich sonst im Beisein von Luca versagte? Er gehörte ohnehin zu den etwas in sich gekehrten Menschen – was seine Arbeit in der Werkstatt bewies, in der er mutterseelenallein, tagein, tagaus, vor sich hinwerkelte, begleitet nur von Luca und dessen wissbegierigen Fragen.

Wie oft sie alle Szenarien durchgespielt hatte – in Gedanken. So wie jetzt, als sie seine Hand auf ihrer Schulter fühlte.

Wenn das kein Zeichen war, dann wusste sie auch nicht. Schließlich war er kein Typ, der andere sofort umarmte oder den körperlichen Kontakt suchte. Aber nein, heute gab es keine andere Erklärung dafür, als dass er sie einfach nur rasch loswerden wollte, aus welchem Grund auch immer. Das erkannte sie, als er sie sanft zur Tür schob. Trotzdem: Sein liebevoller Blick, als er sich von ihr verabschiedete, sprach doch eigentlich Bände, oder nicht? Na also. Da gab man doch auch nach vier Jahren nicht die Hoffnung auf.

Tief in Gedanken versunken stieg sie langsam wieder die ausgetretenen Eichenstufen hinab und trat, nachdem sie sich eine leichte Jacke angezogen hatte, hinaus in die herrliche Frühlingsluft.

Für heute Mittag hatte sie einen einfachen Bauerneintopf mit Rindfleisch vorgesehen, die Leibspeise ihres Vaters. Darin gab es neben dem Rindfleisch vom Biobauern sämtliche Gemüse, die noch von der Woche übriggeblieben waren: Karotten, Petersilienwurzel, Kohlrabi, Bohnen, Tomaten und Erbsen. Rasch Zwiebel anrösten, Kartoffeln und das blättrig geschnittene Gemüse mit Salz, Pfeffer und Lorbeerblatt dazu und in einer Stunde langsam alles weich dünsten. Fertig. Außer dem Fleisch hatte sie alles da.

Nach wenigen Minuten erreichte sie den alten Bogendurchgang und gelangte in die pittoreske Passeirergasse, die geradewegs Richtung Palais Mamming, Museum und Domplatz führt. An den Wänden erkannte man noch die Relikte alter Handwerker-Beschriftungen. Das große Street-Art-Gemälde neueren Datums, das mehrere Meter einer Mauer einnahm, ignorierte Linni, wie immer. Für sie war diese Fantasie-Welt nicht raffiniert, sondern schlichte Schmiererei, diese jedoch keineswegs illegal, wie sie anfangs angenommen hatte, sondern scheinbar Kunst, wie Ella ihr weismachen wollte. Aber sie war halt altmodisch, im Gegensatz zu Ella, die Kunst interessierte. Das störte sie nicht, sie war sich schließlich dessen ebenfalls bewusst.

Sie erstand ihr Fleisch, dann bummelte sie weiter zur Hallergasse, der zweiten Hauptgasse des Viertels, von der die kleine Steinachgasse Richtung Passer abzweigte. Große Steinquader, die so genannten Ritschen, überdeckten den darunter gelegenen Bach Steinach, nach dem das Viertel benannt war.

Als sie auf ihrem kleinen Rundgang ihre Freundin Eva traf, kehrten sie rasch ins ehemalige »Henkerhaus« ein, in dem einst Merans Henker ihren Wohnsitz hatten, das heute jedoch ein beliebtes Lokal beherbergte.

2
Ella

Währenddessen arbeitete Ella in ihrer Werkstatt. Die hochzufriedene Kundin mit der lila Tasche hatte soeben den Laden verlassen. Deren Verhalten war ihr jedoch sehr seltsam vorgekommen. Bei ihrem ersten Besuch vor einer Woche war die Dame hereingekommen, ein wenig scheu vielleicht, doch sie wurde vom Gefühl begleitet, dass sie im Grunde alles andere als das war. Sie sah gepflegt aus, hatte blondiertes Haar, das sie kurz geschnitten trug, war leicht geschminkt, attraktiv. Mitte fünfzig, war Ellas Einschätzung gewesen. Auf das Klingeln der Türglocke war sie in den Laden gegangen, wo die Kundin sich bereits neugierig umgeschaut hatte. Bei Ellas Anblick schwankte sie plötzlich und musste sich an der Verkaufstheke festhalten, sonst wäre sie wahrscheinlich umgekippt, war Ellas Mutmaßung gewesen.

»Darf ich Ihnen ein Glas Wasser anbieten?«, war ihre erschrockene Frage gewesen. Die Dame hatte abgelehnt. »Aber bitte nehmen Sie doch einen Moment Platz.« Mit diesen Worten hatte Ella mit der Hand auf den Sessel in der Ecke vor dem Schaufenster gewiesen, doch auch das war von der Frau dankend abgelehnt worden.

Auch heute war Ella wieder durch die Dame verunsichert worden. Ganz intensiv hatte die Frau ihre Hände und ihr Gesicht studiert, sodass sich Ella beim Einpacken der Tasche in Geschenkpapier – von der Dame erbeten – ungeschickter angestellt hatte als sonst. Zum Schluss erbat sich die Kundin eine Visitenkarte, falls ihre Freundinnen ebenfalls so viel Freude an den außerordentlichen Taschen und Geschenken zeigen würden.

»Ich danke Ihnen vielmals, es war mir eine besondere Freude und ich bin sicher, dass wir uns bald wiedersehen werden.«

»Sehr gern«, erwiderte Ella mit ihrem aufgesetzten Kundenlächeln.

Linni kam mit solchen Frauen viel besser zurecht. Ihr schien der Charme angeboren. Ella musste sich immer dazu zwingen, wildfremden Menschen stets gleichbleibend freundlich gegenüberzutreten, selbst wenn ihr Liebesleben mal wieder darniederlag oder Kunden sie während einer besonders kniffligen Arbeit störten. Oder – im schlimmsten Fall – eines ihrer Taschen-Kunstwerke schlussendlich doch nicht deren Vorstellungen entsprach. Doch mittlerweile hatte sie gelernt, ihre Körpersprache und Mimik unter Kontrolle zu halten. Sie war ja auf die Kunden angewiesen. Und manchmal machte es ihr sogar Spaß, die Freundliche zu spielen, ohne dass es das Gegenüber mitbekam.

Samstags kümmerte sich Ella normalerweise nicht um den handwerklichen Teil des Geschäftes, sondern um die Buchhaltung und natürlich die Kunden, die Linni während der Woche mit bediente. Doch heute fühlte Ella eine seltsame innere Unruhe, die sie sich nicht erklären konnte. Und Ruhe fand sie nicht zwischen Zahlen, sondern wenn sie sich ganz auf eine heikle Lederarbeit konzentrieren musste. Also verließ sie den Verkaufsraum, der bei aller Schlichtheit sehr einladend wirkte. Der Verkaufstresen war eine antike Kommode aus den Anfängen der Sattlerei, Linni nutzte sie für ihre Schmuck-Kollektion. Daneben stand ein bescheiden riesiger Tisch aus Tannenholz, auf dem einige ihrer Waren ausgestellt waren. Sie ging in die Werkstatt. Die schwere Tür ließ sie offen, damit sie das Glöckchen an der Eingangstür hören konnte.

Sie beschloss, dass sie ein paar letzte Stiche an der Verzierung eines Kummets, das Halsstück, an dem das Zuggeschirr festgemacht wird, vornehmen würde.

Ihre Schwester schätzte die Stickerei ganz besonders, und sie hatte am Tag zuvor das Nasenband eines Halfters mit hübscher Edelweiß-Stickerei fertiggestellt, das ebenfalls heute noch abgeholt werden sollte. Linni hatte immer schon besondere Freude an den Näh- und Stickarbeiten gehabt und war ihrer Mutter bereits im frühen Alter sehr geschickt zur Hand gegangen.

Anschließend widmete Ella sich der Fertigstellung eines ihrer inzwischen sehr begehrten Gürtel. Dafür spannte sie das Leder in einen Nähkolben ein, um mit großer Fertigkeit diesen

Gürtel mittels einer Sattlernaht zu bearbeiten, wobei das Leder in einer alten Technik von beiden Seiten bearbeitet wurde, was eine ziemliche Fingerfertigkeit voraussetzte.

Die Sattlerei war der ganze Stolz ihres Vaters, der nach dem überraschenden Tod seines eigenen Vaters schnellstmöglich die Meisterprüfung abgelegt und dann den Betrieb weitergeführt hatte. Linni und Ella waren somit bereits die dritte Generation in der Werkstatt, beide Reitsportsattlerinnen und ausgebildete Täschnerinnen. Und sie hatten in Meran gut zu tun. Bereits als kleines Mädchen hatte sie, ebenso wie Linni, die meiste Zeit in der Werkstatt verbracht. Sie liebte die abwechslungsreiche Arbeit, denn kein Kummet, Geschirr oder Sattel glich dem anderen. Ihre Sattlerei war für höchste Handarbeitsqualität bekannt. Nur eine Ledernähmaschine kam noch dann und wann als einzige Maschine zum Einsatz. Ihr ganzer Stolz war das besondere Leder, das sie von ausgewählten Händlern bezogen. Industrieware aus Fernost war bei ihnen, wie auch bei Christian verpönt. Und seit Ella sich auf feinste Lederwaren verlegt hatte, bearbeiteten sie generell nur noch Bioleder. Sie hatten Hannes Senneisen, einen befreundeten Biobauern, der seinen Hof unweit von Hafling führte, überreden können, seine Rinderhäute für ihre Sattlerei zu sammeln. Ella brachte diese später in eine ihr bekannte Gerberei, wo sie monatelang – ohne das übliche Chromverfahren – pflanzlich gegerbt und gefärbt wurden. Es hatte eine Weile gedauert, bis sie ihren Vater davon überzeugen konnten, doch später war Christian genauso begeistert wie sie, erkannte die besondere Qualität jenseits der Leder, die er früher benutzt hatte. Auch wenn damals bereits mit pflanzlich gegerbtem Leder geworben wurde, sagte das leider nichts darüber aus, wie die Tiere zuvor gehalten worden waren.

Ellas Inneres beruhigte sich langsam wieder – wie immer in der Werkstatt – und sie ließ die Gedanken schweifen. Vor allem zu ihrer Schwester.

Himmel noch mal, war es denn wirklich so schwer, Elias aufzugeben? Einen Mann, der vier Jahre ungenutzt gelassen hatte, sich in sie zu verlieben und doch keine sichtlichen Anstalten dazu machte. Den musste Linni abschreiben! Und wer wusste das nicht besser als sie? Sie war längst darüber hinweg, denn natürlich hatte dieser attraktive Mann auch ihr Herz höherschlagen lassen. Und nach dem Tod seiner Frau waren auch in ihr anfangs Hoffnungen aufgekommen. Doch Linni und sie waren Luft für ihn – wenn auch in ihrem Fall mit einer einzigen Ausnahme.

Und nur weil Elias sie einmal zu einem Glas Wein einlud, bedeutete das leider keine Kehrtwendung. Wie ihr Linni verraten hatte, war sie allein deshalb zu diesem »Interview« geladen worden, weil sie als Betreuerin seines süßen Sohnes fungierte, so einfach war das. Doch ihr war eben nicht zu helfen.

Es tat Ella in der Seele weh, dass sie mit ihren Bemühungen für Linnis Liebesleben gescheitert war. Unzählige Dates hätte sie besorgen können, doch Linni war nicht interessiert.

Das Resultat? Sie, Ella, einundvierzig Jahre alt, hatte – ebenfalls in Ermangelung eines Mannes – etliche dieser Dates selbst wahrgenommen und war statt ihrer Schwester bei den Verabredungen erschienen.

Fazit? Kein Erfolg.

Sie war sogar – ihr geheimstes Geheimnis – auf einer Dating-Seite im Internet unterwegs gewesen. Doch das Ergebnis war das immer gleiche gewesen, weswegen sie nun keine weiteren Versuche unternahm: Anfangs durchaus interessierte Männer, ganz sympathisch, gutaussehend, mit denen sie einige scheinbar lustige, kurzweilige Stunden verbrachte, verabschiedeten sich nach spätestens diesen paar Stunden auf Nimmerwiedersehen – immer dann, wenn sie ihren Beruf als Sattlerin erwähnte. Die verstörten Blicke auf ihre großen kräftigen Hände spürte sie jetzt noch. Und wenn sie dann noch hinzufügte, dass sie begeisterte Alpinistin sei und sich nichts Schöneres vorstellen konnte, als im blanken Fels ihre Kräfte zu fühlen, versicherten sie, wie nett Ella sei – und meldeten sich nie wieder.

Stopp! Einer hatte Ella doch recht ehrlich erklärt, dass ihr Äußeres in nichts auf einen »Männerberuf« und ihr »krasses« Hobby gedeutet hätte und er sich mit dieser Diskrepanz nicht anfreunden könne. Ein Alpinist war ihr bei diesen Dates leider nicht untergekommen.

Gut, Elias war ebenfalls begeisterter Kletterer, doch der zählte nicht als möglicher Ehekandidat. Vielleicht sollte sie ihre Netze öfter bei geselligen Hüttenabenden auslegen.

Wobei … im Augenblick brauchte sie eigentlich gar keinen Mann.

Niemals würde sie sich ihre blonden Haare umfärben oder sie gar bis auf die Hüfte wachsen lassen. Nein. Und auch keine tief ausgeschnittenen Kleider tragen, weder in der Werkstatt noch bei einem Date. Nein. Wenn einer wirklich an ihr interessiert war, kümmerte ihn ihr Outfit sicher nicht. Und erst recht würde sie ihre Stimme nie ins kindlich Naive wechseln, was sich manche Herren so sehr zu wünschen schienen. Nein! Ihre Stimme war klar und deutlich und seit mindestens 35 Jahren keine Piepsstimme mehr. Im Gegenteil, sie war ein wenig laut. Womit Elias sie dann und wann aufzog. Kein Gespräch, erst recht kein Geheimnis zwischen den Schwestern, blieb von ihm unbemerkt. Obwohl Ella kurzzeitig versucht hatte, leiser zu sprechen. Umsonst.

Ella war heilfroh, dass sie nicht einmal Linni von diesen Dates erzählt hatte, womöglich noch in der Werkstatt, sodass Elias putzmunter hätte Anteil an diesen Unsäglichkeiten nehmen können. Allein bei dem Gedanken versank sie vor Scham in den Erdboden.

Fakt war: Sie, Ella, hatte einfach keine Chancen bei den Männern, auch wenn sie gut aussah.

Ja, nach dieser Erkenntnis waren ihre Tränen geflossen. Doch irgendwann, nach drei wirklich schwierigen Klettertouren im Alleingang, zu denen sie sogar Elias' Angebot, sie zu begleiten, ausgeschlagen hatte, und ihr von ihm nach erfolgreicher Rückkehr ehrlicher Respekt gezollt worden war, war sie wieder in die Normalität zurückgekehrt. Kein Grund für Traurigkeit. Ihre Arbeit stellte sie zutiefst zufrieden und sie konnte davon leben. Sie nannte ein schönes Haus ihr Eigen, umgab sich mit einer netten Familie und einer Anzahl guter Freunde. Sie würde sich damit zufriedengeben. Sie wusste nur, dass sie nie wieder auf ein Dating-Portal hereinfallen würde. Und sie würde wirklich niemals wieder zu einem Blind-Date gehen.

Und es gab noch etwas, das sie sich geschworen hatte: Sie würde niemals Linni etwas von dem leidenschaftlichen Kuss mit Elias verraten. Damals lebte Marie noch und – Ella errötete wie üblich bei diesem Gedanken – erwartete hochschwanger Lucas Geburt. Dass es nicht zu mehr gekommen war, hatten sie Ellas Mutter zu verdanken, die sie beinahe ertappt hätte. Wobei sie bis zum heutigen Tag nicht sicher war, ob sie nicht doch Zeugin des Kusses gewesen war.

Es passierte nach einer Klettertour Ende September. Ella und Elias wollten angesichts des beständigen Herbstwetters den Ausflug zum Klettern nutzen, Linni und Floriana hatten einen kleinen Spaziergang in einen besonders schönen Lärchenwald ins Auge gefasst. Doch dann musste Linni schließlich verzichten, da sie mit einer Grippe das Bett hütete. So fuhren Floriana, Elias und sie allein hinauf auf die kleine Hütte einer Freundin in der Nähe der Fünffingerspitze. Von dort aus wollten Elias und Ella die Tour auf den »Daumen« vornehmen. Bei diesem Ausflug benutzten sie die Seilbahn, die damals noch aus den Ein-Mann-Käfigen bestand, in die man aufspringen musste, weil sie ohne Pause ständig in Bewegung waren. Ella hasste das, allerdings ersparte ihnen die Bahn jedoch den schweißtreibenden Aufstieg zur Daumenscharte.

Marie war nicht in der Stimmung gewesen, die drei Ausflügler zu begleiten. Sie würde sich zu Hause ausruhen und auf die nahe Geburt vorbereiten, hatte sie abgewiegelt. Außerdem war sie nie eine Sportskanone gewesen. Selbst der wenig schwierige Weg in den Lärchenwald konnte sie schon früher nicht locken.

Als Elias und Ella später nach der Tour in die Hütte zurückkehrten – glücklich über die Bezwingung des schwierigen Klettersteiges und ausgepowert –, hatten sie einen Zettel auf dem Tisch vorgefunden. Floriana hatte sich noch aufgemacht, einen befreundeten Bauern mit seiner Frau zu besuchen. Sie würde dort sicherlich auch zu Abend essen und nicht vor acht Uhr zurück sein.

Ella wusste bis heute nicht, wie es zu dem leidenschaftlichen Ausbruch gekommen war. Es war geschehen und es hätte – davon war sie noch heute überzeugt – kein Zurück gegeben, wenn nicht plötzlich ihre Mutter am Hüttenfenster aufgetaucht wäre. Da war es keine fünf Uhr.

Bevor ihre Mutter damals die Hüttentür geöffnet hatte, konnte Ella ihren Schatten am Fenster erblicken, und Elias und sie schafften es noch in letzter Sekunde, sich voneinander loszulösen. An der Hüttentür war Floriana dann stehen geblieben. Wie paralysiert waren Ellas und Elias' Blicke auf die Tür geheftet gewesen. Die Klinke wurde heruntergedrückt, die Tür öffnete sich einen Spalt, doch dann wurde sie sogleich wieder geschlossen. Florianas Schritte entfernten sich und sie verschwand im nahen Wäldchen, aus dem sie erst eine halbe Stunde später zurückkehrte. Die Dämmerung brach bereits über das Hochtal herein. Ihr spontaner Besuch bei den Bauersleuten war umsonst gewesen, niemand war zu Hause.

Ob Floriana etwas gesehen hatte? Ella war sich fast sicher. Doch dieses Rätsel würde sich nicht mehr lösen lassen. Niemals war ein Wort zwischen den beiden darüber gefallen, allein bei dem Gedanken schämte sie sich.

Nach diesem Abend hatten Elias und sie Abstand zueinander gehalten. Bis zum heutigen Tag. Und sie wusste, dass sich das nie wieder ändern würde. Denn man konnte es drehen und wenden wie man wollte, Elias und sie passten nicht zueinander. Dieser eine Kuss war ein Ausrutscher gewesen, der sich nicht wiederholen würde. Selbst jetzt, da er frei war für eine neue Beziehung. Abgesehen davon, dass Linni ihr das niemals verzeihen würde, blieb auch die Tatsache, dass sie einen männlichen Beruf ausübte und man ihr eine unweibliche Coolness, ja sogar eine gewisse Härte bezeugt hatte. Und Marie, die Frau, die Elias unendlich geliebt hatte, war die weiblichste und sanfteste Person gewesen, die Ella jemals kannte: gesegnet mit wunderschönen, zarten Händen, einer leisen, wohlklingenden Stimme und sanften Wellen in ihrem schulterlangen, seidigen Goldhaar. Und darüber hinaus war sie von Beruf auch noch Konzertpianistin gewesen. Unterschiedlichere Personen hätte es kaum geben können.

Marie stand für Harmonie, Kunst, Heiterkeit. Und sie, Ella, für … sie wusste es nicht. Sicher, sie war eine gute Handwerkerin, aber wie sollte das Elias beeindrucken? Handwerkliche Qualitäten besaß er selbst, das würde ihm kaum imponieren. Bestenfalls könnte sie mit ihrem Humor glänzen, ein handfester Humor, und nicht etwa eine feinsinnige Heiterkeit wie sie bei Marie dann und wann aufblitzte.

Tja, da konnte sie halt nichts machen. Und das hatte sie sehr schnell begriffen und ihn sich abgeschminkt. Selbst nach Maries Tod war sie von ihrem Träumen geheilt gewesen. Und das war auch gut so.

Linni könnte so viel von ihr lernen.

3
Christian

Das Mittagessen war wieder einmal ein voller Erfolg. Linnis Kochkünste waren einfach hervorragend, stellte Christian später fest. Zum Glück hatte sie vom Nachtisch – Vanillepudding mit Mandeln und Schokosauce – die doppelte Portion gemacht, sie kannte schließlich ihre Pappenheimer. Danach reichte sie allen einen Espresso – nicht aus einer super-coolen Espressomaschine, sondern einen vom guten alten Bialetti Mokka Espressokocher. Nun, als der Zucker auf dem Tisch stand, bat Christian Linni um einen seiner edlen Obstbrände, die er jährlich von einem befreundeten Bauern geschenkt bekam. Der richtige Zeitpunkt, seine kleine Familie einzuweihen, war gekommen. Einzuweihen in eine wunderbare Angelegenheit, von der er nie geträumt hätte, sie noch einmal erleben zu dürfen.

Dies würde der erfreuliche Teil dieses Tages werden. Danach, das war leider unumgänglich, würde dann der unerfreuliche Teil beginnen. Aber Brigitte hatte Christian die Pistole auf die Brust gesetzt, und er nunmehr eingesehen, dass vor allem nach seinem Schlaganfall es unabwendbar war, dass wenigstens eine seiner beiden Töchter Bescheid wusste. Da die eine von ihnen eine Person war, der er sich nicht anzuvertrauen wagte, die wichtigere von beiden in dieser Angelegenheit, blieb ihm nur, die andere einzuweihen. Sie würde mit Sicherheit ebenfalls nicht begeistert sein – und das war wahrscheinlich die Untertreibung des Jahres. Um angesichts der bevorstehenden Reaktion wenigstens ein Minimum gewappnet zu sein, musste er jetzt einen Schnaps trinken. Und wieder einmal beschlich ihn die schreckliche Erkenntnis, dass er im Grunde ein Feigling war. Brigitte hatte das erkannt, doch sie liebte ihn trotzdem, so wie ihn zuvor Floriana geliebt hatte. Aber wenn Brigitte einmal etwas durchzusetzen gedachte, dann tat sie dies auch. Und er war sich noch nicht ganz klar darüber, ob er diese Charaktereigenschaft als positiv oder negativ werten sollte.

»Es gibt etwas zu feiern. Jedenfalls hoffe ich, dass es euch freuen wird«, eröffnete er das Gespräch am Tisch.

Alle Köpfe wandten sich ihm zu, und er bemerkte, wie sich Brigittes Wangen röteten. Er musste schmunzeln. Linni stand auf und holte vier Schnapsgläser. Mit einem feinen Zittern seiner Hand, welches er dieses Mal nicht seinem Schlaganfall zuschreiben konnte, schenkte er ein. Dann stand er auf, erhob sein Glas und vermeldete kurz und knapp, wie sie es von ihm gewöhnt waren:

»Wie ihr, du Ella und du Linni, sicher längst bemerkt habt, haben Brigitte und ich uns ineinander verliebt.«

»Hört, hört!«, rief Ella.

»Ja, Vater, wissen wir längst. Und das freut uns natürlich«, sagte Linni mit einem Schmunzeln, und sie bedachte Brigitte mit einem Lächeln. Natürlich freuten sie sich für die beiden. Sie alle mochten Brigitte, und der Tod ihrer Mutter lag bereits vier Jahre zurück. Jahre, in denen sich ihr Vater sich manches Mal einsam gefühlt hatte, was er jedoch ohne Klagen hingenommen hatte. Der Unfalltod von Floriana war für alle schlimm gewesen, da musste er seine Lieben nicht noch mit seinen Befindlichkeiten belästigen.

»Und darum haben wir beschlossen, dass ich zu ihr hinüberziehen werde. Und das gleich am nächsten Wochenende.«

Linni und Ella sahen sich überrascht an, erhoben ihre Gläser, und dann sagte Ella: »Oh, Vater, wie uns das freut. Na, aber herzlichen Glückwunsch euch beiden.« Lächelnd stießen alle miteinander an.

»Und? Wollt ihr dann auch heiraten?«, erkundigte sich Linni. Sie, da war sich Christian sicher, hätte keinerlei Probleme damit. Und er vermutete, dass Ella ebenso dachte.

»Das werden wir im nächsten Jahr prüfen«, ließ sich Brigitte vernehmen, die bisher geschwiegen hatte. Doch an den hochroten Wangen und den bebenden Fingern, mit denen sie das Schnapsglas ergriff, konnte man erkennen, dass sie aufgeregt war. »Wenn wir uns nicht die Köpfe einschlagen, werden wir diesen Schritt wohl auch wagen.«

»Wobei ich ein halbes Jahr Wartezeit ausreichend fände. Oder drei Monate«, verbesserte Christian sich augenzwinkernd. »Schließlich hatte sie Zeit genug, mich kennenzulernen.«

»Nun gut, ich stimme zu. In ungefähr drei Monaten geben wir euch Bescheid«, gab sich Brigitte strahlend einverstanden. »Prosit, ihr Lieben.« Sie setzte das Glas an die Lippen und trank es aus. Die anderen taten es ihr nach und leerten ebenfalls ihr Gläser.

Alle unterhielten sich angeregt über die Zukunft, als Brigittes Handy klingelte. »Entschuldigt, aber ich hab' auf Tommasos Anruf gewartet. Er will mir mitteilen, wann er genau hier ankommen wird.«

Sie nahm das Telefonat entgegen. Es war kurz, und ihr Gesicht begann, noch strahlender zu leuchten. »Um die Freude noch größer zu machen, hat mein Sohn mir soeben mitgeteilt, dass er bereits heute Abend zu Hause eintreffen wird. Ach, Kinder, ich bin ja so glücklich. Und ich hoffe, ihr teilt meine … unsere Freude.« Alle spürten, dass sie um Fassung rang.

Linni stand auf und umarmte sie. »Das tun wir doch, aus vollem Herzen, liebe Brigitte.«

»Und es freut ebenfalls unsere Linni, dass ihre Jugendliebe endlich auf dem Heimweg ist«, tönte Ella lachend. Prompt errötete Linni. »Lange genug hat sie ja darauf warten müssen.«

Christian schmunzelte. Selbst ihm war damals nicht entgangen, wie sehr sie als Kind Brigittes Sohn angehimmelt hatte.

»Ja, Schatz, du warst wirklich süß damals«, lächelte Brigitte. »Leider ist Tommaso so viel älter, sieben Jahre Altersunterschied sind für einen jungen Mann eben wie für uns zwanzig Jahre.«

»Keine Sorge, Brigitte, ich bin über ihn hinweg«, gab Linni lächelnd zur Antwort. Also war ihr Schmachten damals nicht unbemerkt geblieben, und somit wahrscheinlich auch nicht von Tommaso selbst. »Auf jeden Fall ist es schön, dass dein Sohn wieder bei dir ... bei euch einziehen wird.«

Brigitte nickte. »Groß genug ist das Haus ja. Tommaso hat den gesamten ersten und zweiten Stock für sich, und ihr kennt ja das Haus. Er ist also nicht gezwungen, durch unsere Wohnung nach oben zu steigen, wenn es mal spät wird.«

In der Tat war ihr Haus so groß wie das von Christian und hatte ebenfalls ein Flachdach. Doch im Gegensatz zu ihrem gab es nicht nur eine Treppe innen, sondern zusätzlich die mit Holz umbaute Treppenstiege außen an der Seite des Hauses, sodass die zwei Wohnungen separat zu erreichen waren. Er würde viel Platz für sich allein haben. Die Wohnung von Brigitte nahm das ganze Erdgeschoss ein, was wiederum ein Glücksfall für Christian war. Denn, auch wenn der Schlaganfall glimpflich verlaufen war, eine Wohnung ohne Treppen war von Vorteil.

Gut, dass Tommaso heute zurückkehrte, nicht nur, weil er gespannt war, ob er sich verändert hatte. Tommaso war immer schon ein attraktiver Mann und er besaß hoffentlich auch zwei starke Arme, die kräftig bei seinem Umzug mit anpacken konnten. Wobei sich sein Hab und Gut in wenige Kartons verstauen ließ.

Ja, es war ein wirklicher Glückstag, dachte er zufrieden. Zumindest dieser Teil des Tages.

Brigitte verabschiedete sich mit einem Kuss, nachdem sie die Küche aufgeräumt hatten, und auch Ella begab sich hinauf in ihr Reich.

»Du weißt, was du zu tun hast«, erinnerte seine Zukünftige Christian ernst an seine Pflicht.

»Ja, keine Sorge, ich ziehe das durch«, versprach er.

Als Linni sich ebenfalls zurückziehen wollte, hielt er sie auf. »Du, Schatz, ich möchte etwas mit dir besprechen. Hättest du einen Augenblick Zeit?«

Sie schloss das Küchenfenster, und das Vogelgezwitscher von draußen klang nur noch gedämpft in den großen Raum. Als sie sich setzen wollte, legte er den Arm um sie.

»Besser, wir gehen hinüber in mein Zimmer.«

Sichtlich erstaunt folgte Linni seiner Bitte. Er konnte sie verstehen. So etwas hatte es lange nicht gegeben. Er entsann sich des Todestags ihrer Mutter und Elias' Frau. Auch da hatte er sie zur Seite genommen und ihr in dem Zimmer die schreckliche Nachricht übermittelt.

»Ist jemand krank?«, fragte sie mit bangender Stimme.

»Nein, Schatz. So schlimm ist es nicht.« Nicht ganz jedenfalls, fügte er insgeheim hinzu, denn die Nachricht war schlimm genug. Je nachdem, wie man es betrachtete.

In seinem Zimmer schloss er das Kipp-Fenster und wies auf den kleinen runden Tisch in der Ecke des Raumes, der ihm seit seinem Schlaganfall als Schlaf- und Wohnzimmer diente. Das Fenster wies auf die für den normalen Verkehr gesperrte Sackgasse, auf der es wie immer ruhig war. Eine mächtige Ringelweide in ihrem Vorgarten filterte auf angenehme Weise das Sonnenlicht, was vor allem im Hochsommer sehr wohltuend war.

»Bitte, nimm Platz«, bat er förmlich.

Sie sank in den blassgrünen Cocktailsessel, den ihre Mutter noch kurz vor ihrem Unfall auf einem Flohmarkt erstanden und neu bezogen hatte. Früher war dieser Raum ihr privates Reich gewesen.

Das Zimmer war unbeheizt, und Christian bemerkte, wie Linni die Arme vor der Brust verschränkte und die Schultern hochzog.

»Ist dir etwa kalt? Soll ich die Heizung einschalten?«

Sie schüttelte stumm den Kopf.

Er ließ sich in den anderen kleinen Sessel fallen. Heute fühlte er sich nicht so gut wie an den anderen Tagen, obwohl doch die freudige Nachricht über Brigitte und ihn so wohlwollend aufgenommen worden war. Aber nun folgte der schwere Teil des Tages, und er wünschte, er hätte ihn schon hinter sich. Wie sollte er nur beginnen?

»Das, was ich dir heute zu sagen habe, soll bitte unter uns bleiben«, begann er schließlich.

»Kommt drauf an, was du mir zu sagen hast«, brachte Linni ebenfalls mühsam heraus.

Er wusste, dass es unter den Geschwistern keine Geheimnisse gab – sofern er nicht völlig falsch lag. Abgesehen davon, dass es ihr grundsätzlich schwerfiel, Geheimnisse für sich zu behalten.

»Nein, zuerst versprich mir, dass du auf jeden Fall den Mund hältst.«

Sie zögerte kurz, dann nickte sie leicht. »Gut, mach' ich.«

Am Kneten seiner Hände merkte Linni, wie nervös er war. Und als er registrierte, wie sie ihn mit vor Angst geweiteten Augen anstarrte, verstärkte sich diese Nervosität noch. Im Zimmer war es totenstill. Die Vogelstimmen von außen drangen nur gedämpft herein. Am liebsten wäre er aufgestanden, um das Fenster wieder weit zu öffnen, als könnte er damit die bedrückende Stimmung in die Freiheit entlassen. Doch er wollte sicherstellen, dass sie niemand belauschen würde. Linnis Lippen pressten sich aufeinander, und einen Moment war er gerührt über ihre Bemühung, gefasst das Geheimnis entgegenzunehmen.

»Ich wollte es dir schon gleich nach meinem Schlaganfall verraten, aber dann … verließ mich der Mut und … und ich war auch viel zu sehr mit mir selbst beschäftigt, als dass ich die Kraft hatte, es dir zu sagen.«

Sie holte tief Luft, dann blickte sie ihm fest in die Augen.

Er, der Fels in der Brandung, er zitterte, und er wusste, ohne Brigittes Aufforderung hätte er nicht den Mut gehabt, sich der Pflicht zu stellen, wenigstens Linni einzuweihen.

Er hob an, doch da hörten sie im Flur Ellas Schritte. Er zuckte zusammen und ergriff Linnis Arm. »Psst … warte!«

Sein Herzklopfen verstärkte sich. Hoffentlich stürmte sie jetzt nicht in sein Zimmer, denn wenn sie sie beide hier vorfand, würde sie sofort merken, dass etwas nicht stimmte. Und dann konnte er für nichts mehr garantieren.

Sie vernahmen, wie Ella das Haus verließ, und er und auch Linni atmeten sichtlich auf.

»Es tut mir leid, dass ich es dir überhaupt verraten muss, aber mir ist klargeworden, dass es wirklich wichtig ist. Zudem hat Brigitte mir die Pistole auf die Brust gesetzt, endlich zu reden«, begann er zögernd. »Ansonsten wäre sie nicht einverstanden gewesen, dass ich zu ihr hinüberziehe.«

Er bemerkte eine Spur von Eifersucht in den braunen Augen seiner Tochter. »Papa, bitte spuck es aus!«

Er räusperte sich. »Es geht um Ella.«

»So weit waren wir schon«, erinnerte sie ihn ungeduldig.

»Es geht um ihre Geburt.« Er hielt inne. Oh Gott, wie sollte er das Ganze bloß überstehen. Einen Rückzieher konnte er allerdings vergessen.

Brigitte würde ihn vierteilen. Zu Recht. »Tatsache ist ... äh ... verdammt, es ist so schwer ...«

Sie reagierte nicht. Er fuhr fort, ohne um den heißen Brei zu reden. »Sie wurde nach ihrer Geburt von uns adoptiert ...«

»... wie wir alle bereits wissen«, unterbrach ihn Linni eine Spur gereizt.

»Doch ihre Mutter ... äh ... sie verstarb nicht bei der Geburt, sondern ... sondern sie lebt.«

»Vater!« In Linnis Miene war nichts als schiere Erschütterung zu lesen.

»Und nicht nur das, außerdem gibt es noch ...« Er stockte.

»Den Vater«, half sie, weiß wie die Wand, ihm auf die Sprünge, ungewohnt scharf. Ihre sonst so weiche Stimme war klirrend wie Glas.

»Nein, also, davon weiß ich nichts. Das, was ich meine ist ... nun ... äh ... Ella hat eine Zwillingsschwester. Noemi.«

Linni leckte sich die Lippen. Einige Sekunden war die Luft zum Schneiden und eine zu Boden fallende Stecknadel hätte sich wie die Detonation einer Bombe angehört. »Weißt du, was du da sagst?«, krächzte Linni mit Reibeisenstimme hervor.

Er nickte. »Und ich weiß, dass es unverzeihlich ist, dass wir, also Mutter und ich, euch nie eingeweiht haben.«

»Vor allem Ella gegenüber«, erklärte Linni erschüttert.

Erschaudernd realisierte er, dass sie ihn betrachtete, als hätte sie einen völlig Fremden vor sich. Nicht einmal in ihrer teilweise strapaziösen Teenagerzeit hatte sie ihn so angesehen – voller Abscheu und Distanz.

Aufgewühlt strich sie sich über die trockenen Lippen. »Wo … wo wohnen die beiden?«

»In Mailand.« Er schwieg und blickte starr aus dem Fenster.

»Rede! Was ist genau passiert?«

Christian zückte das Stoff-Taschentuch und wischte sich den Schweiß vom Gesicht. »Floriana arbeitete damals als Schwesternhelferin im Krankenhaus. Brigitte hatte ihr die Stelle verschafft. Dort lag also Aurelia, das ist die Mutter«, fügte er töricht hinzu, »und brachte Zwillinge auf die Welt. Eineiige Zwillinge. Aurelia war damals achtzehn Jahre alt und völlig überfordert. Der Vater hatte sich auf Nimmerwiedersehen verabschiedet und sie stand hilflos vor der riesigen Aufgabe, zwei kleine Kinder praktisch ohne Hilfe großzuziehen. Ihre Eltern hatten sie verstoßen. Aurelia war bereits mit sechzehn ausgezogen.« Jetzt, da die schwersten Worte ausgesprochen waren, redete er ohne Punkt und Komma und mit monotoner Stimme. »Sie und Floriana konnten auf kein gutes Verhältnis zurückblicken. Und als Aurelia nach der überstandenen Geburt, die keine drei Stunden dauerte, derart klagte, bemerkte Floriana, sie solle doch froh sein, dass sie zwei gesunde Kinder auf die Welt gebracht hatte und wie sehr sie und ich uns Kinder wünschten. Und so entstand alles. Aurelia bot uns Ella zur Adoption an und wir waren überglücklich. Allerdings verweigerte sie sich unserem Wunsch, auch das zweite Kind, Noemi, zu adoptieren. Zudem verlangte sie unser Schweigen über das Vorhandensein des Zwillings und dass ihre leibliche Mutter lebte, was natürlich das Schwerste war. Dann zog sie nach Mailand und wir hörten nie wieder von ihr.«

Linni schlug mit beiden Händen auf den Tisch. »Das ist doch ungeheuerlich«, brach es aus ihr heraus.

Christian fuhr sich mit feuchten Händen durch sein dichtes Haar. »Ja, im Grunde schon und glaub mir, es hat uns manch schlaflose Nacht gekostet.«

»Ach, das tut mir aber leid«, antwortete sie bissig. »Und du hättest also Ella und auch mich bis zu deinem Tod im Ungewissen gelassen, wenn Brigitte nicht wäre.«

Er wischte sich erneut übers Gesicht. »Äh … nein … ja.«

»Vater, du bist wirklich ein richtiger Feigling. Schäm dich«, stieß sie außer sich hervor. »Wie stand denn Mama zu all dem?«

»In den ersten Jahren beschwor sie mich, dass wir euch die Wahrheit sagen, doch dann … zerrann die Zeit, ihr wurdet größer … und irgendwann haben wir nicht mehr daran gedacht, also … äh … die Sache verdrängt. Bis nach meinem Schlaganfall.«

»Na, da hatte der ja auch ein gutes«, entgegnete Linni immer noch völlig aufgewühlt.

Einen Moment herrschte Stille. »Jetzt ist es so, dass ich mich völlig überfordert fühle. Ich fürchte, dass, wenn ich jetzt Ella einweihe, sie sich von mir abwendet. Und nicht nur von mir, sondern ebenso von Brigitte, denn die wusste natürlich ebenfalls Bescheid. Allerdings hat sie uns schon früher gedrängt, euch reinen Wein einzuschenken.«

»Und wenn Ella dahinterkommt, dass auch ich Bescheid weiß, wird sie auch mir einen Tritt geben«, stieß Linni hervor. »Zu Recht.«

Wieder legte sich bleiernes Schweigen über sie. Christian seufzte tief und betrachtete unglücklich ein Rotkehlchen, das sich am ausgestreuten Futter gütlich tat. Er schritt nicht einmal ein, als die graue Nachbarskatze sich unbemerkt anschlich, um mit dem Vogel zu »spielen«, was er normalerweise durch energisches Klopfen am Fenster verhindert hätte.

»Du wirst es ihr verraten?«, erkundigte sich Christian mit schwacher Stimme.

Erregt sah sie ihm in die Augen. »Hast du eine Ahnung, in was für eine unmögliche Situation du mich bringst?«

Er nickte. »Und glaub mir, ich hätte von mir aus nichts gesagt, aber … Brigitte … sie hat es zur Bedingung gemacht, dass ich wenigstens dir die Wahrheit beichte. Und du … im Falle meines Todes … Ella einweihen würdest.«

»Das darf doch nicht wahr sein«, rief Linni entrüstet. »Dass Brigitte geschwiegen hat, kann ich ja noch verstehen, aber dass der Schwarze

Peter jetzt bei mir liegt, ist einfach ungeheuerlich. Abgesehen davon, dass du ohne Brigitte weiterhin, feige wie du bist, geschwiegen hättest … auch wenn du mir damit einen großen Gefallen getan hättest«, fügte sie laut hinzu.

Er nickte betreten.

Linni starrte weiterhin geradeaus. Das Rotkehlchen hatte den Sprung der Katze in letzter Sekunde erahnt und war fortgeflogen. »Ich bin so sauer, ach was, sauer ist der falsche Ausdruck. Ich bin extrem entsetzt, dass du mich mit deiner Enthüllung in eine solche Situation bringst. Das werde ich dir nie verzeihen, Vater.«

Mit diesen Worten stand sie auf, doch seine Hand schnellte vor und hielt sie fest. »Verzeih mir, Linni! Aber glaub mir, auch uns, deiner Mutter und mir, lag das all die Jahre auf der Seele.«

»Tja, da sieht man, dass es besser ist, unangenehme Dinge gleich zu benennen und sie nicht ein Leben lang unter den Teppich zu kehren.«

»Aber Ella hätte sich doch, sobald sie dazu in der Lage gewesen wäre, auf die Suche nach den beiden gemacht. Und dann wäre bei ihr möglicherweise dieser Zwiespalt entstanden, wen sie mehr liebte – ihre leibliche Mutter oder Floriana. Glaub mir, Floriana hätte diese Situation gemeistert. Aber Aurelia hätte Ella ganz sicher mit dieser Frage, wen Ella mehr liebe, bedrängt, denn sie war wirklich kein einfacher Mensch. Und außerdem hätte sich Ella immer nach Noemi gesehnt«, rief er erregt. »Das ist so bei Zwillingen, davon bin ich jedenfalls überzeugt.«

Linni lauschte mit hängenden Armen seinen Ausführungen. »Also wirst du dein Wissen für dich behalten?«

»Ja, ich werde schweigen. Damit ich deinem Glück mit Brigitte nicht im Wege bin«, gab sie ironisch zur Antwort.

»Lass bitte Brigitte aus dem Spiel. Ich allein trage die Schuld.«

»Da hast du ausnahmsweise einmal Recht.« Mit diesen Worten verließ sie sein Zimmer.

Christian blieb zurück, aufgewühlt und unglücklich – und doch ein klein wenig erleichtert.

4

Linni

In Linnis Kopf rauschte es. Wäre sie doch bloß ein Vogel und könnte dem ganzen Schlamassel einfach entfliehen. Sie wusste, dass ihre Arglosigkeit und Unbekümmertheit gegenüber ihrer Schwester mit einem Mal für immer verschwunden waren.

Nach und nach jedoch verstärkte sich in ihr ein ungeheuerlicher Gedanke, den sie beschämt zur Seite zu stoßen suchte. Umsonst. Er biss sich in ihr fest wie eine Zecke, auch wenn er ihr noch so unerträglich war.

Was wäre, wenn sie Ella jetzt tatsächlich die Wahrheit sagte und diese daraufhin mit Noemi – Was für ein komischer, ausgeflippter Name war das eigentlich? – Kontakt aufnähme? Die Zwillinge würden irgendwann merken, wie nah sie sich stünden. Jeder wusste um die besondere Nähe, die zwischen eineiigen Zwillingen bestand. Und sie wäre dann möglicherweise an den Rand gedrängt, geplagt von entsetzlicher Eifersucht.

Ihr brach erneut der Schweiß aus.

Das wäre furchtbar!

Wenn sie jedoch schwieg, wäre sie ebenso feige wie ihr Vater. Sie könnte Ella wahrscheinlich nie wieder normal gegenübertreten. Stets würde sie das schlechte Gewissen plagen.

Die Zwillinge – Ella zumindest – wären ihr vielleicht dankbar, die Wahrheit zu kennen.

Aber waren sie das wirklich? Wie stand es um Noemi? Vielleicht hatte Aurelia geheiratet und es gab weitere Geschwister und schlimmstenfalls einen ahnungslosen Ehemann? Und plötzlich platze in diese Idylle ein unbekannter Zwilling. Ella würde leiden angesichts des Gefühlsdesasters, das sie ausgelöst hätte, und sich vielleicht wünschen, nie von Noemi gehört zu haben. Ganz zu schweigen davon, wie Aurelia auf die Veränderungen und das gebrochene Versprechen reagierte.

Was also sollte sie tun?

Linni schüttelte angewidert den Kopf. Was hatte ihr Vater ihr da nur angetan?

Am Abend tauchte dann zu ihrer aller Freude Tommaso bei ihnen auf, um sie zu einem kleinen Umtrunk einzuladen. Zuerst wollte Linni spontan absagen. Ihrem Vater und vor allem Ella jetzt entspannt gegenüberzutreten, würde sie überfordern. Doch dann entsann sie sich, dass Ella dann ganz sicher den Grund ihrer Absage erfahren wollte – da sie, Linni, doch so narrisch in Tommaso verliebt gewesen sei. Also gingen alle gemeinsam hinüber. Wie bei ihnen, so wurde auch im Nachbarhaus in der geräumigen Küche gegessen, wo bereits kleine Tapas aufgetischt waren. Dazu gab es Bier, Wein, Wasser und zu

Beginn Sekt. Linni vermied es, Brigitte in die Augen zu schauen, die mittlerweile sicher Bescheid wusste, dass Christian seinen Auftrag erledigt hatte. Doch dank des Sektes entspannte sie sich nach und nach, und am Ende des Abends war sie froh, mit den anderen gefeiert zu haben.

Tommaso hatte erstaunlicherweise überhaupt nichts von seiner Faszination von damals verloren, zu Linnis Freude jedoch die Arroganz abgelegt, welche Linni früher ab und an unangenehm aufgefallen war. Seine Männlichkeit und Erfahrenheit wurde nun noch durch die wunderbare Ruhe, die er ausstrahlte, unterstrichen. Im Gegensatz zu Elias fehlte ihm allerdings die elegante Gestalt. Er war kompakter, ein wenig kleiner und je nachdem, welche Bewegung er machte, spannte das T-Shirt ganz leicht um einen winzigen Bauchansatz. Doch sein Selbstbewusstsein hatte sich in den Jahren noch verstärkt – was angesichts seiner Auslandserfahrungen und beruflichen Erfolge verständlich war. In der Tat, Tommaso war vielleicht noch anziehender als früher, eben ohne seine damals aufgesetzte Angeberei.

»Hallo, Kleine«, begrüßte er sie mit einem Lächeln. Und beim Klang seiner Stimme fühlte sie sich prompt wieder wie die Achtzehnjährige, die ihm ein letztes Mal zum Abschied zugewinkt hatte. Das gleiche Herzklopfen, es war wirklich seltsam. Und zum ersten Mal in den letzten vier Jahren gehörte dieses Herzklopfen nicht Elias, der ebenfalls eingeladen worden war, sondern Tommaso.

»Hi, Tommaso, lange nicht gesehen«, erwiderte sie ehrlich erfreut. Hoffentlich merkte ihr niemand an, wie verlegen sie war. Herrgott noch mal, sie war neununddreißig. Stand »ihren Mann« in der Sattlerei und feierte recht ansehnliche Erfolge als Schmuckdesignerin. Aber bei Tommasos Anblick versagte ihr beinahe die Stimme. Was Unsinn war, denn sie liebte Elias, bei dem ihr ebenfalls viel zu oft die Stimme versagte. Bisher war sie immer überzeugt gewesen, dass man nur einen lieben konnte. Zwei auf einmal und gleich stark? Unmöglich. Dann liebte man keinen richtig.

Sollte das bedeuten, dass sie Elias aufgeben sollte? Tommaso musste sie gar nicht erst aufgeben, der hatte sich noch nie mit ihr beschäftigt und nachdem klar war, dass er Meran für immer verlassen würde – da war sie gerade achtzehn geworden –, stand für sie sofort fest, dass sie ihn sich aus dem Herzen reißen musste. Was ihr gelungen war. Bis zum heutigen Abend.

»Stimmt, ungefähr zehn Jahre.«

»21«, verbesserte sie ihn, »denn deine früheren Vorbeiflüge zählen nicht.«

»Du hast Recht. Bist ja hübsch gewachsen seit dem letzten Mal.«

Sie schmunzelte. Früher war sie von der Angst heimgesucht worden, kleinwüchsig zu bleiben, wie sie ihm einmal in ihrer Jugend verraten hatte und was dann zum Glück nicht eingetreten war. Wie nett, dass er es nicht vergessen hatte.

Ihr Herz war ihm damals verfallen, als sie auf einen Baum in seinem Garten geklettert war, um

Simon, ihren Waldkater, zu retten. Das hatte der Kater selbst mittels eines mutigen Sprungs erledigt, als Linni ihn auf dem hohen Ast endlich erreichte. Doch sie hatte Angst, herunterzuklettern oder gar zu springen. Da erblickte Tommaso sie aus seinem Fenster. Sie wedelte mit den Armen und rief und er kam in den Garten gesprintet.

»Gut, dass du gekommen bist. Bitte hilf mir. Ich … ich kann nicht mehr runter«, sagte sie, nur mit Mühe ein Schluchzen zurückhaltend.

»Was musst du auch auf Bäume klettern?«, mahnte er sie. »Kleine Mädchen sollten mit dem Klettern warten, bis sie groß genug dazu sind. Das kannst du besser Ella überlassen.«

Bereits früher war Ella mit Begeisterung geklettert. Anfangs auf sämtliche Bäume im Garten, später im Fels, und war stets gesund und munter wieder heruntergestiegen.

Dann breitete er die Arme aus, und sie sprang – was sie beide auf den weichen Rasenboden plumpsen ließ.

Erst sehr viel später war sie in die Höhe geschossen. Doch da war dieser Mann natürlich in der Weltgeschichte unterwegs und sie nicht mehr im Blick. »Und du hast dir … äh … endlich einen anständigen Haarschnitt zugelegt.« Was stimmte. Ewig lief er früher mit Haaren bis auf die Schulter herum, was ihm zwar gestanden hatte, jedoch angesichts seiner störrischen dicken Haare ein wildes, ein wenig finsteres Aussehen verliehen hatte.

»Meiner Ex-Freundin sei Dank. Und du? Was macht das Liebesleben? Bist du liiert oder gar verheiratet? Oder nur unglücklich verliebt?«

»Ich bin glücklicher Single«, antwortete sie.

Er zuckte die Achseln. »Glückwunsch. Glückliche Singles sind rar wie Regen in Dubai.«

»Und wie war es so in der Wüste? Massenhaft Stege über die unzähligen Bäche geplant?«

»Mächtige Brücken über sechsspurige Autobahnen gebaut«, sagte er nicht ohne Stolz.

Sie hob anerkennend die Brauen. »Und? Dabei keine reiche Bewunderin an Land gezogen?«

»Abgesehen davon, dass meine Arbeit mich voll beansprucht hat, reichte mein Charme leider nicht aus, eine von ihnen aus der Wüste in die Berge zu zerren.«

War er also wegen einer unglücklichen Liebe nach Hause zurückgekehrt? »Also noch ein weiterer glücklicher Single?«

Er grinste. »Mehr oder weniger. Ich hatte genug vom Brückenbau, was mir mehr Zeit geschenkt hat, endlich was Gescheites in Angriff zu nehmen«, sagte er, nahm die halbvolle Sektflasche und blickte sie fragend an.

Sie hielt ihm ihr Glas entgegen und er schenkte ein. Erneut tranken sie auf ihrer aller Wohl.

Ella, die sich an der Tür mit Elias unterhalten hatte, der wiederum ohne Luca gekommen war, weil dieser bereits tief und fest schlief, gesellte sich zu ihnen und setzte sich auf die Sofalehne. »Na, Tommaso? Hast du dir jetzt vorgenommen, die Frauen in Meran zu verführen, nachdem du all die Wüstenschönheiten verlassen musstest?«

»Von müssen kann keine Rede sein. Im Gegenteil, man bat mich auf Knien und unter Tränen zu bleiben.«

Sie blickte augenzwinkernd auf ihn hinunter. »Du lügst, aber egal. Mach mal Platz.« Er rückte zur Seite und sie glitt neben ihn, womit die Couch besetzt war, und legte ihm ungeniert den Arm um die Schulter.

Linni betrachtete sie und dachte, dass sie sich das nie getraut hätte, bei einem Mann, den sie im Prinzip zwanzig Jahre nicht gesehen hatte. Ella war wirklich manchmal sehr forsch. Im Gegensatz zu ihr kannte sie Männern gegenüber kaum Hemmungen. Seltsam, dass sie immer noch Single war.

»Ich schätze, die Liste der Verlassenen ist ellenlang.«

»Mein Status bei den Frauen wird überschätzt. Die Gerüchteküche übertreibt. Ich bin auch nur ein Mann.«

»Und wie willst du demnächst deinen Lebensunterhalt hier verdienen? Neue Brücken über die Passer bauen?«

Er verschränkte die Arme. »Nein, Brücken hab' ich über. Ich schreibe jetzt.«

Gespannt blickte Lilli ihrem Gegenüber in die Augen. »Das klingt ja toll. Was schreibst du denn so?«

»Rechnungen«, tönte Ella laut.

»Mein erster Roman war ein Krimi.«

»Wie ich meine erste Brücke vor dem Einsturz rettete«, kicherte Ella nun leicht beschwipst.

»Daneben. Er handelte von einem Brückenbauer, der in Dubai seine große Liebe fand und der seine Traumfrau kurz vor der Hochzeit bei einem Terroranschlag verlor«, erwiderte er ernsthaft, »woraufhin er sich auf die Suche nach den Tätern machte.«

»Oh«, rief Linni. »Das klingt dramatisch. Hast du auch Autobiografisches eingebaut?«

»Nur einzelne Sequenzen«, gab er mit einem Schmunzeln zurück.

»Und? Schon die erste satte Million eingesackt?«

Linni stöhnte innerlich. Ella war manchmal wirklich unmöglich.

»Wenn du die Höhe der Tantiemen dieses ersten Romans gekannt hättest, hättest du mir aus Mitleid Kost und Logis ohne Gegenleistung angeboten.«

»Das sagen sie alle. Außerdem hätte ich auf jeden Fall deiner Mutter das Füttern überlassen. Oder deiner neuen Freundin.«

Er grinste. »Aber abgesehen davon, dass ich ein bisschen was auf der hohen Kante hatte, kam ich dank der weltweit knapp fünf Millionen verkauften Bücher trotzdem ganz gut über die Runden.«

»Nicht schlecht! Aber wieso haben wir hier dann so gar nichts von dir gehört?«

»Vielleicht solltest du einfach mal eine Buchhandlung besuchen. Es gibt derer einige, selbst in Meran«, blitzte er Ella an. »Aber im Ernst, ich schreibe unter Pseudonym und halte es streng geheim.«

»Wie heißt denn dein Pseudonym?«

»Geheiiiiheiiiiim, Ella«, rief Linni kopfschüttelnd.

Tommaso antwortete: »Francesco Silvestri.«

»Und der Titel deines Buches?«

»Es heißt ›Feuersturm‹. Und wenn ihr es kauft, oder wenigstens du, Linni, wenn du noch genauso ein Bücherwurm bist wie früher, dann behaltet mein Pseudonym bitte für euch. Das meine ich in vollem Ernst«, sagte er in Richtung Ella.

»Ich werde schweigen wie ein Grab – was man von meiner Schwester nicht behaupten kann.«

»Ich kann durchaus schweigen – wenn's nötig ist«, stieß Linni erbost hervor und erntete einen erstaunten Seitenblick von Ella.

»Wenn du Interesse hast, schenke ich dir eines meiner Belegexemplare«, bot sich Tommaso an.

»Das wäre wirklich toll. Ja. Danke«, entgegnete Linni erfreut. Normalerweise hätte sie nie ein Buch mit einer Geschichte über Terroranschläge gelesen, aber ein Buch von Tommaso war natürlich etwas anderes.

»Und wenn du es ausgelesen hast, leihst du es mir, denn auch wenn ich nicht so viele Bücher verschlinge wie du, so bin ich des Lesens dennoch mächtig«, bat Ella mit gespielt erboster Stimme.

»Du bekommst auch eins von mir, sogar mit Signatur, wenn du interessiert bist.«

»Aber immer.«

»Sie liest es trotzdem nicht. Wenn sie liest, dann nur Bergbücher, Routenvorschläge und Ausrüstungskataloge«, konnte Linni sich nicht verkneifen.

»Gar nicht«, konterte Ella laut. »Manchmal sind auch Abenteuergeschichten oder Biografien großer Alpinisten dabei.«

Erst spät abends trennten sie sich. Ella war schon ins Bett gegangen, aber Linni wartete so lange, bis sich auch Elias verabschiedete.

»Ein interessanter Mann, dieser Tommaso«, sagte er später.

Linni nickte verträumt. Allein mit Elias. Endlich. Sie zog die Schultern hoch, denn es war noch sehr frisch am Abend und sie trug nur eine leichte Strickjacke.

»Ist dir kalt?«

»Ein bisschen.«

Er zog seine Jacke aus und legte sie ihr um die Schultern. »Besser?«

»Viel besser«, murmelte sie und lehnte sich ein wenig an ihn. Sie gingen durch den Torbogen in ihren Hof.

Plötzlich stolperte Linni über die Schwelle zum Wintergarten, denn Ella hatte vergessen, ihnen Licht einzuschalten.

Elias fing sie auf. »Hoppla.«

Sie kostete die kurze Berührung seiner Hände mit klopfendem Herzen aus und blieb einen Moment stehen.

Was für eine zauberhafte Nacht. Es war sternklar und eine kühle Brise aus Nordost ließ die wärmende Frühlingssonne vom Nachmittag beinahe vergessen. Ungeachtet dessen tirilierte ein Vogel, der in seiner Verliebtheit die späte Stunde vergessen zu haben schien, seine Serenade, ein Käuzchen stieß seinen Lockruf aus, und überwältigt vom übermächtigen Empfinden – es schwebten aphrodisierende Düfte durch die Nacht –, schloss sie die Augen und legte den Kopf in den Nacken. Aber weder Rose noch Jasmin blühten bereits und ihr Parfum, das unter anderem Vanille verströmte, war längst verduftet. Nein, es lag nicht an den Pheromonen, sondern an dem ausgiebig genossenen Sekt, dem sie sich hingegeben hatte.

Linni hob die Hand: »Schau, eine Sternschnuppe. Du darfst dir also etwas wünschen«, sagte sie.

»Nein, du, denn du hast sie zuerst gesehen«, sagte er laut, was sie irgendwie unromantisch fand, ließ jedoch den Arm um ihre Schultern liegen.

Sie blickte ihn von der Seite an und gab allen Schmelz in ihre Stimme. »Schon passiert. Möchtest du wissen, was ich mir gewünscht habe?« Noch während sie die Worte von sich gab, stöhnte sie unhörbar. Wie sagte Ella doch immer? »Linni, du bist subtil wie ein Nashorn.« Und wie Recht sie damit hatte.

»Nein, wenn man den Wunsch verrät, geht er doch nicht in Erfüllung.«

Küss mich, befahlen ihre Augen, doch die Dunkelheit verschluckte natürlich deren Glanz, welcher ihn hätte vielleicht betören können. Elias schien nicht zu ahnen, wie ihr Wunsch ausgesehen hatte. Oder er erriet ihn, hatte aber nicht die Absicht, ihn ihr zu erfüllen. Sie seufzte tief.

Doch da geschah das Wunder.

Ihr geliebter Elias beglückte sie.

Nein, das war der falsche Ausdruck. Er betörte sie. Zwar fiel er nicht auf die Knie – ein verstiegenes und in ihren Augen törichtes Prozedere, bevor der Mann um die Hand der Geliebten anhielt. Nicht auszudenken, desgleichen käme angesichts Geschlechtergerechtigkeit auch bei Frauen in Mode, durchzuckte es sie. Ihr Geliebter jedenfalls würde in bodenlosen Minus-Punkte-Bereich fallen, käme er auf eine solch absurde Idee – mit Ausnahme natürlich von Elias.

Elias trug sie auch nicht zur Gartenbank, um mit ihr die Geheimnisse der Nacht zu erforschen – was sie durchaus nicht als verstiegen betrachtete, sondern in der Tat als köstlichen Gedanken, der ihr das Wasser im Munde zusammenlaufen ließ.

Dennoch beglückte er sie.

Und das mit einem Kuss.

Gut, er küsste sie nicht gleich auf den Mund, sondern seine warmen Lippen streiften leicht ihre Wange. Aber immerhin, es war ein Kuss in ihre Richtung und zum Glück kein feuchter Schmatz. Mehr konnte man für den Anfang vielleicht nicht verlangen. Sie war von jeher bescheiden, und dieser Hauch von Zärtlichkeit reichte bereits, um sie zu beglücken. Und ihre angeborene Bescheidenheit, von der Ella behauptete, dass sie die nicht weiter als bis zum Ufer der Passer führen würde, ließ sie ein leises »Danke« murmeln. Wenn er allerdings in der Geschwindigkeit weitermachte, musste sie sich möglicherweise weitere vier Jahre in Geduld üben. Na danke!

Himmel, warum sagte er kein Wort?

»Eine Spinne«, murmelte sie konfus und deutete auf die ebenfalls schweigende Hausspinne auf der frisch geweißelten Wand.

Logischerweise gab er auch darauf keine Antwort.

Linni, halt den Mund, du Depp! Oder hieß es geschlechtergerecht mittlerweile Deppin?, durchzuckte es sie. Sie wusste es nicht. Sie wusste nur, dass sie kreuzdämlich war. Hoffentlich war sie in der Lage, vor Ella diese Minuten zu verschweigen, vor der sie so selten ein Geheimnis zu bewahren in der Lage war.

Schweigend betraten sie die Küche. Sie vermied es, Licht zu machen. Genauso schweigend ging es die Treppe hinauf. Oben auf dem Absatz blieb sie wartend stehen. Jetzt oder nie.

»Luca scheint zu schlafen«, flüsterte sie. Und komm doch noch ein wenig zu mir!, fügte ihr Inneres hinzu. Doch diese Worte vernahm er natürlich nicht.

»Damit haben wir zum Glück ja wirklich nie Probleme.«

Und damit hätten wir sturmfreie Bude, erinnerte sie ihn insgeheim und wartete darauf, dass er dementsprechend zu handeln verstand. Er schien es noch immer nicht begriffen zu haben. »Es war ein schöner Abend«, brachte sie noch aus staubtrockener Kehle heraus, und hielt sich am Türrahmen fest, da sie sonst mit Sicherheit auf den Boden gesunken wäre – aus Scham und weil der Alkohol und die Erregung sie völlig fertiggemacht hatten.

Sollte sie ihn jetzt einfach an sich reißen?

»Ja. Schlaf du auch schön. Gute Nacht, Linni.« Mit diesen Worten verschwand er.

Gut, dass sie in letzter Sekunde ihrer Leidenschaft Einhalt geboten hatte.

Ach, lieber, lieber Elias! Sei doch nicht so zurückhaltend. Ich weiß doch um deine Gefühle. Du darfst dich bei mir unbesorgt gehen lassen.

Sie blieb noch zwei Sekunden stehen, doch er machte nicht kehrt. Und erst, als das leise Zufallen der Tür ins Schloss zu vernehmen war, öffnete sie die Tür zu ihrer Wohnung. Seit dem Tod der Mutter waren die zwei Zimmer ihr Reich. Eines nutzte sie zum Lesen oder Fernsehen, das andere war ihr Schlafzimmer. Sie zog sich aus, schlüpfte in den Schlafanzug, wusch sich rasch Gesicht und Hände, putzte ihre Zähne und glitt dann unter die kühle Bettdecke. Das Fenster ließ sie offen, um noch eine Weile den Geheimnissen der Nacht zu lauschen. Ach, Elias.

5

Ella

Der Beginn der Woche war erfüllt von Christians Vorfreude auf den Einzug ins Heim seiner Liebsten. Ella und Linni halfen Brigitte, so oft es ihre Zeit erlaubte, Umzugskartons zu füllen, denn für ihn war diese Tätigkeit in Brigittes Augen noch zu anstrengend. Dabei krähten sie sich die Seele aus dem Leib mit vertrauten Oldies wie Janis Joplins »Mercedes Benz« und Gianna Nanninis »America«.

Viel war es nicht, was Christian mit in sein neues Leben retten wollte, abgesehen von lieb gewonnenen Büchern, Fotoalben und CDs.

Ella musste schmunzeln, als sie bemerkte, dass auch Tommaso sich täglich blicken ließ, um zu helfen. Was nicht nötig war, wie alle insgeheim erkannten. Allerdings half er beim Kochen und brachte am Mittwoch ein sehr anständiges Essen auf den Tisch, was ihm niemand zugetraut hatte.

»Ich war schließlich nicht immer mit einer Freundin gesegnet, die mich täglich mit einem feinen Abendessen erwartete.«

»Das Single-Dasein hat eben auch sein gutes«, bemerkte Linni mit einem Lächeln. »Man lernt selbstständig zu sein.«

»Wenn auch nicht immer freiwillig«, nickte Tommaso. »Es gibt den einen oder anderen Vorteil, aber ich muss gestehen, dass ich dennoch nichts dagegen hätte, wenn man mich von diesem Dasein erlöste«, murmelte er mit einem schiefen Lächeln, doch Ella hatte das Gefühl, dass ihm mit der Bemerkung ernst war.

»Also ich bin sehr zufrieden mit diesem Status«, sagte sie und erkannte, selbst einigermaßen erstaunt, dass sie es ehrlich meinte. Ja, es war tatsächlich lange her, dass sie einem Mann hinterhergeweint hatte – erst recht denen, die sie durchs Internet kennengelernt hatte. Und sie spürte eine Welle der Zufriedenheit. Nein, nichts in ihrem Leben musste geändert werden. So wie es momentan sich gestaltete, war sie äußerst zufrieden. Beinahe glücklich.

Samstagmorgen. Alle standen punkt sieben in der Küche, um nach dem Frühstück die letzten Vorkehrungen für Christians Umzug zu treffen. Unter der Woche hatte das Wetter gut mitgespielt. Es war trocken geblieben, zwar ein wenig bewölkt, dafür brachte der Süd-West-Wind frühlingshafte siebzehn Grad, sodass sie nach der Arbeit noch im Garten ein Bier tranken.

Brigittes Badezimmer hatte ein modernes Waschbecken und eine neue Wanne erhalten, bei der es einem eine Tür ermöglichte, diese selbst mit einer Gehbehinderung bequem zu betreten und zu verlassen. Und natürlich konnte man in dieser Wanne auch duschen.

Die neuen Regale für Christians Zimmer waren erst am Abend zuvor vom Schreiner geliefert worden und wurden nun angebracht. Linni und Ella hatten ihm einen wunderschönen bequemen Sessel mit einem Karobezug gekauft, welcher mit seinem Fünfziger-Jahre-Stil perfekt zu dem neuen Tisch unterm Fenster passte, das zum Garten wies. Brigitte wollte den unbedingt beisteuern, nachdem sie Christians sehnsüchtigen Blick in der Tischlerei bemerkt hatte. Xaver Thurnbichel hatte den Tisch zwar eigens für sich allein angefertigt, doch als Brigitte später noch einmal bei ihm vorbeigekommen war, konnte er nicht anders als einzuwilligen, ihn Christian zu überlassen und sich selbst einen neuen zu bauen. Schließlich musste nur noch der Schreibtisch hinübergeschleppt werden, eine Arbeit für Tommaso und Elias. Die Wände waren in Gemeinschaftsarbeit bereits frisch geweißt worden.

Aufatmend ging Ella ein letztes Mal durch Christians mittlerweile ausgeräumte Zimmer. Nur noch ein einzelner Karton stand allein in der Mitte des Raumes. Sie hob ihn auf, er war nicht sonderlich schwer, als Linni im Zimmer erschien.

»Ach, komm, lass mich das tragen«, bot sie sich an.

Ella lachte. »Unsinn, mach Platz, der ist doch so leicht wie deine Federsendung, die heute für dich eingetroffen ist«, antwortete sie.

Doch sie wich keinen Zentimeter von der Tür, sodass ihre Schwester sie erstaunt ansah.

»Komm her, lass mich ihn tragen«, sagte Linni mit gewohnter Dickköpfigkeit und einer ungewohnten Hektik in der Stimme, die beinahe wie Panik klang.

»Sag mal, spinnst du? Was soll das denn«, murrte Ella und gab Linni einen leichten Stoß mit dem Ellbogen in die Seite. Sie zwang sich an ihr vorbei und öffnete weit die Tür zur Küche. Ein Windstoß fegte durchs Zimmer und zwei Blätter, die lose oben auf der Kiste gelegen hatten, segelten zu Boden.

Linni bückte sich, nahm die beiden handgeschriebenen Briefe und faltete sie mit einer hektischen Bewegung.

Ella stellte den Karton auf den Boden. »Sag mal, was ist hier eigentlich los? Zeig mir den Brief! Ist er von Mama? Sieht ganz nach ihrer Schrift aus.«

Linni stopfte sie in ihre Hosentasche. »Nichts Wichtiges«, gab sie fahrig von sich.

An ihrem heftigen Atem bemerkte Ella, dass es sich durchaus um etwas Wichtiges handeln musste. Sie stemmte die Fäuste in die Seite. »Du zeigst mir jetzt sofort, was du da in die Tasche gestopft hast.«

Linni jedoch eilte an ihr vorbei, lief durch den Flur und die Küche und verschwand in den Garten.

Sie rannte ihr hinterher. Was immer hier los war, sie musste es auf der Stelle wissen. So blöd hatte sich Linni ja nur in ihrer Kindheit verhalten, wenn sie einen ihrer Liebesbriefe an Tommaso, die sie natürlich nie abschickte, hatte verschwinden lassen wollen.

Ella erreichte sie und krallte ihre Hände in Linnis roten Pullover.

»Holla, was ist denn hier los?«, fragte Tommaso erstaunt.

»Halt sie fest«, keuchte Linni und riss sich von ihrer Schwester los, nachdem sie ihr auf deren linken Fuß getreten hatte, der in Socken steckte.

»Halt die Klappe, Linni! Und bleib stehen!«, befahl Ella mit schmerzverzerrtem Gesicht.

Tommaso machte einen Schritt zur Seite, faltete die Arme über der Brust und betrachtete ungeniert den Kampf zwischen den beiden Schwestern, die sich jetzt auf dem Rasen wälzten, ohne sich einzumischen.

Ella gewann, wie nicht anders zu erwarten gewesen war. Mit einer Hand hielt sie sich Linnis Arme vom Leib, und mit der anderen Hand riss sie die beiden jetzt halb aus der Hosentasche heraushängenden Briefe an sich.

Linni brach in Tränen aus.

Erschrocken machte Tommaso ein paar Schritte auf sie zu, half ihr hoch und nahm das schluchzende Bündel in seine Arme. Beruhigend streichelte er ihr über die Haare. »Ach du liebe Güte, was ist bloß mit euch beiden los?«

Ella sank auf den noch von der Nacht feuchten Rasen und las die beiden Briefe. Aschfahl im Gesicht blickte sie hoch. »Das möchte ich auch wissen, Linni. Seit wann weißt du von diesen Briefen?«

»Seit … seit eben«, erwiderte Linni, nahm Tommasos Taschentuch entgegen und putzte sich die Nase.

»Und … seit wann weißt du Bescheid, was drin steht?«

»Seit … seit vorigem Samstag.«

Ella fühlte sich, als hätte ihr jemand einen Tiefschlag in den Magen versetzt. Ihr Vater hinterging sie seit einundvierzig Jahren und ihre Schwester seit einer Woche.

Familie? Tolle Familie!

Sie stand auf. »Wo ist Vater?«

Linni blickte sie entsetzt an. »Du … du kannst jetzt nicht zu ihm. Wenn du jetzt mit ihm darüber sprichst … dann … dann erleidet er womöglich einen zweiten, weitaus schlimmeren Schlaganfall.«

»Halt die Schnauze!«, sagte sie. Ihre Stimme klang eiskalt. Bei allen Reibereien, die es hin und wieder zwischen ihr und Linni gab, konnte sie schimpfen wie ein Rohrspatz, aber das Wort Schnauze war ihr noch nie über die Lippen gekommen. Bis jetzt.

»Bitte, ihr beiden, sollen wir nicht erst einmal reingehen?«, bat Tommaso, der starke Nachbar, jetzt hilflos wie ein Schuljunge.

Ella beachtete ihn nicht.

»Ja, bitte, Ella. Komm rein. Zu uns. Ich bitte dich. Dann reden wir über die Sache.« Linnis Nase war rot und ihre Augen waren immer noch Tränen erfüllt. Ella bemerkte, dass sie Mühe hatte, sich zusammenzureißen. Doch der

Zustand ihrer Schwester interessierte sie im Moment überhaupt nicht.

Tommaso legte seinen Arm um ihre Schultern und führte sie zurück ins Haus.

Ella folgte ihnen wie in Trance, ging jedoch nicht mit in die Küche, sondern stolperte die Treppe hinauf, um den rettenden Hafen – ihr Zimmer – zu erreichen.

Linni machte sich von Tommaso los und lief ihr sofort hinterher. Als Ella oben vor ihrer Wohnung ankam, hätte sie Linni beinahe die Treppe hinuntergestoßen. Im letzten Moment hielt sie sich zurück. »Ich möchte jetzt allein sein. Und dann werde ich mit Vater reden«, brachte sie nur mühsam beherrscht hervor. Sie hatte nicht nah ans Wasser gebaut, doch jetzt war sie kaum in der Lage, auch nur eine Sekunde länger die Tränen zurückzuhalten.

Ella stürzte ins Zimmer, knallte die Tür hinter sich zu, schloss ab und warf sich aufs Bett.

Noch nie hatte sie sich gefühlt wie in den letzten fünf Minuten: ihrem Zorn, ihrer Trauer und ihrer Schutzlosigkeit so derart wehrlos und hilflos ausgeliefert.

Dieser Gefühlswirrwarr steigerte sich noch, als ihr klar wurde, dass auch ihre Mutter, also ihre Adoptivmutter, verbesserte sie sich in Gedanken, sie all die Jahre hintergangen hatte. Floriana konnte sie jedoch nicht mehr zur Rede stellen. Zum Glück gab es dafür noch ihren Adoptivvater. Ganz selten nur hatte sie in der Vergangenheit auf diese Tatsache hingewiesen. Es war für sie unwesentlich. Christian war ihr Vater, ihr geliebter Papa. Punkt. Ob Adoptivvater oder leiblicher Vater spielte für sie nie eine Rolle. Bis jetzt. Jetzt war sie froh, dass er seinen Schlaganfall überlebt hatte, allein aus dem Grund, dass sie ihn angesichts der Ungeheuerlichkeit zur Rede stellen konnte.

Gab es eine schlimmere Tat, als einem Kind vorzulügen, die leibliche Mutter sei tot? Einem jedem Paar, das ein Kind adoptierte, wurde heute geraten, die Wahrheit nicht zu verbergen. Warum also wurden diese Ratschläge von ihnen nicht befolgt? Sie verfügten über eine normale Intelligenz, konnten schreiben und lesen, sie besaßen ein gewisses Maß an Sozialkompetenz – zumindest war das bislang ihre Einschätzung gewesen. Doch in diesem Punkt hatte sie sich geirrt. Ihre Eltern waren aus rein egoistischen Gründen so vorgegangen. Wie es ihr dabei ging, schien ihnen völlig egal.

Und auch ihrer leiblichen Mutter war ihr weiteres Leben gleichgültig gewesen, nachdem sie sie als Baby fortgegeben hatte, wie ihr der Brief verriet.

Bitte schreibt mir nicht mehr und versucht auch nicht, mich hier zu erreichen. Ich habe mit der Vergangenheit abgeschlossen: Ihr habt Ella und mir bleibt Noemi.

Womöglich hatte sie noch Geld von Christian und Floriana erhalten, denn die Frau befand sich womöglich in finanziellen Schwierigkeiten. Ganz sicher war es nichts anderes als ein Verkauf gewesen, ein Deal zwischen ihren »Eltern« und ihrer »Mutter«.

Ella schlug die Hände vors Gesicht. Alles, ihr gesamtes Leben, war in den letzten fünf Minuten zerstört worden, denn diese Lüge könnte sie ihren Eltern nie verzeihen. Und dass Linni von dieser Lüge wusste und ihr das vorenthalten hatte, auch nicht. Aber Linni war immer schon ein Weichei, besaß nicht ihren starken Charakter. Sie erinnerte sie immer an eine Birke im Wind – unentschieden in der Richtung, nie in der Lage, sich festzulegen und Entscheidungen zu treffen. Was man ja an ihrer Unfähigkeit erkannte, sich Elias abzuschminken. Gut, was ihr Hobby betraf, da zeigte sie Stärke. Ihr Federschmuck-Verkauf zeugte von einem Hauch von Ehrgeiz, denn anfangs hatte sie Linni damit keine hundert Euro pro Monat prophezeit. Das bestätigte sich auch im ersten Vierteljahr. Doch dann vollzog Linni den Internet-Auftritt, und siehe da, die Geschäfte liefen an, erst zögerlich, nach einem Interview einer großen Wohnzeitschrift jedoch rasant. Dafür arbeitete sie seitdem in der Sattlerei nur noch halbe Tage. Aber auf ihre Hilfe würde sie ab jetzt am liebsten ganz verzichten. Sie würde eben jemand anderen finden müssen. Ab sofort würde sie ihrer Schwester – Adoptivschwester – so selten wie möglich unter die Augen treten wollen. Selbst bei dem Gedanken, ihr bei Tisch gegenüberzusitzen, wurde ihr gerade übel. Gut, dass Christians Umzug wenigstens etliche Meter Luft zwischen sie gebracht hatte.

Auch am Nachmittag blieb Ella in ihrer Wohnung. Linni hatte heute Morgen Dienst im Laden gehabt. Sie selbst hätte für alle kochen müssen, doch sie fühlte sich völlig unfähig, auch nur einen Schritt aus dem Zimmer zu tun. Und entsprechend noch viel weniger, ein komplettes Essen herzurichten und den anderen – Linni und Elias mit dem niedlichen Luca – gegenüberzutreten. Sie wusste einfach nicht, wie es weitergehen sollte.

Als Elias an die Tür klopfte und fragte, was los sei und ob er für sie und Linni mitkochen sollte, hatte sie abgelehnt, sie fühle sich nicht wohl. Luca schien daneben gestanden zu haben, denn er versprach, ihr später Schokolade zu schenken, damit es ihr wieder besser ginge. Doch selbst dieses reizende Anerbieten mochte sie nicht entgegennehmen. Sie würde mit Sicherheit in Tränen ausbrechen, wenn Luca die Arme um sie schlinge, um sie zu trösten.

Nach dem Mittag klopfte es erneut an ihre Tür. Sofort schoss sie aus dem Bett hoch. Linni. Sie konnte es einfach nicht lassen!

Ihre Wut legte sich ein wenig, als sie Brigittes Stimme vernahm. Stöhnend stand sie auf und öffnete, nachdem Brigitte sich weigerte, wieder hinunterzugehen, ehe Ella den Tee entgegengenommen hatte, den sie für sie zubereitet hatte.

»Schatz, hier, der Tee. Ich hab' dir auch deine Lieblingsplätzchen gebacken. Hättest du etwas dagegen, wenn ich eintrete?«

»Ja«, brummte Ella und streckte die Arme aus, um ihr das Tablett abzunehmen.

Doch natürlich tat Brigitte so, als hätte sie nicht richtig gehört. Geschickt hielt sie das Tablett seitwärts, drängte sich an ihr vorbei und betrat deren Reich – kein Panzer dieser Welt hätte ihr Einhalt gebieten können, nicht einmal ein Roboter, eine Künstliche Intelligenz, keine Mauer: Davon war Ella überzeugt. Brigitte konnte alle austricksen, denn ihre Intelligenz und soziale Kompetenz wurden unterstützt von einem – wenn sie ihn brauchte – starken Willen.

»Danke, Schatz.«

Sie stellte das Tablett auf Ellas runden Wohnzimmertisch, goss Tee in die beiden zierlichen Tassen, die ihre Mutter so geliebt hatte, und gab ihr und sich Kandis und Sahne hinzu. Dann setzte sie sich auf die geräumige moderne Ausziehcouch, die Ella im vorigen Jahr gekauft hatte, da das Zimmer auch zur Beherbergung ihrer Freunde diente, die zahlreich unter den Alpinisten und Sportlern zu finden waren. Man feierte gern und sprach über vergangene oder geplante Bergtouren und das ausgiebig, sodass es häufig vorkam, dass danach ein, zwei Freunde bei ihr übernachteten.

»Schatz, ich glaube, wir müssen reden.«

»Ach ja? Worüber? Es gibt momentan rein gar nichts, worüber ich reden will«, erwiderte Ella.

Sie wandte Brigitte den Rücken zu, ging zum Fenster und öffnete es. Dann drehte sie sich herum. »Oder … willst du etwa sagen, dass du Bescheid weißt?«

»Ja«, antwortete Brigitte schlicht, und sie ergriff eines ihrer Anisplätzchen. Obwohl sie über einen starken Willen verfügte, war ihre Stimme angenehm leise. Sie musste auch nicht laut werden, denn ihre Augen sprachen stets »Bände«, wie Linni und sie dann und wann als ungehorsame Kinder bereits früh gelernt hatten. Sie besaß weiche, runde Hände und Ella konnte sich vorstellen, wie ihr Vater – Adoptivvater – ihre Berührungen genoss.

Ella zog die Brauen zusammen. »Sag mir jetzt um Gottes willen nicht, dass du mit meinen Eltern« – sie malte zwei Anführungszeichen in die Luft – »unter einer Decke gesteckt hast.«

Brigitte schaute sie in einer Mischung aus Kummer und Verlegenheit, aber auch mit einer ernsten Gefasstheit an. Ella mochte Brigitte sehr: die bedachtsame Art, die leidenschaftslose Beurteilung politischer Zustände, wenn Christian außer sich vor Wut Politiker in Grund und Boden wünschte, und vor allem die praktische Ader, die Ellas so ähnlich war. Äußerlich gefasst, diszipliniert und still hatte sie den Tod ihres Mannes hingenommen, kurz nachdem Tommaso den Vertrag für Dubai unterschrieben hatte. Sie nahm das an, was das Leben ihr bot, mit einem Gleichmut, der ihre Bewunderung hervorrief.

»Ich wusste es von Anfang hat. Deine Eltern flehten mich an, Stillschweigen zu halten. Es tut mir leid, wenn dich das jetzt enttäuscht – was ich verstehen kann.« Ella holte tief Luft und wollte sofort losfauchen, doch Brigittes erhobene Hand gebot ihr Einhalt. »Bitte, lass mich zuerst erzählen.«

Sie nahm einen großen Schluck vom Darjeeling-Tee. Dann begann sie die ganze Geschichte vor Ella auszubreiten. »Ich habe deinen Eltern mehr als einmal geraten, dir schon so früh wie möglich die Wahrheit zu sagen.«

»Ach, doch«, wandte Ella zynisch ein. »Zu dumm, dass man deinen Rat nicht befolgt hat.«

»Ja, du hast Recht. Ihre größte Sorge war, dass du es erstens nicht verstehen würdest, dass deine Mutter dich weggab, und dass du zweitens nicht mit der Situation zurechtkämst, zu wissen, dass es eine leibliche Mutter und eine Schwester irgendwo da draußen gab. Du hättest sie mit Sicherheit unter allen Umständen kennenlernen wollen – so ergeht es jedenfalls den meisten Kindern. Doch auch deine leibliche Mutter war der Ansicht, dass dies allen Parteien unnötigen Kummer bereiten würde und sie zogen es daher alle vor, zu schweigen.«

»Ja, die Mammi schien, pardon scheint, sehr sensibel zu sein und ein weiches Herz zu haben«, bemerkte Ella zynisch. »Abgesehen mal davon – wo hat sich denn der liebe Papa versteckt, also der leibliche? Ach, ich vergaß, ich meine mich zu erinnern, dass der auch tot ist, oder täusche ich mich?« Sie nahm ein Anisplätzchen und biss hinein. Doch heute blieb ihr das Lieblingsplätzchen fast im Hals stecken. Sie trank vom Tee, auch, um den Kloß im Hals hinunterzuspülen.

Auch Brigitte trank, ehe sie antwortete. »Dein leiblicher Vater … äh … war ein One-Night-Stand. Jedenfalls behauptete das deine Mutter, also Aurelia, steif und fest.«

»Und was Mammi sagt, stimmt natürlich auch, gell?«

»Jetzt werd bitte nicht unsachlich, das passt nicht zu dir«, mahnte Brigitte.

»Ach ja, entschuldige, wie konnte ich nur?«, reagierte Ella bissig. »Ich muss doch eigentlich vor Dankbarkeit ersticken, nicht wahr? Dankbar, dass ich nicht in ein Heim abgeschoben wurde, oder man mich vor die Tore eines Klosters abgestellt hat.« Sie hob den Zeigefinger. »Und, nicht zu vergessen, dass mir überhaupt gestattet wurde, das Licht der Welt zu erblicken.«

Brigitte fuhr sich mit den Händen durch die Haare, und zum ersten Mal erschien sie Ella unsicher. »Kinder müssen ihren Eltern nicht dankbar dafür sein, dass sie sie ernährt und großgezogen haben. Also … äh … nicht gerade verwöhnt … aber … sie haben die Kinder in der Regel bewusst in die Welt gesetzt. Und selbst wenn nicht, so sind sie verpflichtet, sie soweit es ihnen möglich ist, sorgsam zu pflegen und zu guten Menschen zu erziehen. Und das, liebe Ella, ist ihnen beiden … deinen Adoptiveltern … und irgendwie auch deiner leiblichen

Mutter, denn sie überließ dich guten Händen … bestens gelungen.«

»Amen«, spuckte sie höhnisch hervor.

Zum ersten Mal wurde Brigittes Stimme etwas schärfer. »Deine Adoptiveltern, und ich bin sicher auch deine leibliche Mutter, lieben dich sehr. Floriana kann dir dies leider nicht mehr bezeugen, aber ich denke, ihre große Liebe hast du gespürt.«

Darauf gab Ella keine Antwort. Natürlich war sie sich der Liebe ihrer Adoptiveltern gewiss gewesen. Trotzdem. Sie war im Recht und die anderen im Unrecht.

Endlich verließ Brigitte den Raum. Und obwohl sie es nicht zugeben konnte, so spürte Ella dennoch, dass ihr das Gespräch gutgetan hatte. Denn an den bösen, höhnischen und verbitterten Gedanken noch vor ein paar Minuten, wäre sie womöglich erstickt.

Etwas später raffte sie sich auf und setzte sich an ihren PC. Sie wusste nicht, ob sie jemals ihre Schwester kennenlernen wollte, doch sie musste wenigstens wissen, wo sie lebte, was sie beruflich machte und vielleicht fand sie sogar ein Foto von ihr im Netz.

Nach dreistündiger Suche gab sie auf. Sie hatte nichts, aber auch rein gar nichts herausfinden können. Im Internet waren weder ihre Mutter noch Noemi in einem Telefonverzeichnis erwähnt. Also gab es keinen Festnetz-Anschluss mehr oder sie waren aus Mailand fortgezogen und hatten keine weitere Adresse angegeben.

Oder Noemi oder Aurelia war mittlerweile verheiratet und trug einen anderen Namen.

Sie gab auf. Keine Chance. Es sei denn, sie fragte ihren Vater. Aber dazu fühlte sie sich noch nicht in der Lage. Außerdem hatten sich ihre Eltern sicher an Aurelias Forderung gehalten, sie nicht weiter zu belästigen.

Dennoch: Morgen früh würde sie sich auf nach Mailand machen. Ob sie sie sehen wollte? Ganz sicher nicht Aurelia. Aber neugierig war sie schon. Auch auf die Umgebung, wo sie wohnte. Dazu musste sie sie aber erst einmal finden. Vielleicht hatte sie Glück und sie lebten noch in Mailand, gleiche Adresse. Wenn dies nicht der Fall war, würde sie die nächsten Nachbarn befragen. Vielleicht konnten die ihr dann weiterhelfen.

Sie hörte Elias von oben herunterkommen und öffnete ihre Tür.

»Grüß dich, Ella. Schön, dich zu sehen«, sagte er.

»Tut mir leid, dass ich vorhin nicht für euch gekocht hab'.«

»Das macht doch nichts. Luca und ich haben uns tapfer geschlagen.«

»Wo hast du denn deinen Sohn gelassen?«, erkundigte sie sich mit brüchiger Stimme. Ihr war zum Heulen, und sie stand kurz davor, die Fassung zu verlieren.

»Ich habe ihn nach dem Mittagessen hinüber auf die Seiser Alm zu meinen Eltern gebracht.

Die Schule ist wegen unaufschiebbarer Arbeiten an der Gasheizung zurzeit geschlossen. Übrigens, ich wollte dich was fragen. Hast du eine Minute Zeit?«

Nein, nicht mal eine Sekunde, lag es ihr auf der Zunge, doch das war Elias gegenüber nicht fair. Er war immer für sie da, wenn man ihn brauchte. Und so antwortete sie: »Sicher.«

»Kommst du kurz mit runter in die Werkstatt? Ich möchte dir etwas zeigen.«

Sie seufzte innerlich. »Klar.«

Sie stiegen die Treppe hinunter, und Ella war froh, dass weit und breit nichts von Linni zu sehen war. Ihren Vater musste sie nicht fürchten, der würde heute mit Brigitte in einem netten Restaurant speisen, wie Brigitte vorhin verraten hatte.

Wieder einmal durchzuckte sie der Gedanke, wie gut es war, dass es Brigitte gab. Der Gedanke, ihrem Vater jetzt bei jedem Essen gegenübersitzen zu müssen, käme einem Alptraum gleich.

Nach langer Zeit betrat sie wieder einmal Elias' Werkstatt. Die Stille, die hier herrschte, war Balsam für ihr aufgewühltes Inneres. Seit fast zehn Jahren fertigte Elias hier seine originalgetreuen Cembali-Repliken, für die er das gleiche Material verwendete wie seine Kollegen vor dreihundert Jahren, wie sie einmal erfahren hatte. Vor drei Jahren hatte er auch begonnen, Hammerklaviere zu bauen. Er hatte Glück, vor Jahren eine große aufgegebene Schreinerei ganz in der Nähe mieten zu können, in der er das wertvolle Klangholz lagerte, das er für die Instrumente benötigte.

»Du weißt sicher, wie gern Luca hier in der Werkstatt ist.«

Sie nickte. Luca verteilte gerecht seine Mitarbeit in allen drei Werkstätten: mal in der seines Vaters, mal bei Ella und natürlich gern auch bei Linni, wo er mit großer Sorgfalt und unermüdlicher Geduld Indianerschmuck aus ihren Federn herstellte.

»Er lernt gerade, wie man einen Hobel bedient. Und da er demnächst Geburtstag hat, habe ich ihm eine kleine Werkbank gebaut. Und da mein Sohn nicht auf den Kopf gefallen ist, wird er das Teil sofort erkennen und mir Löcher in den Bauch fragen. Darum wollte ich dich bitten, dass du es bei dir in der Werkstatt quasi versteckst. Ginge das?«

»Aber freilich«, antwortete sie. »Er weiß, dass er auf keinen Fall an die Felle darf – und an das Verbot hält er sich als der brave Sohn, der er ist«, fügte sie augenzwinkernd hinzu. »Wo ich sie gestapelt hab', wäre das perfekte Versteck für deine Werkbank.«

»Fein. Ich danke dir.« Er wandte sich zur Stirnseite der Werkstatt, zu dem Platz, wo die Holzhämmerchen zum Anschlagen der Saiten gemacht wurden. Er nahm eines aus einer Reihe heraus, bog es, bog ein weiteres und sagte dann mehr zu sich selbst: »Siehst du, diese hier haben noch nicht das richtige Maß, sie sind ein wenig zu weich. Da muss ich wohl noch einmal ran, denn hier geht es wirklich um Zehntelmillimeter.«

Er hob den Kopf und sagte voller Stolz: »Für nächsten Monat habe ich übrigens eine Cembalobauerin eingestellt. Sie ist bei einem bekannten Cembalobauer in Deutschland in die Lehre gegangen und hat die besten Zeugnisse mit auf den Weg bekommen. Die Auftragslage ist wirklich gut, dass ich sie mir leisten kann«, fügte er zufrieden hinzu. »Und noch eine Kraft mehr, so wie es momentan aussieht. Ein junger Mann, der in Frankreich gearbeitet hat, ebenfalls mit historischen Werkzeugen und Methoden. Er kann aber erst im Juli anfangen. Ich bin schon sehr gespannt auf ihn. Ich bin überzeugt, dass ich mit beiden einen guten Fang gemacht habe.«

»Was ist eigentlich der Unterschied zwischen einem Cembalo und einem Hammerklavier?«

Sie bemerkte, wie seine Augen leuchteten, als er erklärte: »Anfang des neunzehnten Jahrhunderts löste das Hammerklavier die Cembalo-Technik ab, wobei die Saiten nicht mehr per Tastendruck gezupft, sondern mit lederumwickelten Holzhämmern angeschlagen wurden.«

Ella wanderte in dem großen Raum herum, von dem eine große Ruhe auszugehen schien, was nicht nur an der ruhigen Umgebung, sondern sicherlich auch daran lag, dass das durch die Bäume an der Längsseite des Raumes gefilterte Sonnenlicht einen fast mystischen Glanz erzeugte, einen Glanz, der ihre Melancholie nicht verschwinden ließ, doch zumindest ein wenig milderte. Sie konnte sehr gut nachempfinden wie Elias sich fühlte, wenn er in das Bauen seiner Instrumente nach alter Bauweise eintauchte. Sie kannte es ja von sich selbst, wenn sie in ihre Arbeit vertieft war. Man war wie entrückt. Und die Trauer im Leben trat wenigstens für einige Momente in den Hintergrund.

»Was ist das für ein Gerät?«, fragte sie interessiert. Einen Moment von ihren eigenen Grübeleien abgelenkt, deutete sie auf ein Holzgerät, welches sie an einen Galgen im Miniaturformat erinnerte. Es stand auf einer Arbeitsbank neben einem Regal, das unzählige unterschiedliche Hobel, Stecheisen und andere, ihr unbekannte Werkzeuge beherbergte.

»Das ist ein Eigenbau, mit dem ich Leder auf die Köpfe der Klavierhämmer leimen kann. Bei diesem Leder, das in hauchdünnen Schichten um die Hammerköpfe gewickelt wird, handelt es sich übrigens ebenfalls um Bioqualität. Ich nutze nur Leder von einem befreundeten Jäger, da weiß ich, dass es wirklich aus dem Alpenraum stammt. Und ich lasse die Häute ebenfalls in deiner Gerberei bearbeiten. War ein guter Tipp von dir«, sagte er zufrieden.

»Und was ist jetzt das Entscheidende für die Qualität der einzelnen Instrumente?«

»Das ist nicht nur das Klangholz, wie man meinen möchte, das heißt Bretter von rund einem Dutzend verschiedener Bäume, die für die einzelnen Teile des Instruments nötig sind, sondern vor allem die Sorgfalt, die jedem Arbeitsschritt zugrunde liegt. Alles muss im richtigen Verhältnis zueinander stehen. Das heißt zum Beispiel, dickere Saiten benötigen eben auch größere Hämmer. Allein für die Saiten aus Stahl oder Messing, bei denen Unterschiede von ein paar zehntel Gramm entscheidend für den Klang sind, musste ich mich lange auf die Suche nach einem geeigneten Hersteller machen. Es gibt nie nur ein Kriterium. Und erst ganz am Schluss hört man, wie es wirklich klingt. Und um in dem Punkt sicher zu sein, muss ein guter Musiker darauf spielen. Wenn der zufrieden ist, bin ich es auch. Mein Können reicht da leider nicht, weswegen ich mich auch nicht für ein Musikstudium entschied. Ein sehr freundlicher Lehrer, den ich um seine ehrliche Meinung bat, hat mir geraten, davon Abstand zu nehmen und mich auf meine Bastelleidenschaft hingewiesen. Noch heute bin ich ihm dankbar für seinen Rat, besuche ihn auch noch dann und wann.«

Er setzte sich auf einen Hocker vor einem Flügel und strich sanft über die Oberfläche aus Birnenfurnier. »Siehst du, das ist der Grund, weswegen ich meine Liebe zur Klassik und zum Basteln zum Beruf machte. Ich finde einfach, dass Nichts mit der Schönheit und Qualität eines handgearbeiteten Flügels konkurrieren kann, mögen die Fabrikinstrumente noch so gut sein.«

»Und wie lange dauert es, bis du einen Nachbau fertig hast?«

»Mit der neuen Kraft könnte ich ein Instrument in geschätzt einem Dreivierteljahr fertig gestellt haben. Kalkuliert sind um die 2.500 Arbeitsstunden. So werde ich mehr Zeit für Luca haben. Ich freue mich jetzt schon darauf, denn er wird viel zu schnell groß«, setzte er hinzu.

»Ich wundere mich, dass du von deiner Arbeit leben kannst«, rutschte es ihr heraus.

»Du hast Recht, ich war anfangs auch nicht so ganz sicher, ob es klappt. Aber ich bin meines Wissens der Einzige, der so etwas beherrscht. Und es gibt viele Musiker, die alte Musik spielen und nach einem solchen Instrument suchen. Zudem hab' ich auch bereits fertige Nachbauten in meinem Bestand. Die kann ich je nach Bedarf ausleihen. Das ist natürlich ein Luftpolster, das man nicht unterschätzen darf. Zum Beispiel liegen mir in diesem Jahr bereits acht Anfragen zum Ausleihen für diverse Konzerte vor. Und mit jeder Ausleihe wächst natürlich auch mein Bekanntheitsgrad.«

Einen Moment schwiegen sie. Dann sagte er: »Ich will übrigens vor Arbeitsbeginn der neuen Mitarbeiterin ein paar Werkstätten inspizieren und noch vorhandene alte Cembali und Hammerklaviere auf ihren Klang testen. Wenn du Lust und vor allem Zeit hast, würde ich mich freuen, wenn du mich begleiten könntest.«

»Ella fuhr sich durchs Haar. »Ach … ich weiß noch nicht«, erwiderte sie unschlüssig. »Ich fürchte, ich bin momentan wirklich keine gute Begleiterin.«

Sie schwiegen. Dann sagte Elias: »Möchtest du darüber reden?«

Sie betrachtete ihn in einer Mischung aus Entsetzen und Betroffenheit. »Du … weißt du etwa auch Bescheid? Sag bitte, dass das nicht wahr ist.« Beinahe versagte ihr die Stimme. Nicht auszudenken, wenn jetzt auch noch Elias eingeweiht war.

»Euer Streit heute war nicht zu überhören. Ich hab' oben am offenen Fenster gesessen. Tut mir leid. Ich weiß zwar nicht, worüber ihr gestritten habt, nur, dass es sich um alte Briefe handelte, aber man merkte, wie nah er euch ging.«

»Nahegehen … das ist die Untertreibung des Jahres. Diese Briefe haben mein Leben zerstört.«

Er stand auf, trat zu ihr und legte seine Arme kameradschaftlich um ihre Schultern. »Magst du mit hinaufkommen? Ich mach' uns ein paar Brote und du weihst Onkel Elias ein?«

Sie schwankte. Eigentlich wollte sie nur den Kopf unter die Bettdecke stecken. Andererseits tat ihr der besorgte Blick aus seinen braunen Augen gut. »Nur, wenn du die Kraft und den Mut hast, eine Tränenflut zu überstehen«, rutschte es ihr heraus.

»Ich war bereits einmal verheiratet. Glaub mir, die Ozeane sind Pfützen gegenüber dem Meer der Tränen, das ich durchschwommen hab'«, scherzte er. »Sagen wir sechs Uhr? Wäre dir das recht? Ich werde uns ein paar Kleinigkeiten auf den Tisch zaubern und wir haben den ganzen Abend ungestört für uns.«

»Ja, das klingt gut. Ich komme und bringe auch noch ausreichend Papiertaschentücher mit.

Und nur, wenn ich den Wein spendieren darf, denn glaub mir, Alkohol wirst du brauchen, damit deine Ausdauer reicht, mich zu trösten.« Selbst wenn auch kein ganzes Meer von Alkohol das fertigbringen wird, fügte sie in Gedanken hinzu.

»Nur, wenn wir uns an meinem Wein im Keller bedienen.«

Im alten Kellergewölbe mit der idealen Temperatur lagerten in der Tat auch die privaten Weinvorräte der einzelnen Bewohner neben dem, der für die gesamte Familie reserviert war. »Wenn der nicht reicht, kann ich dich beruhigen. Auch Schnaps ist in Hülle und Fülle vorhanden.«

»Das ist ein Wort«, sagte sie gespielt heiter. Doch auch wenn es ihr zum ersten Mal besser nach Linnis unheilvoller Eröffnung ging, es änderte nichts an der Tatsache, dass ihre Eltern sie belogen und betrogen hatten.

Sie lief hinauf in ihre Wohnung, froh, dass das Dämmerlicht den Glanz der Tränen in ihren Augen vor Elias versteckte.

6
Linni

Linni war erleichtert. An diesem Samstag trafen sie und Ella zum Glück nicht mehr aufeinander. Erst nach elf am Abend hörte sie ihre Schwester die Treppe hinabschleichen. Der Appetit war ihr zumindest nicht vergangen. Gott sei Dank.

Gleich nach ihrem Zusammenstoß mit Ella war sie am Morgen hinüber zu Brigitte geflüchtet, allerdings erst, nachdem sie sich telefonisch davon überzeugt hatte, dass Christian aus dem Haus war. Wenn ihr jemand helfen konnte, dann Brigitte. Vor allem, da sie Bescheid wusste. Ihren Vater selber mit der Angelegenheit zu konfrontieren, traute sie sich noch nicht. Und wie sie gehofft hatte, übernahm Brigitte diese Aufgabe. Wieder einmal war Linni froh über das neue Familienmitglied, zu dem die Nachbarin ja geworden war. Schon nach Florianas Tod hatte sich Brigitte als die Rettungsboje im Meer der Trauer herausgestellt. Zudem einte sie und Ella ein besonders herzliches Verhältnis, da ihre Charaktere sich in Vielem ähnelten, wie Linni im Laufe der Zeit erkannte.

Brigitte fand schlicht einen leichteren Zugang zur Seelenwelt ihrer Schwester, die längst nicht so simpel war, wie viele anfangs mutmaßten. Im Gegenteil, Linni fand Ella recht kompliziert. Mit deren Verschlossenheit hatte sie manches Mal ihre Schwierigkeiten. Ja, Ella schien auf den ersten Blick handfest und von Dauer. Und das machte sicher einen Teil ihres Wesens aus. Die meisten Freunde und Bekannte hielten sie, Linni, für die Sensiblere, doch das war ein Irrtum.

Als sie ein wenig gestärkt Brigitte verließ, nicht nur seelisch, sondern auch körperlich, lief sie Tommaso in die Arme.

»Hoppla, Kleine. Wie ich sehe, hast du meiner Mutter einen Besuch abgestattet. Sonst alles paletti?«

Linni blieb leicht befangen stehen. »Nein, nichts ist paletti, wie du weißt. Aber … Brigitte … sie ist halt ein Schatz.«

»Ja, das ist sie, wenn sie sich Mühe gibt«, erwiderte er augenzwinkernd. »Und ihre Plätzchen sind heute noch so gut wie vor zwanzig Jahren. Wie wär's, sollen wir nach dem Mittag eine Runde spazieren gehen? Ich bin ewig nicht mehr den Tappeinerweg entlanggebummelt.«

Sie musste unwillkürlich lächeln. Ja, Tommaso konnte noch immer mit seinem Charme Berge versetzen. Um seine Augen hatten sich ein paar winzige Lachfältchen einquartiert. Sein schwarzes Haar war mit weißen Fäden durchzogen. Aber seine Augen, die blauen Sterne, wie Ella gern gewitzelt hatte, bestachen immer noch mit ihrem Glanz. Wenn er einen ansah, gab er jedem das Gefühl, in diesem Moment nur allein für ihn da zu sein, ihm nicht nur zu lauschen, sondern konzentriert zuzuhören, ihn wichtig zu nehmen. Und im Laufe der Zeit hatte sie begriffen, dass darin seine Beliebtheit lag: Er meinte es ernst, wenn er sich auf jemanden einließ. Allerdings ließ er damals auch keine Zweifel aufkommen, wenn er jemanden nicht mochte. Dann kehrte er eine Arroganz hervor, die nicht zu übersehen war, und die man auch nicht vermutet hätte, deren Schärfe heute allerdings ein wenig gemildert schien.

Alle ihre Freundinnen hatten Tommaso früher angehimmelt, und sie konnte natürlich stets mit ihrem Wissen prahlen, wenn sie ihn wieder einmal mit einer neuen Frau gesehen hatte, deren traumhafte Schönheit sie wohlweislich stets übertrieben darstellte, damit sie sich gar nicht erst Hoffnung auf ihn machten – so wie sie.

»Das ist eine wirklich gute Idee. Gern«, stimmte sie freudig zu. »Ich komme nach dem Essen rüber, ziehe mir ordentliche Schuhe an und dann geht's los.«

Sie begannen ihren Spaziergang auf der einen Kilometer langen Gilfpromenade. Diese erhielt ihren Namen von der sogenannten Gilfklamm, der Passer-Schlucht zwischen Zenoberg und Obermais. Ihre sonnenverwöhnte Lage am felsigen Hang des Zenobergs ließ subtropische Vegetation gedeihen. Aus der Gilfschlucht heraus wand sich die Promenade bis unter die Zenoburg hinauf.

»Weiß Gott, was für eine tolle Aussicht«, stieß Tommaso schließlich hervor. Am Ende des Aufstiegs erreichten sie den Pulverturm und gelangten von hier aus auf den Tappeinerweg. Dieser führte ohne Steigungen am Hang entlang des Küchelberges auf über vier Kilometern bis nach Gratsch, und bot eine herrliche Aussicht auf die Kurstadt und das Etschtal. Vorbei ging es an einem Mix aus alpiner und mediterraner Vegetation: Pinien, Himalaya-Zedern, Korkeichen, Eukalyptus und Magnolien. Ihr Weg war nicht ganz so lang. Nach einer gemütlichen Rast auf einer der zahlreichen Bänke machten sie kehrt und betraten unterhalb des Panoramalifts, der von Dorf Tirol hinunter in die Stadt führt, ein einfaches Weinlokal und bestellten »zur Feier des Tages«, wie er bedeutungsvoll sagte, eine Karaffe Weißwein, dazu Mineralwasser.

»Ich kann dir gar nicht sagen, wie gut es sich anfühlt, wieder hier zu sein«, murmelte er später, und schob sich den letzten Happen Käse in den Mund, den sie sich dazu bestellt hatten. »Allein der Ausblick hier. Und der Tappeinerweg ist doch immer noch eine der schönsten von den wunderbaren Promenaden hier in Meran.«

»Das ist dir aber spät aufgefallen«, neckte sie ihn, »wenn man bedenkt, wie viele Jahre du im Ausland gelebt hast.«

»An Dubai war natürlich die Liebe schuld«, gestand er. »Sonst wäre ich sicher schon längst wieder daheim. Aber die Dame konnte sich nicht von der Wüste trennen. Und ich … ich hatte einfach die Hitze satt. Und wie ich dir schon sagte ... ich liebe halt meine Berge.«

»Ich könnte auch nie fort von hier«, nickte sie.

»Apropos, wie steht es mit der Liebe bei dir?«

»Die liegt auf Eis.«

Wieder schenkte er ihr seinen intensiven Blick, als schaute er auf den Grund ihrer Seele. »Bist du denn in niemanden verliebt? Ich meine so richtig, nicht so ... äh ... romantisch verklärt, wie du früher in mich verguckt warst?«

Sie wunderte sich, dass sie nicht knallrot wurde, was sicherlich am Wein zu so früher Stunde lag. Sie lachte. »Hat man das tatsächlich gemerkt?«

»Oh, ja. Du hast mich immer mit deinen Blicken verschlungen. Das hätte mir fast einmal das Genick gebrochen, entsinnst du dich?«

»Als du dir eine Sprungschanze im Garten gebaut und mit dem Mountainbike einen Flickflack hingelegt hast.«

Er schüttelte den Kopf: »Nein! Falsch! Nur versucht. Und das bloß, weil du mich immer mit offenem Mund und Riesenaugen verschlungen hast. Die Landung war wirklich schmerzhaft. Dass ich mir nicht alle Knochen gebrochen hab, lag wohl an meinem Schutzengel.«

»Und dein Vater hat das Fahrrad danach kurz und klein geschlagen«, erinnerte sie ihn. »Ich fand zu Recht.«

»Was dazu führte, dass ich mein Bodenturnen zur Perfektion verbesserte, sodass mir wenigstens auf der Erde das Kunststück gelang.«

Sie schmunzelte. »Nicht nur ich war wirklich hingerissen.«

»Ja, aus mir hätte noch was werden können. Ohne Rad gelang mir sogar ein Doppel-Flickflack. Also beinahe«, verbesserte er sich mit verlegenem Lächeln. »Leider war da zufällig niemand anwesend. Aber du lenkst ab. Was also macht die Liebe?«

Sie seufzte und trank den letzten Schluck aus dem fast leeren Glas. »Liegt auf Eis. Der Mann sieht mich nicht einmal, hab' ich das Gefühl.«

»Wer ist es denn, wenn man fragen darf? Kenn' ich ihn?«

»Du kennst doch sowieso alle in der Stadt«, lächelte sie. »Aber ihn kennst du noch nicht so gut, nehme ich an. Ich … ich liebe Elias.«

Tommaso, der die Karaffe ergriffen hatte, um ihre Gläser erneut zu füllen, stellte sie mit einem Ruck zurück auf den Tisch. »Wie bitte? Aber … der ist doch in Ella verknallt.«

Verdutzt hob Linni die Brauen. Dann kicherte sie ein bisschen albern, was ebenfalls nur am Wein liegen konnte. »Unsinn. Die beiden … die sehen sich doch kaum an, wenn sie sich treffen. Oder … also wir essen immer gemeinsam zu Mittag. Da … da reden die doch kaum ein Wort miteinander.«

»Meine Liebe! Also entschuldige mal. Die haben sich mit Blicken beinahe verschlungen, als wir meine Heimkehr gefeiert haben. Immer, wenn sie meinten, keiner beachte sie.« Er hob den Zeigefinger: »Glaube mir, ich erkenne die

Zeichen. Ich bin nicht umsonst sechsundvierzig Jahre alt geworden und habe einige Freundinnen untröstlich hinterlassen. Also einen Rat kann ich dir geben: Den Mann kannst du dir abschminken. Abgesehen davon, dass er überhaupt nicht zu dir passt.«

»Mein Lieber! Also jetzt entschuldige du mal. Auch ich bin keine siebzehn mehr. Auch ich hatte meine … äh … Liebhaber«, schwindelte sie. Ihre Liebhaber in den letzten fünf Jahren? Wenn es zwei waren, war es mehr oder weniger aufgerundet. Aber das musste ihr Jugendschwarm ja nicht wissen. »Und warum meinst du, dass er nicht zu mir passt?«, fragte sie.

Er öffnete die Arme wie ein Priester, der zu seinen Schäfchen betet: »Na, du bist schwierig und er ist es auch. Selbst wenn er Interesse hätte, käme nichts Gescheites bei euch beiden herum.«

»Wir werden ja sehen«, entgegnete sie ein wenig trotzig. »Außerdem bin ich nicht schwierig.« Sie war ja auch zu blöd, dass sie ihm gleich mit der Wahrheit daherkommen musste. Abgesehen davon kannte er den Mann überhaupt nicht.

»Seit wann geht das schon? Ich meine deine Schwärmerei für Elias?«

»Seit … äh … nun, zuerst war er verheiratet, dann starb vor vier Jahren seine Frau … und, na ja, seitdem versuche ich, seine Aufmerksamkeit zu erringen«, gestand sie. Es ging ja nicht anders. Bei Tommaso schaffte man es einfach nicht, mit der Wahrheit hinterm Berg zu halten. Er besaß eine suggestive Macht über sein Gegenüber. Kein

Wunder, dass er so erfolgreich in der Vergangenheit gewesen war, wie seine vielen Fotos der von ihm erbauten Brücken bewiesen.

»Ach, du Dummchen«, flüsterte er so zärtlich, dass ihr beinahe die Tränen kamen. »Vier Jahre – so lange darfst du nie, aber wirklich niemals auf einen Mann warten. Gib ihm drei Monate, dann musst du die Zeichen deuten. Wenn er dich liebt, dann weißt du das, erkennst, ob es zwischen euch passt, und vielleicht sogar warum. Mein Tipp: Ein paar gemeinsame Eigenschaften vereinfachen das gemeinschaftliche Leben. Denk nur an das Sprichwort: Gleich und Gleich gesellt sich gern.«

»Oder Gegensätze ziehen sich an«, unterbrach sie ihn.

Er hob abwehrend die Arme. »Ebenfalls sind ähnliches Milieu in der Jugend von Vorteil, und, falls vorhanden, ähnliche Zukunftswünsche, also ob Kinder oder nicht, religiöse Einstellungen und so weiter. Glaub einem Connaisseur wie mir.«

Jetzt sprach er auch noch Französisch. »Merci, j'ai compris«, kramte sie ihr Schulfranzösisch hervor. »Wobei ich mich wundere, wieso es dann die Liebe auf den ersten Blick gibt, bei der man sich wie man sagt in Sekundenbruchteilen in sein Gegenüber verliebt – und oftmals ist der- oder diejenige dann auch die Richtige. In der Millisekunde kann man die besagten Punkte doch nie und nimmer erkennen.«

»Hm.«

»Und«, fuhr sie fort, »was ich bei all deinen Weisheiten nicht verstehe ist, wieso du noch immer ungebunden durchs Leben torkelst.«

Er hob sein Glas. »Das verstehe ich auch nicht«, sinnierte er. »Aber du lenkst von dir ab. Ich glaube, ich muss mich mal ein bisschen um dich kümmern.«

Jetzt röteten sich ihre Wangen doch. Das lag nun nicht mehr nur am Wein, denn seine Worte waren nicht belustigt wie zuvor, sondern sehr ernst hervorgebracht worden. Tja, lieber Tommaso, dann leg mal los!, befahl sie ihm im tiefsten Inneren. Ich werde Elias noch höchstens drei Monate Zeit geben, ach, was sage ich, drei ... Wochen. Nein, doch lieber zwei Monate, entschied sie weinselig. Und dabei werde ich ihm und meiner Schwester Ella ein wenig mehr Aufmerksamkeit beim Essen schenken. Da konnte sie nur sagen: Augen auf beim Schmausen. Dennoch war sie überzeugt, dass Tommaso sich irrte.

Sie zahlten und machten sich auf den Weg.

»Und jetzt überlegen wir beide, wie du dich demnächst mit Ella versöhnen willst«, begann er auf einmal.

Linni hätte sich ja denken können, dass er auf den Streit zurückkam. Denn als Tommaso sie danach in die Küche geleitet hatte, war sie so aufgelöst gewesen, dass sie keinen einzigen gescheiten Gedanken fassen konnte. Also hatte sie ihm nichts von der Katastrophe berichten können.

»Meine Mutter hat mir alles erzählt. Nachdem du nicht reden wolltest, habe ich ihr keine

Ruhe gelassen. Also sei ihr nicht böse«, bat er, plötzlich sehr ernst werdend.

Und Linni begann zu erzählen, zuerst stockend, dann immer flüssiger: »Am liebsten wäre mir, ich selbst würde diese Schwester suchen gehen. Dann finde ich sie und lege sie Ella zu Füßen. Denn ich weiß doch genau, dass sie der Gedanke an eine Zwillingsschwester ab jetzt nicht mehr loslassen wird«, fügte sie hinzu.

»Eine gute Idee. Und da ich momentan Urlaub habe, kann ich dir dabei helfen.«

»Das würdest du tun? Das wäre wirklich lieb von dir«, seufzte sie und hakte sich bei ihm unter. Er war Tommaso und bei ihm durfte man das, schließlich kannten sie sich seit neununddreißig Jahren. Und er hatte sie früher im Kinderwagen durch den Garten geschoben, besser, gejagt.

»Internet. Wir werden diese Schwester schon finden. Du hast doch sicher eine Adresse?«

Sie nickte. »Ja. Brigitte gab sie mir, denn Ella hat ja den Briefumschlag, und ich wollte nicht mit Papa darüber reden. Zum Glück wusste Brigitte die Adresse noch. Noemi und ihre Mutter wohnen in Mailand. Leider gibt es keine Telefonnummer.«

»Dann würde ich vorschlagen, wir begeben uns morgen dahin.«

»Tommaso, langsam begreife ich wieder, worin das Besondere deines Wesens liegt, warum die Frauen vor dir auf die Knie fallen.«

»Siehst du, mehr wollte ich doch gar nicht. Jedenfalls nicht für den Anfang«, sagte er und drückte ihre Hand, die sie immer noch unter seinen Arm geschoben hatte.

Als Tommaso und Linni von ihrem Ausflug wieder zurück waren, gingen sie gemeinsam durch den Garten und stiegen sogleich hinauf zu seinem Arbeitszimmer, das sich im zweiten Stock befand. Es war ein rechteckiger, friedlich wirkender Raum, hell und luftig, wie alle Zimmer im Haus, das ihrem im Wesentlichen ähnelte, und an dessen großzügigem Fenster, welches zum Glück nicht durch eine der gängigen Plissee-Jalousien verunstaltet wurde, eine helle Leinengardine vor den Blicken der Nachbarn schützte. Der Platz am antiken, leicht gebogenen Biedermeier-Schreibtisch aus Kirschholz gestattete einen angenehmen Blick ins Grün der friedvollen Gasse, die sie mit ihren vertrauten Bäumen immer an ein Bild eines Kinderbuches erinnerte, an dem sie sich früher so oft erfreut hatte. Ein wirklich guter Ort zum Arbeiten, befand sie.

Tommaso stellte einen Hocker neben seinen modernen Schreibtischstuhl und gemeinsam recherchierten sie im Internet. Doch sie blieben ohne Erfolg.

Er stand auf und öffnete das Fenster, durch das das Schmettern eines Buchfinkenmännchens hereindrang, dessen Ruf im Vier-Sekunden-Takt wie üblich beendet wurde mit dem freundlichen Bekunden: »Nice to see you.« Jedenfalls verstanden es so ihre Ohren.

Tommaso wandte sich ihr zu. »Somit können wir morgen nur nach Mailand zur bekannten Adresse fahren und uns dort durchfragen. Ich würde vorschlagen, wir machen eine Zweitagesfahrt daraus. Wäre dir das recht? Oder erlaubt es deine Zeit nicht?«

Sie zuckte die Achseln. »Wir haben für den Umzug vorsorglich Samstag und Montag die Sattlerei und den Laden geschlossen. Im Moment will ich sowieso nicht auf Ella stoßen. Die massakriert mich doch auf der Stelle.«

»Also, wir machen uns morgen früh um zehn auf den Weg. Ich kenne ein süßes Hotel in Mailand. Dort wirst du auf andere Gedanken kommen«, versprach er.

Nach diesen Worten war ihr schon leichter ums Herz. Sollten sie Noemi finden, würde sie ihre Schwester davon in Kenntnis setzen. Dann konnte Ella entscheiden, wie es mit den Geschwistern weitergehen sollte. Möglicherweise war ja Noemi genauso unwissend wie Ella es heute am frühen Morgen noch war. Aber das war nicht mehr ihre Sache. Jetzt war die Geschichte einmal ins Rollen geraten, nun wollte sie lediglich versuchen, die Weichen zu stellen. Denn Linni war sich zu einhundert Prozent sicher, dass Ella sich irgendwann selbst auf die Suche machen würde.

7
Ella

Als Ella Samstagabend um sechs zur Wohnung von Elias hinaufstieg, klopfte ihr Herz vor Aufregung. Es war lange her, dass sie seine Wohnung betreten hatte. Okay. Nicht allzu lange, am letzten Geburtstag von Luca war es gewesen. An seinem und Lucas Geburtstag war es Sitte, dass sich alle bei ihm oben in der Wohnung trafen, wo er und Luca in der Regel ein leckeres Menü mit einem formidablen Nachtisch als Krönung zubereitet hatten.

Seine Wohnung war hübsch eingerichtet. Nichts hatte sich seit Maries Tod verändert. Also fast nichts. Das Ehebett war einem kleineren Bett gewichen, auf dem Luca aber immer noch Platz fand, wenn er dann und wann die Nähe seines Vaters in der Nacht suchte. Alles andere war unverändert.

Elias sah einfach umwerfend aus, fand Ella, als er ihr die Tür öffnete. Seine Haare nach den Sonnentagen der letzten Zeit mit ihrem Höhepunkt auf der Seiser Alm, wohin er Luca gefahren hatte, wiesen beinahe wieder das gewohnte Sommerblond auf, wodurch das Braun seiner Augen noch betont wurde. Im Gegensatz zu ihr bekam er nie einen Sonnenbrand, sondern seine

Haut färbte sich beim ersten Sonnenstrahl tiefbraun.

»Komm rein, ich hab' bereits alles fertig.«

Sie hielt ihm spöttisch lächelnd – noch gelang es ihr – ihre Papiertaschentücher entgegen, worauf er auf einen kleinen Tisch neben dem Sofa wies, auf dem sich ebenfalls eine Packung befand. »Dann kann uns ja nichts mehr passieren«, schmunzelte er.

Sie wandte rasch den Blick ab und half ihm, den Tisch in der schmalen Küche zu decken. Er hatte Brote mit Ei, klein geschnittenem Knoblauch und Tomaten belegt, die mit Sardinen aufgepeppt worden waren.

Zuvor hatte er eine feine, klare Rindssuppe serviert – selbstverständlich selbst gekocht, betonte er – mit einer Einlage von Mini-Speckknödeln, so, wie sie es liebte. Darüber reichlich frische Petersilie gestreut, die sie im Garten anbauten und an der sich jeder bedienen durfte, auch wenn er sie zu dieser Jahreszeit noch auf dem Markt besorgt hatte. Sie hätte schnurren können.

Als Nachtisch servierte er köstliche Apfelküchlein, eingetaucht in Teig, dann im heißen Fett schwimmend gebacken.

»Ich bevorzuge Weinbackteig, dann werden die Küchlein knuspriger«, dozierte er.

Das war ihr ganz egal, jedes Küchlein in Backteig war ein Genuss. Zum Essen hatten sie sich für schlichtes Wasser entschieden. Den Alkohol gab es erst später, beschlossen sie.

Sie besprachen keine Probleme, sondern unterhielten sich über Lucas und Elias' geplante Alpintouren. »Ich hab' die letzten Jahre hart gearbeitet, jetzt gönne ich mir eine kleine Auszeit«, sagte er, als sie den Tisch abgeräumt hatten, um sich auf die Sofaecke zurückzuziehen. Gemeinsam hatten sie Wein und Gläser aufgestellt, dazu ein paar selbst gebackene Käsestangen. Sie setzten sich.

»Ich will nach langer Zeit endlich wieder klettern gehen«, bekannte er, nahm die Weinflasche und blickte Ella fragend an.

Sie nickte stumm. Er goss einen leichten Rotwein aus dem Veltlin in die Gläser. »Ich würde auch gern mal wieder eine Tour machen. Aber mir ging es genau wie dir: die Arbeit. Manchmal ist es ganz schön viel«, sagte sie. »Vor allem, seit Linni nur noch halbtags mitarbeitet – was ich natürlich verstehen kann«, fügte sie rasch hinzu. Wenn sie sie auch nicht mehr sehen konnte. »Trotzdem. Nach gestern hab' ich sie so über, dass ich froh wäre, wenn sie die Arbeit in der Sattlerei ganz aufgeben würde. Nur leider – mit Ricardo allein schaffe ich das nicht. Ich verwende ja auch einen Großteil meiner Zeit für meine Taschenkollektion.«

Sie tranken vom Wein, Ella knabberte an einer Käsestange, dann brach sie von sich aus die Stille und kam auf den Grund der Auseinandersetzung mit Linni.

Als Ella geendet hatte, wies sie auf die Taschentücher. »Nicht alle gebraucht, wer hätte das gedacht«, sagte sie mehr aus Verlegenheit. Tatsächlich waren alle Tücher trocken geblieben – sehr zu ihrem Erstaunen.

Elias stand auf, ging zum Fernseher und kurz darauf flimmerte ein unechtes Kaminfeuer über den Bildschirm. Dazu spielte leichte Lounge-Musik.

»Den echten Kamin kann ich heute Abend nicht anzünden, mir fehlt Feuerholz«, entschuldigte er sich.

Dann gesellte sich Elias, der zuvor auf der gegenüberstehenden Couch gesessen hatte, zu Ella und nahm ihre Hand in die seine.

»Ich kann mir vorstellen, was das für dich bedeutet«, murmelte er.

Dieser Satz öffnete zu ihrem Entsetzen die Tränenschleuse, und die Flut suchte sich ihren Weg. »Ich fürchte, das kannst du nicht«, schluchzte sie. »Dieser furchtbare Vertrauensbruch. Wie wollen sie das je wieder gutmachen?«

»Linni kann man vielleicht eher verstehen. Sie stand zwischen euch und wusste nicht weiter.«

Ella zuckte weinend die Achseln. »Aber was Vater und Mutter gemacht haben, das ist unentschuldbar.«

»Ich bin ganz deiner Meinung, dass sie eine falsche Entscheidung getroffen haben. Aber ganz ehrlich … ich wäre bestimmt auch gespalten gewesen, wenn ich an ihrer Stelle gewesen wäre. Deine leibliche Mutter hat ihnen verboten, dich einzuweihen. Wenn sie dir die Wahrheit gesagt hätten, hättest du möglicherweise nicht dem Drang widerstehen können, diese Frau zu finden.«

»Ich weiß ja nicht einmal heute, ob ich sie sehen will«, gab sie gefasst von sich, nahm sein Taschentuch, das er ihr automatisch entgegengehalten hatte und trocknete sich die Tränen.

»Und? Willst du sie sehen?«

»Ja. Nein. Nicht sie, aber meine Schwester. Ich will morgen früh nach Mailand fahren, um sie zu finden, aber vielleicht ist das auch blöd.«

»Vielleicht ist das eine gute Idee. Doch bitte nimm mein Auto, nicht, dass du auf der langen Strecke mit deinem alten Käfer liegen bleibst«, sinnierte er, legte erneut den Arm um ihre Schulter und zog sie an sich.

Sie lauschten beide der Musik und Ella ließ sich von den Klängen einlullen, versunken in den Anblick des Feuerspiels im Fernsehen. Und ganz langsam löste sich ihre Verspannung. Elias' Körper und das zärtliche Streicheln seiner warmen Hände spendeten ihr ein Gefühl von Losgelöstheit, beinahe Befreiung. Natürlich beherrschte sie immer noch ein Gefühl der Trauer, etwas Wertvolles verloren zu haben, doch der überwältigende Schmerz vom gestrigen Morgen trat ein wenig in den Hintergrund.

Keiner von beiden hätte später sagen können, was sie bewogen hatte, die jahrelange Distanz, die zwischen ihnen herrschte, aufzugeben und sich zu küssen. Den Kuss voller Leidenschaft zu wiederholen, den sie sich bereits vor acht Jahren gegeben hatten.

Sehr viel später murmelte Elias in ihr Haar: »Ich glaube, den haben wir uns diesmal wirklich … äh … erlauben dürfen.«

Ella nahm seinen Kopf in die Hände und flüsterte: »Auch wenn Linni mich dafür töten wird.«

Er küsste ihre Handflächen. »Linni? Warum? Ach so«, sagte er ein wenig verlegen, als Ella ihm einen spöttischen Blick zuwarf. »Ich kann nichts für ihre Schwärmerei.«

»Aber nein, das sagt ihr Männer doch immer«, gab Ella spöttisch zurück. »Meine Schwester war von Anfang an in dich verliebt. Ich konnte dagegen sagen, was ich wollte.«

»Aber ich hab' ihr nie einen Grund für diese … diese Schwärmerei gegeben.«

»Nein, das weiß ich doch«, bemerkte sie zärtlich.

»Und wenn ich ehrlich bin … ich bin schon seit jeher in dich verliebt. Und ich glaube, du weißt es«, fügte er leise hinzu.

»Ich war mir nicht sicher, ich … ich ahnte es.«

Er spielte mit den Fingern ihrer Hand und fragte, den Kopf gesenkt: »Warum sind wir dann bisher nie zusammengekommen? Also ich meine, nach Maries Tod.«

»Was weiß ich? Vielleicht, weil wir uns immer noch für unseren ersten Kuss geschämt haben – bei dem es ganz sicher nicht geblieben wäre, wenn meine Mutter nicht dazugekommen wäre. Und ich … also ich hab' ja gesehen, was mit Linni los ist. Und da wollte ich nicht dazwischen gehen.«

»Es sind jetzt vier Jahre nach Maries Tod. Ich glaube, wir dürfen nun vor allen zu unseren Gefühlen stehen.«

Sie zuckte die Achseln. »Meine Gefühle … ich weiß nicht … sie konnten sich nicht entwickeln. Es war für mich unter anderem problematisch, weil ich wusste, wie sehr ihr euch geliebt habt. Und ehrlich … ich fand immer und denke es noch heute, dass ich nicht zu dir passe.«

»Warum denn nicht?«, rief er fassungslos.

Sie blickte ihn überrascht an. »Elias, deine Liebe zu Marie … da bin ich doch nie … damit konnte ich … kann ich doch nie konkurrieren. Außerdem bin ich total anders als sie. Sie war so … sensibel, so … zart und schüchtern.«

»Ach, Ella.«

Erstaunt blickte sie auf und erkannte den Kummer in seiner Miene. Na also, er trauerte immer noch um seine große Liebe.

Elias stand auf und öffnete das Fenster. Einen Moment schaute er hinaus und der Ruf der Gartenvögel erfüllte die Luft. Er stützte sich auf die Fensterbank und atmete tief durch. Dann drehte er sich um und kehrte zurück auf die Couch. »Um die Wahrheit zu sagen: Liebe spielte bei uns nur eine untergeordnete Rolle. Luca war der einzige Grund, weswegen wir geheiratet haben. Wir kannten uns viel zu kurz. Erst später stellten wir fest, welchen Fehler wir begangen hatten. Daher kam es doch auch zu unserem Kuss in der Hütte. Das war doch keine Kurzschlusshandlung von mir. Marie und ich … wir waren beide kreuzunglücklich. Sie, weil sie das Gefühl hatte, dass sie dank Luca niemals die Karriere ihrer Träume als Musikerin starten könnte. Da nutzen alle meine Versuche, sie zu beruhigen, nichts. Ich war nicht in der Lage, ihr die Ängste zu nehmen. Und ich war nicht glücklich … weil ich einfach nicht in sie verliebt war. Ich fand sie hübsch, wir haben einmal miteinander geschlafen und … und mein Kondom hatte seinen Geist aufgegeben. Es war abgelaufen … jedenfalls hat es uns nicht ausreichend geschützt. Abtreibung oder Adoption stand für uns beide außer Frage. Und so haben wir geheiratet. Wir gaben uns weiß Gott alle Mühe. Aber Tatsache ist, dass wir es nicht geschafft haben. Allein Luca war unser Bindeglied. Ich habe niemals bereut, dass wir uns für ihn entschieden haben.«

Ella schwieg einen Moment überwältigt von den unterschiedlichsten Emotionen. »Dabei haben immer alle gedacht, ihr wäret so glücklich.«

»Ich hatte mich auch mit allem abgefunden, Luca war mein ganzes Glück. Aber Marie liebte ihre Musik so sehr. In den vier Jahren hat sie sich nach ihren Auftritten regelrecht verzehrt. Ich hab' ihr immer wieder vorgeschlagen, mich um Luca zu kümmern. Natürlich, schließlich bekam ich die Möglichkeit dazu, auch wenn ich mich einen Monat, bevor Marie schwanger wurde, gerade hier mit der Werkstatt selbstständig gemacht hatte. Und meine Eltern hätten mich finanziell natürlich nie unterstützen können, wenn beruflich etwas schiefgegangen wäre. Diese Unsicherheit am Anfang half natürlich nicht, uns ausreichend um unser Liebesleben zu kümmern.«

»Hat Marie sich beschwert?«, erkundigte Ella sich leise.

»Oh nein. Sie war sehr lieb, wenn du verstehst, was ich meine. Sie machte mir auch nie einen Vorwurf wegen dem Kondom. Aber sie musste auch nichts sagen. Ich erkannte in ihren verweinten Augen und ihrem Verhalten, wie es um sie stand. Aber uns fiel auch nicht ein, wie wir die Situation hätten ändern können. Ich hab' ihr immer nur vermittelt, dass sie sich um Luca nicht sorgen sollte, dass sie auf Konzertabende gehen könne, wenn sie nicht allzu weit entfernt wären. Aber ihr fiel auch diese Möglichkeit schwer. Sie hatte Probleme damit, Luca in fremde Hände zu geben. Mit meiner Mutter kam sie nicht gut zurecht. Ihre Eltern leben auf der Seiser Alm und boten sich oft an, für Luca zu sorgen, wenn sie auf Reisen gehen wolle. Sie lehnte alles ab. Selbst ich musste richtiggehend darum bitten, ihn mir zu überlassen, wenn ich in der Werkstatt arbeitete. Sie meinte immer, der Staub sei seiner Gesundheit abträglich. Ich versprach, einen Filter einzubauen, trotzdem half alles nichts. Und je mehr Sorgen sie sich machte, umso mehr verunsicherte es mich natürlich auch. Und so übernahm sie praktisch allein die Arbeit mit Luca.« Er zuckte die Achseln. »Später war ich sicher, dass sie unter einer Depression gelitten hat. Aber am Anfang kam ich gar nicht auf die Idee, ich war ja so glücklich mit Luca. Es hat lange gedauert, bis ich nach ihrem Tod mit dem Ganzen abschließen konnte. Es bringt ja niemandem etwas, wenn man nur grübelt und grübelt.«

Erneut schwiegen sie und gingen ihren Gedanken nach. Ella hatte Mühe, das Gesagte zu verdauen. Ihr wurde wieder einmal klar, dass man in keine Ehe hineinschauen konnte.

»Apropos Auszeit. Was hältst du von meinem Vorschlag, am Montag eine Bergtour zu machen? Geschäft und Werkstatt machen wir ja nicht auf. Und ich erinnere mich, dass wir damals beide den Wunsch hegten, gemeinsam die Delagokante zu besteigen. Das heißt, wenn deine Form dazu ausreicht«, fügte er ernst hinzu.«

Sie hatten damals oft über die Delagokante am 2.790 Meter hohen Delagoturm gesprochen. Diese sehr beliebte Tour auf der geraden und ausgesetzten Kante des Delagoturms traute sich Ella durchaus zu, denn es war eine mittelschwere, nette Kletterei an den berühmten Vajolettürmen im Rosengarten.

»Ich hätte sogar große Lust dazu«, rief sie mit Begeisterung in der Stimme. »Meine Form ist okay. Ich hatte nur schon lange nicht mehr so viel Luft unterm Hintern wie bei dieser Tour.«

»Dann ist das abgemacht?«

»Abgemacht.«

Mittlerweile war es zehn Uhr geworden. Sie unterdrückte ein Gähnen. Die Aussprache hatte sie ganz schön mitgenommen. Zuerst ihre Geschichte, dann Elias' Geständnis, dass seine Ehe nicht glücklich gewesen war. Nun erschien ihr Marie nicht mehr als die Heilige, als die sie sie vorher betrachtet hatte.

Und dann bat er sie zu bleiben, doch Ella war noch zu überwältigt von all dem Gesagten und schüttelte den Kopf. »Nein, sei nicht böse … ich muss erst einmal all das verdauen«, sagte sie mit einem entschuldigenden Lächeln.

»Schade.« Seine Augen blickten traurig, doch Ella wusste, dass ihre Entscheidung richtig war.

»Ich … brauche ein wenig Zeit zum Nachdenken«, sagte sie stockend. »Tut mir leid. Außerdem wäre da ja auch noch Linni, die abgöttisch in dich verliebt ist.«

»Aber unsere Verabredung für Montag, die gilt doch?«, vergewisserte er sich treuherzig.

»Freilich. Ich freu mich schon«, erwiderte sie lächelnd.

Am nächsten Morgen schlich sich Ella hinunter in die Küche. Von Linni war weit und breit nichts zu hören und zu sehen. Sie wollte ihr dennoch eine Nachricht hinterlassen und nicht einfach verschwinden. Es war ihr egal, ob Linni sich sorgte, aber sie hatten ein gemeinsames Geschäft und da wollte sie sich professionell verhalten. Sie war froh, dass sie das Geschäft auch am Montag noch geschlossen hatten.

Sie suchte den Schreibblock und einen Stift, und da entdeckte sie den Zettel auf dem Küchentisch. Demnach machte Linni einen Ausflug mit

Tommaso. Wohin sie gegangen waren, stand nicht dabei. Es war Ella auch egal. Hauptsache Linni befand sich nicht mehr in ihrem Dunstkreis. Ihre liebe Schwester hatte allerdings hinterlassen, dass sie nicht vor Montagabend zurück sein würde.

»Ach, bleib doch bitte bis zum Nimmerleinstag wo immer du jetzt bist«, murmelte Ella, und schenkte sich die Nachricht für Linni, denn bis zum Abend waren sie längst wieder zurück.

Bei strahlendem Sonnenschein begaben Elias und sie sich gegen zehn Uhr auf die Tour. Ella war glücklich. Beinahe. Zumindest mit Elias, der ihr seine Liebe gestanden hatte. Die andere Geschichte verwies sie in die hintersten Winkel ihres Gehirns und programmierte es nach ihren Wünschen um: Heute war ein schöner Tag!

Sie holten beide ihre Kletterausrüstung und trugen sie ins Auto. Dazu etwas zu trinken, denn die Gartlhütte öffnete erst Mitte Juni.

Bis Vigo di Fassa, dem Talort, dauerte die Fahrt ohne Stau lediglich etwas über eine Stunde und war somit ein reiner Genuss. Von der Rifugio Vajolet gingen sie weiter auf breitem Fahrweg bis zur Gartlhütte auf 2.621 Metern. Hier wartete auf sie ein kurzer Zustieg von einer Viertelstunde. Nun ging es über gestuftes Gelände zu einem Band, welches direkt zu einem Absatz an der Kante leitete.

Als sie ihn erreichten, fragte Elias: »Möchtest du, dass ich vorgehe?«

Ella nickte, sie wusste, dass sie den Anforderungen gerecht werden würde, dennoch war die Tour kein Spaziergang, und Elias vor ihr, bot ihr Sicherheit.

Er legte seinen Klettergurt an und nahm sie dann in den Arm. »Schau«, sagte er und wies nach oben. »Es ist eigentlich ganz einfach. In der ersten Seillänge geht es nach rechts, in der zweiten nach links, in der dritten erst links, dann rechts bis zum Ende. Standhaken und Zwischenhaken sind ausreichend vorhanden«, informierte er sie.

Seine beruhigende Stimme übertrug sich auf sie. »Alles klar«, antwortete sie. Doch sie spürte zum ersten Mal nach längerer Zeit wieder das leichte Kribbeln im Magen, wie es ihr manches Mal vor einer neuen Tour widerfuhr. Sie wurde nicht von Angst geplagt, doch sie hatte wie immer Respekt vor der Kletterei. Denn bei aller Vorsicht und Umsicht, ein Restrisiko blieb natürlich immer.

»Als dann, auf geht's.«

Elias stieg leichtfüßig und zügig der luftigen Kante entlang nach oben. Die Tour war sehr beliebt und bekannt, sodass der Fels durch viele Hände wie poliert war.

Als er ihr ein Zeichen gab, folgte sie ihm, und so erreichten sie den Gipfel nach eineinhalb Stunden. Oben hielten sie sich nicht lange auf, denn es waren bereits einige Kletterkollegen unterwegs, sodass der winzige Gipfel keine Rastmöglichkeit bot.

Doch nun folgte das eigentlich Aufregendste: Eine schwindelerregende Abseilpiste zwischen Delago- und Stadlerturm, dem zweiten der drei Vajolettürme – zwei Mal über zwanzig Meter in die Scharte zwischen Delago- und Stabelerturm, dann noch mal vier weitere Zwanzig-Meter-Längen bis zum flachen Wandvorbau.

Eine Dreiviertelstunde später war die Tour zu Ende. Ellas Beine zitterten ein wenig, als sie unten ankam, doch sie war stolz, es geschafft zu haben. Wie immer nach einem solchen Erlebnis übermannte sie ein Gefühl zwischen Erleichterung, alles heil überstanden zu haben, und Bedauern, dass es bereits vorbei war.

Glücklich fielen Elias und sie sich in die Arme.

»Bravo, Schatz. Du warst super.«

»Beim Abseilen war mir anfangs aber doch ein wenig mulmig«, gestand sie lachend. »Ich bin lange nicht mehr so ein steiles und vor allem langes Stück hinunter. Aber es war wunderbar.«

Einen Moment lang bedauerte Ella, dass es noch eine Weile hin bis zur Abenddämmerung war. Denn dann würden die Felsen glutrot leuchten. Das war immer wieder ein wunderbares Erlebnis. Sie hatte das Alpenglühen auf zahlreichen Ausflügen mit ihren Eltern und Touren mit Freunden natürlich oft bewundern dürfen.

Glücklich und ausgepowert fuhren Elias und Ella nach Hause, um sich frisch zu machen, ehe sie in einem netten Meraner Restaurant essen würden. Dass dies doch erst lange Zeit später sein würde, lag daran, dass nach der Anstrengung eine beglückende und demzufolge ausführliche – gemeinsame – Siesta folgte. Ella hatte alle Bedenken über Bord geworfen. Sie war stolz auf ihre körperliche Leistung. Und einiges von ihrem seelischen Ballast war auf der Tour von ihr gefallen, mit jedem Meter, den sie abgeseilt war – etwas, das all ihren Mut erforderte. So hatte sie dem Drängen von Elias nachgegeben und es keine Sekunde bereut.

8

Linni

Obwohl sie der Ausflug mit Tommaso lockte, so war Linni am frühen Sonntagmorgen immer noch verstört über das, was ihr Vater ihr verraten hatte. Und dass Ella vor allem diesem Verrat auf die Schliche gekommen war, vergrößerte auch ihren eigenen Schmerz und die Unwissenheit, wie sie mit dieser Situation umgehen sollte. Wie um alles in der Welt verhielt man sich gegenüber seiner Schwester nach so etwas? Auch wenn sie sich bemühte, so ahnte Linni mit Sicherheit nicht im Ansatz, wie tief verletzt sich Ella fühlte. Wenn sie litt, bemerkte das nur jemand, der sie sehr gut kannte. So wie früher ihre Mutter und natürlich auch sie. Und selbst für die beiden war das Ausmaß von Ellas Kummers nicht immer erkennbar gewesen. Sie litt still. Sie, Linni, musste ihr Elend jedoch stets ausleben – wofür Ella schwerlich Verständnis aufbrachte. Ihre Geduld schwand dann rasch nach Versuchen, Linni mit den immer gleichen Sätzen zu trösten.

Doch jetzt versuchte Linni, die Gedanken auf etwas Schönes zu lenken, es wartete der Ausflug mit Tommaso auf sie. Ein Sonntagmorgen, wie geschaffen für eine Fahrt nach Mailand.

Sie öffnete die Tür vom Wintergarten und atmete tief ein. Wie immer, so beglückte sie wieder einmal die Farbenpracht in den Beeten. Die letzten Schneeglöckchen verzückten mit puristischer Schlichtheit unter den beiden Forsythien-Sträuchern, wo sie es feucht und warm vorfanden. Die ersten Tulpen standen in voller Blüte. Und die Traubenhyazinthen und die anspruchslosen Hasenglöckchen mit ihren kräftigen blauen Farben erblühten wie jedes Frühjahr ohne Probleme, obwohl der letzte Winter ihnen einige harte Frosttage beschert hatte. Doch hier bot ihnen das Gemäuer ringsum einen gewissen Schutz.

Die Kamelien links und rechts vom Tor zum Gemüsegarten waren in diesem Jahr wieder einmal früher aufgeblüht. Und wie es schien, würde auch dieses Jahr der violette Flieder in der hinteren südlichen Ecke erneut sehr viel früher blühen als gewöhnlich, wurde er doch stets von der Sonne verwöhnt. Allein die rostroten Rhododendren schützten sich noch mit geschlossenen Knospen vor eventuellen Spätfrösten.

Pünktlich um zehn Uhr erschien Tommaso bester Laune. Linni schloss die Haustür, von Ella war weit und breit keine Spur. Allerdings fehlte das Auto von Elias. Gutgelaunt stiegen sie in Tommasos dunkelblauen Audi und fuhren los. Sein Fahrstil war sicher und entspannt. Weder bummelte er, noch raste er wie ein Rennfahrer. Sie hatte nichts anderes erwartet. Noch zwanzig Jahre zuvor wäre sie vielleicht beunruhigt gewesen angesichts seines Temperaments.

Doch jetzt fühlte sie sich ganz sicher. Und bequem war es auch. Die Sonne schien so warm, dass Tommaso Linni fragte, ob sie etwas dagegen habe, wenn er das Verdeck öffnete.

»Nein, gar nichts«, antwortete sie vergnügt und streckte den Arm hoch. Sie war noch nie in einem Cabrio unterwegs gewesen.

Die Luft vibrierte von zahllosen Vogelstimmen, sie flirrte im Sonnenlicht und sie duftete so unvergleichlich, wie es ihr nur im Frühling erschien. Doch am meisten in dieser Jahreszeit konnte sich Linni für das frische junge Grün begeistern.

Die dreieinhalbstündige Fahrt bot jedoch nicht nur Reizvolles. Einen Teil der Fahrt beschäftigte Linni die Frage, was sie eigentlich in Mailand zu tun beabsichtigten. Eigentlich war das Ganze ja Ellas Angelegenheit. Sie hatte momentan nicht den Hauch einer Ahnung, was diese vorhatte, ob sie selbst etwas plante. Mit Sicherheit beschäftigte Ella der Neuzuwachs der Familie ebenso wie Linni – wobei Familienzuwachs doch etwas zu hoch gegriffen war. Dennoch schien es ihr unvorstellbar, dass das Leben nun weiter seinen normalen Gang nahm. Irgendwann würde Ella sich auf die Suche machen, ebenso gegeißelt von offenen Fragen wie jetzt sie. Wie sie ihre Schwester kannte, würde diese allerdings nicht spontan die Fahrt nach Mailand unternehmen, sondern in aller Stille grübeln, was zu tun sei. Vielleicht kamen Tommaso und sie ihr ja so zuvor, nahmen ihr eine

Entscheidung ab und lockten Noemi auf dem Präsentierteller herbei.

Oder – im schlimmsten Fall – diese Schwester würde, ahnungslos wie Ella, ausrasten. Und sie und Tommaso zum Teufel wünschen. Auch dieses Ende der Geschichte wäre denkbar, würde jedoch womöglich Zwietracht zwischen Noemi und ihrer Mutter säen und Ella und sie noch weiter auseinandertreiben. Na danke.

Damit Noemi, falls sie sie denn fanden, überhaupt glaubte, dass es eine Zwillingsschwester gab, hatte Linni vorsorglich ein großes, neues Foto von ihrer Schwester eingesteckt. Der beste Fall in Linnis Augen würde eintreten, wenn sich die Zwillinge kennenlernten. Und soweit sie wusste, schätzten sich eineiige Zwillinge ganz besonders. Das wäre das normalste von der Welt. Dennoch wollte nicht sie selbst es sein, die Noemi die Nachricht überbrachte, entschied sie schlussendlich. Allerdings wollte Linni vorbeischauen, damit sie ihr von Angesicht zu Angesicht gegenüberstünde – was natürlich ihrer eigenen Neugierde geschuldet war –, ohne sich zu erkennen zu geben. Wie das Ganze vor sich gehen sollte – keine Ahnung.

Das alles funktionierte natürlich nur, wenn Noemi noch in der Wohnung lebte, zu der sie die Adresse hatten. Oder Nachbarn in der Lage waren, zu helfen. Oder aber Noemi hatte in der Zwischenzeit geheiratet – was sehr wahrscheinlich war. Dann konnten sie suchen bis zum Nimmerleinstag und würden sie nicht finden.

Desgleichen galt für die Mutter Aurelia.

Sie seufzte. Und wenn alles nichts brachte, hatte sie wenigstens einen angeregten Ausflug mit Tommaso, der sich als wunderbarer Freund herausgestellte.

Tommaso, der Mann, der die Welt bereist und vorsorglich noch am Morgen für eine Unterkunft gesorgt hatte, fuhr sie zu dem hübschen Hotel »Milano Castello« mit eigenem Garten und modernen, ruhigen Zimmern – die allerdings bis auf ein großes alle belegt waren. Allerdings war die Lage perfekt, vierhundert Meter vom Teatro La Scala entfernt, und die Piazza Domo war in sechs Minuten zu erreichen. Die Wohnung von Aurelia und Noemi lag in einer stillen Gasse, ebenfalls nur wenige Gehminuten.

»Darum hab' ich das größte Zimmer gebucht, die anderen in der Altstadt waren ebenfalls belegt. Ich schlafe einfach auf dem Sofa«, schlug Tommaso vor, und er betrachtete angelegentlich die rostroten Vorhänge am Flurfenster.

»Ich bin allerdings kleiner«, sagte sie schmunzelnd, »da bietet sich mir die Couch eher an.«

»Wir werden sehen.«

Sie stellten ihre Taschen ins Zimmer, dann verließen sie das Hotel für einen ausgedehnten Stadtbummel.

Voller Vorfreude, seltsamerweise optimistisch und aufgekratzt, als hätte sie eine Flasche Champagner getrunken – wobei Tommasos Nähe eine nicht unwesentliche Rolle spielte –, machte sie sich in Begleitung ihres Nachbarn auf die Suche.

Die Adresse war rasch gefunden und die Bewohner zu Hause. Sie alle öffneten ihnen bereitwillig die Tür, liehen ihnen ihr Ohr, was ja Sonntagmittag nicht immer selbstverständlich war, konnten ihnen jedoch nicht weiterhelfen. Aurelia und Noemi waren zwar bekannt und erst vor Kurzem fortgezogen. Wohin konnte ihnen leider niemand sagen. Auch nicht, ob eine Hochzeit der Anlass ihres Wegzugs war.

Der Grund dieser Unkenntnis war die Zurückgezogenheit der beiden Frauen. Außer einem knappen Gruß und dann und wann die Erörterung des Wetters hatte es keine Vertraulichkeiten und keinen Austausch gegeben.

Allein eine hübsche, gepflegte Dame aus dem Erdgeschoss, die zu einem hellgrauen Kleid eine lange, silberne Halskette trug – nicht etwa Pantoffeln – und passende hellgraue Schuhe mit kleinem Absatz, konnte mit einer minimalen Auskunft dienen. Linni schätzte sie auf mindestens achtzig Jahre, ihre klaren hellblauen Augen schauten sie mit wachem Blick an.

»Viel kann ich Ihnen leider nicht sagen, ich habe ja nur die Wohnung von ihnen übernommen, aber sie gaben an, nach Bozen zu ziehen. Jedoch wohin dort genau, weiß ich leider auch nicht.«

Linni wollte sich nicht sofort verabschieden. Da die nette Frau vermutlich allein lebte und sichtlich nach Gesellschaft begehrte, nahmen sie daher die freundliche Einladung auf einen Cappuccino an. Frau Mandala war in die eigentlich für sie viel zu große Wohnung gezogen, weil sie sich nicht von ihren Möbeln – antik und von beachtlicher Größe – hatte trennen wollen. Sie selbst hatte nach fünfundvierzig Jahren ihr Haus verkauft, das ihr in ihrem Alter und nach dem Tod ihres Mannes zu entlegen vorgekommen war, erst recht, nachdem sie ihren Führerschein abgegeben hatte. Zudem sehnte sie sich nach mehr Trubel um sich herum. Doch auch nach einer Viertelstunde war ihr nichts Wesentliches mehr über Mutter und Tochter eingefallen, und so verabschiedeten sich Tommaso und Linni. Das Einzige, was ihnen die nette alte Dame noch mit auf den Weg gegeben hatte, war, dass die Namen immer noch mit dem im Brief übereinstimmten. Und, das Erfreulichste: Noemi war in Ellas Foto erkannt worden.

Nachdem sie die anderen Bewohner des Hauses intensiv befragt und freundliche, jedoch negative Antworten erhalten hatten, nahmen sie sich vor, später noch einmal den mitgenommenen Laptop zu durchforsten. Überrascht jedoch waren einige Befragte gewesen, dass an diesem Sonntag sie nun die Zweiten gewesen waren, die nach Aurelia und Noemi fragten. Ella war offensichtlich schon hier gewesen, dachte Linni.

Linni und Tommaso entschieden, auf der morgigen Rückfahrt einen Aufenthalt in Bozen einzuschieben, das sie beide sowieso lange nicht besucht hatten. Tommaso nicht, weil er in den letzten Jahren immer nur auf kurz im Land und dann bei seiner Mutter gewesen war, und Linni nicht, weil ihr keine Sehnsucht nach der Stadt gekommen war. Ihr reichte Meran.

Sie fanden ein Bistro, in dem sie einen Salat aßen, dazu tranken sie einen Achtelliter Wein und Mineralwasser. Erneut stromerten sie danach durch die Gassen.

Als erstes besuchten sie den Dom, der bis neunzehn Uhr geöffnet hatte. Von den Domterrassen bot sich ihnen ein unvergleichlicher Ausblick auf die Stadt. Linni entsann sich noch genau an jenes Osterfest vor dreißig Jahren, als ihre Eltern sie und Ella zu ihrem ersten Besuch nach Mailand mitgenommen hatten und wie sehr sie alle von dem Ausblick fasziniert gewesen waren. Mit seinen hundertsiebenundfünfzig Metern Länge gehörte er zu den größten Kirchen weltweit, in Italien war er die Nummer zwei nach dem Petersdom. Wie sehr sie damals über die Madonnina gestaunt hatte, eine vierzehn Meter hohe Statue der Jungfrau Maria, hoch oben auf der Spitze des Doms, die aus Kupfer bestand und mit 3.900 Blattgoldfolien bedeckt war.

Da die Klosterkirche Santa Maria delle Grazie sonntags bis viertel vor neun geöffnet war, blieb ihnen auch für das Abendmahl von Leonardo da Vinci, einem der wichtigsten Kunstwerke der Renaissance, das in dem Kloster neben der Kirche zu bewundern war, noch Zeit. Sie hatten Glück und es waren gerade zwei Plätze in einer gebuchten Gruppe frei geworden. Die Wandmalerei befand sich im Refektorium des Klosters. In den Jahren 1494 bis 1498 geschaffen, hatte es eine glückliche Überlebensgeschichte: Von der kompletten Zerstörung durch eine Bombe blieb es unversehrt, weil es sich nicht an der getroffenen Südwand, sondern an der Nordwand befand.

Danach machten sie sich auf, um den Abend im Navigli-Viertel zu erleben, ein hippes Viertel im Südwesten des Doms, das seinen Namen von den beiden Navigli dort erhielt, den typischen Kanälen in Mailand, die bereits in der Antike als Verkehrswege gebaut und bis ins zwanzigste Jahrhundert genutzt worden waren.

Hier pulsierte das Leben. Und so bummelten sie vergnügt durch die schmalen Gassen. Mit schlafwandlerischer Sicherheit fand Tommaso später ein intimes Restaurant direkt am Wasser. Genüsslich einen Aperitif genießend, bewunderten sie verträumt, wie die Sonne die Kanäle in wunderbares Licht tauchte.

Nach dem Essen spazierten sie noch durch die Galleria Vittorio Emanuele II auf Linnis Wunsch hin, allein um auf dem Mosaikboden den Stier von Turin zu finden, der ihnen Glück und Fruchtbarkeit bringen sollte – sofern man sich auf dessen Gemächt stellte und sich um die eigene Achse drehte.

»Ich bin zwar schon fast vierzig Jahre alt, und wenn es mit der Fruchtbarkeit nicht mehr klappen sollte, so kann man Glück ja immer gebrauchen«, entfuhr es ihr und einen Moment wanderten ihre Gedanken zu Elias.

»Heutzutage ist das Alter fürs Kinderkriegen ja nicht mehr so bedeutsam«, erwiderte Tommaso und drehte sich gleich drei Mal um die eigene Achse.

Sie verließen die Galleria und stießen auf das Denkmal Leonardos und gleich darauf auf die Scala, die allerdings erst innen ihren Glanz entfaltete, die sie heute jedoch nicht mehr besuchen konnten.

Irgendwann führte sie eine verschwiegene Passage zur Piazza Mercantile mit ihren herrlichen alten Gebäuden und einem historischen Brunnen aus dem sechzehnten Jahrhundert in deren Mitte. Dieser Platz war im dreizehnten Jahrhundert – lange vor dem Bau des Doms – der zentrale Handwerker- und Handelsplatz und von pittoresker Schönheit.

Als sie am Abend ins Hotel zurückkehrten und das Fenster zum Garten weit öffneten, streckte Linni beide Arme in die Höhe und seufzte: »Das war einer der glücklichsten Tage, die ich seit Langem erlebt hab.«

»Das ist schön, aber irgendwie auch schade«, erwiderte Tommaso. Er trat hinter sie und legte die Arme um sie. »Du bist eine Frau, die mehr verdient. Ich an Elias' Stelle hätte dir schon längst die schönsten Orte unserer Heimat gezeigt.«

Ein Blitzstrahl durchzuckte sie, und vor ihrem geistigen Auge erschien wie so oft unvermutet Elias' Ebenbild. Diesmal allerdings ohne die Begleitung von Schwermut oder Melancholie. Es war vielmehr ein kurzes Aufflackern. Es verschwand so rasch wie es gekommen war.

Hier war Tommaso, der Kumpan der Jugend, ihr Teenager-Schwarm. Der Wein und die romantische Stimmung ihres ausgedehnten Streifzugs durch die malerischen Gassen, die gut gelaunten Menschen um sie herum, ihr eigenes fröhliches Treiben, das alles ließ Elias ein wenig in der Ferne verschwinden. Hier und jetzt schenkte ein anderer Mann ihr Interesse und Fürsorglichkeit, nach denen sie so viele Jahre gelechzt hatte. Und sie genoss das wunderbare und seltene Gefühl von Glück und Geborgenheit, selbst wenn es ihr nicht durch Elias zuteilwurde.

Und so war es nur ein kleiner Schritt, der den Gedanken an die Couch völlig in Vergessenheit geraten ließ.

»Du weißt, dass ich zu viel Wein getrunken habe«, murmelte sie, als sie sich eng an ihn schmiegte.

»Aber du bist doch hoffentlich trotzdem noch Herrin über dein … äh … dein Tun«, wisperte er in ihr Ohr.

»Stets und immerdar«, parlierte sie.

»Dann muss ich also nicht befürchten, dass du morgen früh einen Filmriss hast und die sicherlich zauberhaften Stunden ohne bleibende Erinnerungen waren.«

»Keine Sorge. Ich hoffe nur, du hast für diese Fälle … also unser geselliges Beisammensein hier und jetzt in deinem Bett«, präzisierte sie vorsorglich, »Schutz parat. Sollte ich heute das Glück und die Fruchtbarkeit möglicherweise in Gang gebracht haben, so möchte ich doch nichts überstürzen.«

»Ich bin ein Mann von Welt«, gab er ernsthaft zur Antwort, öffnete das Nachtkästchen und hielt ihr eine gut gefüllte Hand verschiedenster Fruchtbarkeits-Verhüterli hin. »Das sollte reichen«, grinste er.

»Bis wann, sagtest du, gibt es morgen Frühstück?«

Er blickte auf die Uhr. »Bis zehn. Jetzt ist es fast zwölf. Ich denke, das ist fürs Erste ein guter Einstieg.«

»Als dann, auf geht's«, schnurrte sie.

Am nächsten Morgen schafften sie es gerade noch nach unten, bis das Buffet eine Viertelstunde später geräumt wurde. Beiden ging es prächtig – auch wenn sie natürlich den eigentlichen Zweck ihres Besuches nicht erreicht hatten. Und Linni wusste nicht, ob die Erleichterung oder die Enttäuschung darüber überwog. Eines aber war sicher: Obwohl sie Elias liebte, hatte die Nacht mit Tommaso sie entzückt – anders vermochte sie es nicht auszudrücken. Allerdings lag ihre letzte mit einem Mann verbrachte Nacht schon längere Zeit zurück, somit waren ihre Vergleichsmöglichkeiten ohnehin beschränkt.

»Bevor wir losfahren, würde ich gern noch rasch in den netten Antiquitätenladen gehen und den kleinen venezianischen Spiegel kaufen, den ich gestern im Fenster stehen sah«, bat sie.

Tommaso blickte sie zärtlich an. Heute Morgen erschien er ihr noch attraktiver als in der Nacht zuvor – wenn auch in seinem Gesicht Spuren von Müdigkeit wahrzunehmen waren, die sie in ihrem mittels Rouge und aufhellender Augencreme vertuscht hatte. Auch er hatte die Liebesnacht, in der es dem Schlaf nur selten gelungen war, sie zu unterbrechen, augenscheinlich sehr genossen. Sie hatten sich Zeit gelassen, einander zärtlich zu erforschen. Und obwohl ihr früher das Warten vor einer gemeinsamen Nacht mit einem neuen Mann unruhige Stunden bescherte, war es Tommaso gelungen, sie angeregt der Dinge entgegensehen zu lassen, die die laue Nacht ihnen zu schenken versprach.

»Wir haben alle Zeit der Welt. Bozen läuft uns nicht davon.«

Das Antiquitätengeschäft lag nur fünf Minuten entfernt, sie hatten es durch Zufall entdeckt. Ein Durchgang, geschmückt mit einem riesigen Spiegel, in dem sich drei Lüster reflektierten, machte Lust auf Entdeckung. Und man wurde nicht enttäuscht, führte er doch in einen verzauberten Hinterhof, dessen Wände mit uraltem Efeu und wildem Wein überwachsen waren. Vor Linnis Augen tat sich ein wahres Paradies auf. Zahllose Leuchter, Lampen und Lüster funkelten im Schutz eines Wintergartens. Und wenn man das Geschäft betrat, wurde man von einem Sammelsurium, bestehend aus weiteren Kristallleuchtern, geschliffenen mundgeblasenen Gläsern, Vasen, Bildern und Porzellan überrascht und überwältigt. Auf dunklen Tischen fand man mit geschliffenem Glas verzierte Spiegel, Bilderrahmen aus Kristall und bunte Kugeln. Ganz besonders hatte es Linni ein etwa zwanzig Zentimeter großer Spiegel zum Aufstellen angetan, der mit funkelndem geschliffenem Glas umrandet war. Linnis Herz schlug schneller vor Begeisterung, und am liebsten hätte sie noch Stunden in diesem Paradies zugebracht, begleitet von den entspannten Klängen einer Mozartsonate.

Ein reizender Verkäufer, ein Mann von ungefähr fünfzig Jahren, mit langem von weißen Strähnen durchzogenem schwarzem Haar, das er zu einem Pferdeschwanz gebunden trug, gekleidet in schwarze Jeans, weißes Hemd und schwarze Espadrilles, packte den Spiegel ein.

Währenddessen sah Linni sich lächelnd um. Der Sekretär in der Ecke war aber auch zu schön, dachte sie verzückt. Sie nahm den Fotorahmen aus Kirsche in die Hand, der darauf stand, und überlegte, ob sie sich den nicht auch noch leisten konnte.

Plötzlich stutzte sie. »Bitte, könnten Sie mir sagen, ob Sie die beiden Frauen auf dem Bild kennen?«, fragte sie.

Ihre Stimme bebte. So sehr, dass sich Tommaso, der eine lackierte Pfeife in die Hand genommen hatte, ähnlich der, die der Inhaber gerade rauchte, und deren Tabakduft verführerisch würzig und leicht süßlich in der Luft lag, nach ihr umschaute.

Paolo Pasquale legte seine Pfeife in den Aschenbecher, der neben dem in zartes Seidenpapier verpackten Spiegel auf dem Verkaufstresen stand, und trat zu ihr, gefolgt von Tommaso.

»Und ob ich die Damen kenne«, schmunzelte er. »Eine der beiden werde ich demnächst sogar heiraten. Und es ist nicht die Jüngere«, fügte er hinzu, wobei seine Augen vergnügt blitzten.

Beinahe hätte Linni den Bilderrahmen fallen gelassen. »Und … und würden Sie mir freundlicherweise den Namen der Damen verraten?«, bat sie leise. »Es ist nämlich so, dass … dass ich verzweifelt auf der Suche nach ihnen bin.«

Paolo nahm ihn ihr aus der Hand. »Das sind Aurelia und Noemi Angelini«, erwiderte er mit weicher Stimme.

»Und … und wo wohnen sie?«

»Dürfte ich wissen, warum Sie das wissen möchten?«

Mit zittrigen Händen öffnete Linni ihre Handtasche und entnahm ihr Ellas Foto. »Darum.«

Paolo ergriff das Foto. »Das ist zwar ein gutes Foto, aber das ist nicht Noemi«, antwortete er nach einer Weile zu Linnis großem Erstaunen.

»Woher wissen Sie das?«

Er gab ihr das Foto zurück. »Aurelia hat mir alles erzählt. Die Ähnlichkeit zwischen beiden ist wahrlich frappierend, aber an den Augen kann man sie eindeutig unterscheiden. Wie ich vermute, suchen Sie jetzt also Noemi, Ellas Zwillingsschwester, stimmt's?«

Linni konnte nur nicken. »Wir haben erst vor einer Woche erfahren, dass Ella noch eine Zwillingsschwester hat. Und … und jetzt möchte ich ihr helfen, sie zu finden.«

Er wies mit der Hand in den hinteren Raum, der durch einen wollenen Vorhang vom Verkaufsraum getrennt war. »Vor einer Woche, sagen Sie?«

Linni nickte wortlos.

»Erstaunlich.« Sie schwiegen einen Moment, dann sagte er: »Aber bitte, kommen Sie doch mit und wir trinken einen Espresso, wenn es Ihre Zeit erlaubt«, bat er.

»Aber natürlich, ach, ich bin ja so gespannt«, stieß Linni aufgeregt hervor.

Tommaso legte ihr einen Arm um die Schulter und sie folgten Paolo Pasquale in sein gemütliches privates Reich, das natürlich ebenso mit Antiquitäten gefüllt war. Hier stand eine kleine Sitzgruppe mit drei Biedermeier-Sesselchen, ein geschwungenes Sofa und ein runder Tisch aus Kirschholz.

Mit geübten Handgriffen bereitete er Espresso zu und stellte Mandelgebäck zu den zierlichen Tassen. »Der Zeitpunkt ist wirklich erstaunlich«, murmelte er und schaute Linni gedankenverloren an. »Übrigens wohnen die beiden jetzt in Bozen. Vor einer Woche … oder waren es zwei«, fügte er sinnend hinzu, »hatte ich Aurelia endlich so weit, dass sie ihre Tochter

Noemi über ihre Zwillingsschwester aufgeklärt hat. Und dann ist Aurelia nach Meran gefahren, um Ella kennenzulernen. Sie hat hoch und heilig versprochen, sich Ella zu erkennen zu geben, als sie sie in ihrem Geschäft besuchen wollte. Allerdings hat sich Noemi geweigert, mitzufahren. Als Aurelia zurückkehrte, teilte sie jedoch mit, dass sie zu feige gewesen sei, mit ihr über den wahren Grund ihres Besuchs zu reden. Sie hat wohl lediglich eine Tasche bei ihr gekauft.«

»Ach was!«, rief Linni aus. »Dann war *sie* das! Sie hat eine lilafarbene Handtasche gekauft, die sie mit meinen Federn verziert haben wollte. An genau dem Tag hat mir mein Vater gesagt, dass Ella eine Schwester hat. Er hat mich auch um Stillschweigen gebeten. Er war wohl ebenfalls zu feige«, fügte sie leise hinzu. »Ella hat von ihrer Schwester durch Zufall erst am Samstag erfahren.«

»Und? Was gedenken Sie jetzt zu tun?«, fragte Paolo sanft, während er Aurelias und Noemis neue Anschrift mit einem Montblanc-Füller auf ein cremefarbenes Visitenkärtchen schrieb.

Linni überlegte. Dieser Mann war eigentlich ein Fremder, aber andererseits auch wieder nicht. Dank ihm wusste sie nun die richtige Adresse. Und dass Aurelia und er heiraten wollten. »Keine Ahnung. Aber ich werde auf jeden Fall Ella die Adresse verraten«, gestand sie ehrlich. Dagegen konnte Paolo Pasquale keine Einwände haben, nachdem er Aurelia geraten hatte, endlich ihre Tochter in das Geheimnis einzuweihen.

Wahrscheinlich, ganz sicher sogar, war Noemi genauso geschockt über dieses Geheimnis wie auch Ella. Es war an der Zeit, reinen Tisch zu machen, befand Linni.

Energisch stand sie auf und streckte Paolo die Hand hin. Sie war fürchterlich neugierig, alles über Mutter und Tochter zu erfahren, doch sie wollte die Geduld des Herrn nicht überstrapazieren. Das würde ohnehin der Fall sein. Irgendwann.

»Ich bin Ihnen unendlich dankbar, dass Sie uns die Adresse verraten haben. Alles Weitere müssen die ... die Zwillingsschwestern ...«, wie schwer es ihr fiel, das Wort auszusprechen, »... entscheiden.«

Sie nahm ihr Portemonnaie, um den kleinen Spiegel zu bezahlen, doch Tommaso kam ihr zuvor und hielt Paolo den Betrag hin. Da streckte Paolo abwehrend die Hand aus und sagte. »Lassen Sie es gut sein, das ist mein Geschenk für Sie, auf den Schreck hin. Ich werde in spätestens drei Monaten mein neues Geschäft in Bozen eröffnen, dann werden wir uns bestimmt wiedersehen.«

»Das werden wir ganz sicher. Ich liebe Ihre Sachen und werde gern Ihre neue Kundin«, erwiderte sie strahlend. »Ich lasse Ihnen auf jeden Fall unsere Adresse und Ellas Telefonnummer hier, falls ... falls Noemi anrufen möchte.«

»Moment noch, ich glaube, das dürfen Sie Ihrer Schwester mitnehmen. Sie kennt ja ihre Mutter augenscheinlich noch nicht. Und Noemi.« Er nahm das Foto aus dem Rahmen und legte es vor Linni.

Linnis Augen brannten, und sie hatte Mühe, die Tränen zurückzuhalten. »Danke, das ist sehr nett von Ihnen«, stammelte sie.

»Beehren Sie mich wieder. In Bozen, in drei Monaten«, bat er mit einem Lächeln. Dann verabschiedeten sie sich endgültig.

Begeistert und aufgewühlt verließen sie das Geschäft. Tommaso ergriff ihre Hand und zog ihren Arm unter den seinen.

»Besser konnte es wohl kaum laufen«, befand er, und Zufriedenheit sprachen aus seiner Miene und der Stimme.

»Du sagst es«, entgegnete sie atemlos.

»Und, willst du jetzt nach Bozen fahren?«

»Auf jeden Fall! Aber ich werde nicht bei den beiden klingeln, ich will nur schauen, wo sie wohnen«, bestimmte sie. »Dann werde ich Ella kapern, denn die wird sich eher die Zunge abbeißen, als mit mir zu sprechen.« Sie kannte schließlich ihre Schwester. »Und wenn ich sie dazu gebracht habe, nicht sofort auf mich loszugehen oder davonzustürzen, werde ich ihr die Neuigkeit auf dem Präsentierteller bieten. Ich bin mir sicher, dass Ella nie ein Antiquitätengeschäft betreten hat, und somit auch nicht die neue Adresse der beiden erfahren konnte. Ach, ich bin so froh«, fügte sie leise an.

Gemächlich spazierten sie zum Parkhaus, luden das Gepäck ein und fuhren nach Bozen.

Sie parkten in der Nähe des Waltherplatzes. Für einen Stadtbummel hatte Linni keine Geduld, alles drängte sie, zuerst die angegebene Adresse aufzusuchen. Da sich das Haus zum Glück in der Altstadt befand, führte sie der Weg zu ihrer Freude durch die mittelalterlichen Lauben-Gassen. Und wenn man hier auch nach Herzenslust einkaufen mochte, so konnte Linni dafür momentan keine Muße aufbringen.

Nachdem sie den Obstmarkt überquert hatten, erreichten sie schließlich den neuen Wohnort von Noemi und Aurelia Angelini. Als sie die Namen auf dem Türschild lasen, überschlug sich fast ihr Herz. Wie Paolo ihnen mitgeteilt hatte, gab es tatsächlich zwei Wohnungen, eine kleine für Noemi unterm Dach und eine größere für Aurelia eine Etage tiefer.

Die Neugierde trieb sie nach rechts zu einem Durchlass, der auf einen stillen Hinterhof führte. Sie wurden von einer erfrischenden Kühle begrüßt, und ein mit Frühlingsblumen reich bestückter Blumenkübel bot einen heiteren Anblick. Ebenso wie die Fassade machte auch der Hof einen sauberen, pittoresken Eindruck, und seine zwei Bänke und der Tisch aus Stein in seiner Mitte luden die Bewohner sicherlich öfter zum Verweilen ein, vermutete Linni.

Sie war froh, dass sie ihre neu erstandene Sofortbildkamera mitgenommen hatte – klein, handlich, für Kinder ab zehn Jahren geeignet, was ihrem technischen Unverständnis sehr gelegen kam –, für die sie allerdings nicht nur von

Tommaso einige spöttische Lacher eingesteckt hatte. Unauffällig machte sie einige Fotos vom Hinterhof und dem Haus mit Türschild, um sie Ella präsentieren zu können. Sie freute sich jetzt schon auf Ellas Gesicht, wenn sie ihr den Umschlag mit Foto und Adresse überreichen würde. Oder, überlegte sie, vielleicht wäre es besser, wenn sie den Umschlag in den Briefkasten würfe, falls Ella immer noch sauer auf sie war und sie womöglich kaum zu Wort kam.

Als sie sich später in eines der zahlreichen Cafés auf dem Waltherplatz setzten, legte sich endlich ihre Anspannung. Zufrieden betrachtete sie die Bilder.

»Ich kann dir gar nicht sagen, wie glücklich mich unsere Entdeckung macht«, sagte sie, nachdem sie sich eine große, heiße Schokolade mit Sahne gegönnt hatte, dazu einen Florentiner mit dunkler Schokolade und einer süßen kandierten Kirsche in der Mitte. »Und wie dankbar ich bin, dass du mich begleitest.«

»Was tut man nicht alles als guter Freund, das war doch selbstverständlich.«

Sie musterte ihn kurz. Guter Freund? Das Lächeln in seinen Augenwinkeln war unschuldig wie das eines Babys. Letzte Nacht war er eindeutig mehr als nur ein guter Freund gewesen.

Sie pickte die kandierte Kirsche auf, die sie sich als Krönung bis zum Schluss aufgespart hatte, und schob sie in den Mund.

Genüsslich kaute sie. »Apropos Freund … du weißt aber schon, dass ich Elias liebe?«, fragte sie, nachdem sie die Köstlichkeit hinuntergeschluckt und sich die Mundwinkel gesäubert hatte.

Sein Lächeln verschwand. Tommaso nickte mit schmalen Lippen und das helle Blau seiner Augen verdunkelte sich. »Was immer du als Liebe betrachtest. Eine keusche Fernliebe. Jedenfalls ist diese Liebe laut deiner Aussage bisher rein platonisch.«

»Auch eine Liebe auf … äh … geistiger Ebene kann tief und rein sein.«

Seine Lippen verzogen sich. »Ach, Schatz.«

»Nix, ach Schatz. Man kann sich doch auch auf einer höheren Ebene lieben«, brauste sie auf.

»Wenn ich es nicht besser wüsste, müsste ich annehmen, mir sitzt eine Jungfer gegenüber, die von der Welt so viel gesehen hat wie eine Zwölfjährige«, feixte er.

Linni wurde rot. »Bitte halt den Mund«, befahl sie verlegen. »Ich weiß doch selbst, dass das Ganze mit Elias möglicherweise nur ein Wunschtraum ist.«

Tommaso langte über den Tisch und ergriff ihre Hand. »Schau dich um, es gibt so viele Männer, die dich toll finden. Nur du ahnst möglicherweise nichts davon.«

Sie zog die Hand zurück, nahm den langstieligen Löffel und holte den Rest Sahne aus dem Kakao. Genüsslich fuhr ihre Zunge über die Lippen. »Also findest du mich toll?«

»Wenn du mich so direkt fragst: Ja! Ich find dich toll.«

Sie schenkte ihm ein strahlendes Lächeln. »Danke für das Kompliment.«

»Gern geschehen«, sagte er, hob die Hand und die Kellnerin erschien sofort an ihrem Tisch. Er zahlte.

»Also, was machen wir jetzt?«, fragte Linni. Plötzlich steckte sie voller Tatendrang. Ein toller Mann hatte ihr ein nettes Kompliment gemacht. Das gab es auch nicht alle Tage.

»Ich würde vorschlagen, wir erforschen noch ein bisschen die Umgebung. Wie wäre es zum Beispiel mit der Wassermauerpromenade?«

»Kenne ich nicht, aber klingt gut.«

Diese Promenade führte direkt vom Zentrum zur grünen Lunge der Stadt, den Talferwiesen, die sich rechts und links des rauschenden Gebirgsbachs erstreckten. Zwar erschien Bozen den beiden nicht ganz so grün wie Meran, doch boten auch hier viele mit Bäumen bepflanzte Straßen und Gassen Schutz vor der gleißenden Sonne im Sommer.

Schließlich entschieden sie sich, die Seilbahn nach Oberbozen zu nehmen, um von dort mit der Rittner Schmalspurbahn nach Klobenstein zu fahren. Der Ritten, jene malerische Sonnenterrasse, die alte Sommerfrische der Bozener, bescherte ihnen später einen herrlichen Blick auf die Dolomiten.

Zwei Stunden später beendeten sie den Ausflug im Dom Maria Himmelfahrt, dem Wahrzeichen der Stadt, dessen Inneres einige kunsthistorisch wertvolle Schätze barg.

Nach einer Einkehr im renommierten Restaurant Kaiserkron genossen Tommaso und Linni bei gehobener Bistro-Atmosphäre auf der kleinen Terrasse unter weißen Markisen die kreative Küche. Dazu gab es eine eisgekühlte Cola für Linni und Mineralwasser für Tommaso. Später machten sie sich auf zum Parkhaus und erreichten nach einem Katzensprung von einer halben Stunde Meran.

»Der Tag war wunderschön, ich danke dir ganz herzlich, lieber Tommaso«, sagte sie, als sie vor ihrer Haustür standen.

Er zog sie fest in seine Arme. »Das müssen wir natürlich wiederholen«, flüsterte er in ihr Ohr.

Wie wunderbar er duftete, und wie angenehm die Wärme war, die sie durch sein weißes Leinenhemd, das er zur schwarzen Jeans trug, spürte. Ihre Jacken hatten sie über den Tag angesichts der milden Temperatur nicht gebraucht. Dennoch löste sie sich verlegen von ihm, aus Sorge, er könnte sie jetzt küssen, und es könnte sie jemand dabei beobachten. Er tat es nicht und sogleich bedauerte sie es.

Sie öffnete die Haustür, drehte sich herum und schenkte ihm ein letztes Lächeln. »Nochmals ganz lieben Dank.«

Bevor sie im Haus verschwand, hielt Tommaso sie fest. »Und? Magst du nicht noch mit zu mir kommen?«, fragte er. Und Linni versank verträumt in seine schönen Augen. »Der Abend ist so schön. Wir könnten uns in den Garten setzen und ein Feuer in der Schale anmachen«, schlug er vor.

Das Angebot klang verführerisch. Aber hier war Elias, der Mann, den sie liebte.

Sie schüttelte den Kopf. »Sei nicht böse, aber … ich muss jetzt erst einmal ein wenig allein sein und alles noch mal Revue passieren lassen. Außerdem … diese gemeinsame Nacht … es ging doch alles ein wenig schnell. Ich … ich muss erst einmal zu mir kommen«, fügte sie steif hinzu, innerlich stöhnend. Jetzt benahm sie sich wirklich wie eine altertümliche Jungfrau, dabei hatte sie doch die Zeit mit ihm in jeder Minute genossen. Aber ihr Herz gehörte nun einmal Elias, und selbst wenn diese Liebe ohne Zukunft war, so benötigte Linni doch Zeit, um mit ihr abzuschließen. Außerdem bestand ja immer noch die Möglichkeit, dass Elias sich besann. »Die … die Nacht mit dir war schön«, hauchte sie leise, und die Röte, die ihr ins Gesicht schoss, machte die Sache nicht leichter. »Wir … wir sehen uns morgen. Ich komme zu dir, wenn ich mit Ella gesprochen habe. Einverstanden?«

Er nickte ernst und ließ sie los. »Einverstanden. Ich warte auf dich.«

Leise schloss sie die Tür und lehnte sich dann einen Moment von innen dagegen. Die letzten Tage und der Abschluss mit diesem wunderschönen Wochenende waren so aufregend gewesen, hatten die ein wenig eintönige Ruhe durchbrochen. Allerdings in einem Maße, dass einem schwindlig werden konnte. Wenn sie jetzt Ella die Fotos zeigte und sie dazu bewegen könnte, mit ihr zu reden – vielleicht wurde dann auch alles wieder gut. Aber dann entschied sie, ihr vorerst lediglich den Umschlag mit der Adresse und den Fotos in den Briefkasten zu werfen. Sie war anscheinend nicht zu Hause, ihr grasgrüner Käfer stand nicht vor der Tür. In der Regel war Ella diejenige, die die Post holte. Geduld, Linni, befahl sie sich. Jetzt nur nichts überstürzen.

In Gedanken versunken stieg sie die Treppe hinauf, stellte den Spiegel auf ihren Schreibtisch und betrachtete nochmals die Fotos. Dann zückte sie ihren alten Füller und schrieb auf ihr Briefpapier:

Liebe Ella,
das ist für dich. Auf den Fotos siehst du das Haus, in dem Noemi und ihre Mutter jetzt wohnen. Allerdings befindet es sich in Bozen. Wie wir, Tommaso und ich, darauf gestoßen sind, würde ich dir gern erklären.
Bitte verzeih mir, dass ich dich nicht sofort in mein Wissen über deine Zwillingsschwester eingeweiht habe.
In Liebe, Linni.

9
Linni

Linni erwachte bereits gegen halb sieben an diesem Dienstagmorgen. Und leider schien heute nicht die Sonne, die ihr Zimmer sonst mit dem magischen Licht der Prismen verzauberte. Sie hatte schlecht geschlafen. Ständig war sie von beängstigenden, ihr Gehirn okkupierenden Gedanken an Ella aus dem Schlaf gerissen worden. Noch am gestrigen Abend hatte sie den Umschlag mit den Fotos in den Briefkasten geworfen. Natürlich hatte sie die Aufnahmen auch mit dem Smartphone gemacht, denn als sie die Sofortbild-Kamera kaufte – türkis, niedlich und so klein, dass sie in jede Mini-Tasche passte –, hatte sie nicht bedacht, dass die Bilder aus der Sofortbildkamera ebenfalls nur winzig sein konnten.

Von ihrer Schwester sah und hörte sie am gestrigen Abend nichts. Und sie war froh darüber gewesen. So blieb ihr noch eine Galgenfrist bis zur Aussprache.

Als sie sich fertiggemacht hatte, verließ sie ihr Zimmer. Damit Ella nicht geweckt wurde, was möglicherweise deren Zorn hervorgerufen hätte – ungünstig angesichts ihrer Aussprache –, zog sie die Tür nur leise ins Schloss. Im gleichen Moment wurde Elias' Tür geöffnet. Sie wollte ihn gerade freudestrahlend begrüßen, da vernahm sie Ellas Stimme, die, selbst wenn sie gedämpft sprach, im ganzen Haus zu vernehmen war.

Geschockt blieb Linni stehen. Ellas Anwesenheit zu dieser frühen Stunde dort oben war schon Grund genug, ihr Herz in Aufruhr zu versetzen.

»Man sieht sich. Bei Gelegenheit«, gluckste ihre Schwester.

Dass ihre Schwester aus Elias' Wohnung tänzelte, war schwere Kost für diesen frühen Morgen, doch Elias' Antwort und der neckische Ton in seiner Stimme stellte Linnis Nackenhaare senkrecht auf.

»Den hättest du beinah vergessen.«

Sie linste um die Ecke und erspähte, wie er ihrer Schwester einen BH um den Hals legte und sie sanft zu sich heranzog.

Linni brach eiskalter Schweiß aus. Und dann – sie schluckte trocken, als sie das Ungeheuerliche mit eigenen Augen sah – küssten sich Ella und ihre große, heimliche Liebe. Und hierbei handelte es sich nicht um einen herzhaften Schmatz auf den Mund oder ein harmloses Küsschen auf die Wange. Das hier war pure Leidenschaft.

Nachdem sich die Tür hinter Elias geschlossen hatte, lief Ella – Unsinn, sie schwebte – leise lachend die Treppe hinunter.

Linni machte einen Schritt nach vorn und Ella blieb erschrocken stehen. »Ist das jetzt eine Retourkutsche oder was?«, stieß sie fuchsteufelswild hervor.

»Nein, Schwesterherz, das war ein Tête-à-Tête … eine … äh … intime Zusammenkunft, heimliche Liebe«, kicherte sie. Ihre Augen strahlten, als hätte sie den Everest bezwungen – ohne Sauerstoff. »Nenn es, wie du willst.« Damit öffnete sie die Tür ihrer Wohnung und verschwand. Linni hechtete ihr hinterher und riss an der Klinke, aber Ella hatte die Tür bereits abgeschlossen.

Mit brennenden Augen wandte sich Linni herum und rannte nun beinahe die Treppe hinunter. Einen Moment war sie geneigt, den Briefkasten zu öffnen und den Umschlag für Ella wieder an sich zu nehmen. Doch dann hielt sie inne. Unsinn! Deren Besuch bei Elias war das Eine. Die Zusammenkunft mit ihrer Zwillingsschwester war das Andere. Diese Sache hatte sie in Gang gesetzt, also musste sie sie auch zu Ende bringen.

Linni versuchte sich zu beruhigen. Was ihr mehr oder weniger gut gelang. Sie kochte Kaffee wie gewöhnlich.

Brigitte und Christian aßen – seit sie zusammen wohnten – nebenan gemeinsam mit Tommaso. Nur für die Wochenenden hatten sie vereinbart, dass sie gemeinsam zu Mittag oder Abend essen wollten, aber noch nichts Festes ausgemacht. Sie war sicher, dass außer Tommaso momentan auch niemand Lust dazu verspürte.

Sie seufzte. Doch als sie die Schritte ihrer Schwester auf der Treppe hörte, begann sich ihr Herzschlag erneut zu beschleunigen.

Ella öffnete die Tür und setzte sich an den Tisch.

Am liebsten hätte Linni ihrer Schwester den heißen Kaffee über den Kopf geschüttet, doch sie wusste, dass sie gegen Ella keine Chance hatte. »Kommt Elias auch?«, fragte sie stattdessen.

Ella nahm eine Semmel und bestrich sie mit Butter und Konfitüre. »Nein, er macht sich oben sein Frühstück selbst. Jedenfalls so lange, bis Luca aus den Ferien zurück ist.« Sie wusste bereits von Lucas unverhofften Ferien, die er bei den Eltern seiner Mutter auf der Seiser Alm verbrachte.

Linni überlegte kurz, dann verließ sie die Küche, ging zum Briefkasten und nahm den Umschlag für Ella heraus. Es hatte keinen Zweck zu warten. Sie würde zerspringen, wenn sie nicht jetzt – auf der Stelle – deren Reaktion mitbekam.

Zum Glück blieb Ella in der Küche, womit Linni beinahe kaum gerechnet hatte.

»Ich hab' hier was für dich. Ich war am Wochenende mit Tommaso unterwegs. Wir sind nach ... nach Mailand gefahren.«

Sie tat so, als sei das nichts Neues für sie. »War ich auch schon. Hättet ihr euch sparen können.« Sie bestrich die zweite Semmelhälfte und biss ab.

»Ich weiß, dass du auch da warst. Aber nein, wir hatten Erfolg.«

Ella hielt ihre Augen niedergeschlagen, während ihre Hände eine Sekunde lang pausierten. »Ach ja?«, fragte sie mit betont ausdrucksloser Stimme.

»Aber nicht in Mailand, sondern in Bozen.«

Ella legte die Semmel auf den Teller, wischte den Mund ab, schaute hoch und deutete auf den Briefumschlag. »Und was ist das?«

»Das ist die Adresse von Noemi und ihrer Mutter. Mit ihrem Foto.«

»Hast du sie etwa besucht?«, fauchte Ella.

Linni schüttelte wortlos den Kopf. »Wir haben, wie du ja auch, in Mailand versucht, die beiden zu finden. Wie du sagtest, ohne Erfolg. Wir wollten schon heimfahren, da bin ich in ein nettes Antiquitätengeschäft gegangen, das auf dem Weg zum Parkhaus lag, und … da … da sah ich ein Foto von Noemi und Aurelia. Und da habe ich den Inhaber gefragt, Paolo Pasquale, übrigens ein überaus netter Mann …«

Ella rollte genervt die Augen.

»…ob er die beiden Frauen kennt. Und er fragte warum, und ich sagte ihm, dass ich sie suche. Er antwortete, dass er die Frau auf dem Foto heiraten wolle. Daraufhin zeigte ich ihm ein Foto von dir und er sagte, dass dies nicht Noemi sei, wie auf seinem Foto, sondern dass nur du es sein könntest. Ich fragte ihn, woher er das wisse. Und er erklärte, das erkenne er an dem Ausdruck in euren Augen.«

Ella verschränkte die Arme und schaute aus dem Fenster zur Gasse.

»Und … und …«

»Du bist doch hoffentlich nicht zu den beiden hin und hast dich zu erkennen gegeben?«, unterbrach Ella sie hastig. Ihre Hände pressten ihre

Oberarme so fest, dass sie mit Sicherheit blaue Flecke bekommen würde.

Linni schüttelte heftig den Kopf. Sie hielt ihrer Schwester den Briefumschlag entgegen. »Ich hab' nur ein Foto von dem Haus gemacht. Und ... und vom Hof. Sie wohnen in der Altstadt von Bozen. Ganz hübsch ... also von außen ... du wirst sehen.«

»Interessiert mich einen Dreck«, stieß Ella hervor und nahm die Kaffeekanne. Beim Eingießen ging ein Teil des Kaffees daneben.

Still ging sie zum Spülbecken und holte ein Tuch. »Das ist allein deine Sache. Ich hab' auch die Telefonnummern. Die hat uns auch Herr Pasquale gegeben.«

Ella schüttelte wortlos den Kopf. Endlich gelang es Linni, sich ebenfalls zu setzen und mit dem Frühstück zu beginnen.

Wortlos schielte sie zu Ella, als diese den Briefumschlag ergriff und die Fotos herausnahm.

»Das Foto von Noemi und Aurelia habe ich von Herr Pasquale«, wiederholte sie überflüssigerweise, nur um etwas zu sagen. Linni hatte Angst, dass ihre Schwester in Tränen ausbrechen würde. Doch sie wusste sich zu beherrschen, wie üblich.

»Ich finde, ihr seht euch ungeheuer ähnlich.«

Da legte Ella das Foto hin und fuhr mit der Hand an die Lippen und Linni erkannte, wie ihre Schwester, die so gut wie nie in Gesellschaft anderer weinte, die Beherrschung verlor. »Das ist ... das ist ja die blöde Kuh aus dem Laden.

Die, die die geschmacklose Tasche haben wollte«, stieß sie schließend schluchzend hervor. »Soll die etwa meine Mutter sein?«

Sie nickte. »Ja, sie ist es definitiv.« Sie stand auf, ging zu ihrer Schwester und umarmte sie. »Sie wollte dich kennenlernen.«

»Das ist ihr aber sehr früh eingefallen«, schluchzte Ella.

Linni konnte nicht anders, ihre Augen brannten und sie schluckte heftig, damit sie nicht ebenfalls losheulte. »Oh, Ella, es tut mir alles so leid.«

»Und mir erst«, schluchzte Ella. »Scheiße! Verdammt!«

Linni nahm ihre Serviette und reichte sie ihr. »Ja, schöne Scheiße.«

Ella schnäuzte ins Papier. »Aber die Ähnlichkeit … es ist, als sähe ich mich selbst in … in ihrer Tochter.«

»Aber deine Augen sehen ein bisschen … lustiger aus.«

»Stimmt. Die von … von ihr sind irgendwie nachdenklicher.«

»Wahrscheinlich nur auf dem Foto. Sie weiß übrigens auch erst seit einer Woche, dass sie noch eine Schwester hat.« Linni setzte sich wieder an ihren Platz und merkte, dass ihr plötzlich das Frühstück wieder schmeckte. Sie wäre beinahe geplatzt vor Neugier, was Ella jetzt vorhatte, doch sie versagte sich jegliche Fragen. Ihr Gegenüber schwieg. Logisch, das war ja zu erwarten gewesen.

»Und jetzt zu dir und … äh … Elias. Ihr … ihr habt also miteinander geschlafen?«

»Ja.«

Linni presste einen Moment die Lippen aufeinander. »Und … und wie ist es dazu gekommen?«

»Ach, Linni, wir sind eigentlich schon lange irgendwie … aneinander interessiert«, erwiderte sie, während sie noch immer das Foto mit Noemi betrachtete. »Jedenfalls ist Elias an mir interessiert.«

»Aber … das kann doch gar nicht sein, das hat doch nie jemand bemerkt«, rief Linni laut.

»Sollte ja auch niemand«, erwiderte Ella. Als sie das Lächeln in ihren Augen sah, wusste sie, dass sie die Wahrheit sagte. Das war keine Retourkutsche von Ella. Es war … nun, jedenfalls mehr als das, was Elias mit ihr einte.

Jetzt stiegen Linni beinahe die Tränen in die Augen.

»Aber … mach dir keinen Kopf, das zwischen uns ist wahrscheinlich eh nur eine Sommerliebe«, murmelte Ella, die ihre Schwester ja nicht absichtlich verletzen wollte.

»Und außerdem hat er ja auch dich vier lange Jahre warten lassen«, bemerkte sie trotzig. Sie schwieg, doch ihr lächelnder Blick, der Linni streifte, tat weh. »Oder? Habt ihr …?«

»Wir haben uns einmal geküsst … aber schon während Maries Schwangerschaft. Mama … äh … hat den Kuss damals wahrscheinlich mitbekommen. Das war aber alles.«

»Bei der Tour auf die Fünffingerspitze«, brach es aus Linni heraus. »Ich hab' doch geahnt, dass das nicht gut gehen würde«, stammelte sie verwirrt. In der Tat entsann sie sich noch genau des Verdachtes, es würde etwas passieren, und wie heilfroh sie am Abend gewesen war, als alle Drei gesund und munter nach Hause zurückgekehrt waren. Und dennoch war etwas Entscheidendes eingetreten, nur, dass sie es nicht bemerkt hatte.

Ellas Hand fuhr über den Tisch und ergriff Linnis Rechte. »Es tut mir leid, dass du mich vorhin gesehen hast.«

»Muss es nicht. Mir … täte es jedenfalls nicht leid«, erwiderte Linni. »Aber ich glaub' trotzdem nicht, dass Elias dich liebt«, platzte es aus ihr heraus. »Und weißt du auch warum? Weil … ja weil er dich auch vier Jahre warten ließ und nicht nur ein paar Monate, nach Maries Tod. Und darum muss es nichts bedeuten.«

»Na siehst du.«

»Kurze Frage«, sagte Linni heiser. »Wie wird es zwischen euch nun weitergehen?«

Ella antwortete nicht sofort. Ihre Stimme war leise als sie antwortete: »Ehrlich gesagt: Keine Ahnung. Er … ich … weißt du, wir sind nicht mehr so jung. Ich bin nicht himmelhochjauchzend verliebt. Andererseits besteht zwischen uns eine fühlbare Anziehungskraft. Frag mich nicht, ob die nur körperlicher Natur ist«, fügte sie schmunzelnd hinzu. »Es gibt da was zwischen uns, etwas Kraftvolles, das muss sich aber noch entwickeln. Man wird sehen.« Sie schlug fest mit der Hand auf den Tisch. »Und jetzt, Schwesterherz, vergessen wir die Männer. Ran an die Arbeit. Unser Urlaub hat lang genug gedauert. Und heute Mittag erzählst du mir, was du alles so mit Tommaso angestellt hast. Und wie es in Mailand aussieht.« Sie trat von hinten an Linnis Stuhl. »Ich denke … ich hoffe … zwischen uns … ist alles wieder gut?«

Sie stand auf und räusperte sich, denn eigentlich war ihr zum Heulen. »Ja, sicher. Zwischen uns ist alles wieder gut«, krächzte sie.

»Dann bin ich ja froh.« Ella löste sich von ihr.

»Äh … was ist mit Elias? Kommt er heute Mittag zum Essen?«

»Nein, er meinte, er würde uns ein wenig Urlaub gönnen und mittags ausgehen.«

»Ein Glück«, erwiderte Linni aus tiefstem Herzen. Sie wusste momentan nicht, wie sie Elias gegenübertreten sollte.

Ella lachte leise und verließ die Küche.

Linni blickte auf die geschlossene Tür. Alles wieder beim Alten. War es gut? War es schlecht? Darauf hatte sie keine Antwort.

10
Ella

Ella verließ die Küche, der Umschlag knisterte leise in ihrer Latzhose, die sie zum Arbeiten trug. Anstatt sich wie üblich sofort in ihre Sattlerei zu begeben, betrat sie heute die gegenüberliegende Werkstatt von Elias, den sie eben noch beim Frühstück mit Linni hatte hinunterlaufen hören.

»Servus du«, grüßte sie, trat zu ihm und legte ihm, der gerade dabei war, Köpfe auf die Klavierhämmer zu leimen, eine Hand auf seine Schulter.

Am Nebentisch lagen einige seiner Präzisionswerkzeuge wie Tastenhobel, Druckzange und Rundfeile bereit, um anhand von skizzierten Bauplänen die feine Tastenmechanik eines Hammerflügels zu fertigen. »Na? Alles paletti?«

Er umfasste ihre Taille und gab ihr einen Kuss. »Alles paletti. Und bei dir?«

»Ich … ich hab' Neuigkeiten.«

»Leg los«, befahl er und widmete sich erneut seiner Arbeit.

»Linni war gestern in Bozen.«

»Fein. Und?«

»Und hat meine … meine Schwester gefunden. Nebst meiner Mutter.«

Er legte das hauchdünne Leder zur Seite und wandte sich auf seinem Drehhocker erneut zu ihr herum. »Das ist mal eine echte Neuigkeit. Wie hat sie das geschafft?«

»Sie hat in einem Antiquitätenladen in Mailand, ganz in der Nähe von der Adresse, wo ich die beiden auch gesucht habe, bei dem Händler ein Foto der beiden in einem Rahmen gesehen und darauf Noemi erkannt. Der Mann wusste sogar, dass sie nach Bozen gezogen sind. Aus dem einfachen Grund, weil er meine Mutter heiraten will.«

»Das nenn' ich mal Zufall«, stieß Elias sichtlich überrascht hervor. »Da hast du wirklich Glück gehabt.«

»Ach ja? Findest du?«, fragte sie abweisend.

Er fuhr ihr über das kurze Haar. »In der Situation … ja, das finde ich. Denn, Schatz, ich bin davon überzeugt, dass du nicht der Versuchung widerstehen kannst, deine Zwillingsschwester zu treffen, das ist doch ganz normal.«

Sie zuckte wortlos die Schultern. Wahrscheinlich hatte er Recht. Sie war selbst noch so verwirrt, dass sie nicht wusste, wie sie weiter vorgehen wollte. Sich plötzlich vor vollendete Tatsachen gestellt zu sehen – das überforderte sie schlicht. »Meine Mutter hab' ich übrigens schon kennengelernt.«

»Wirklich? Wo?«

»Sie stolzierte einfach so in den Laden, natürlich ohne sich zu erkennen zu geben«, fügte sie kühl hinzu, »und bestellte eine Tasche bei mir.

Eine schöne Tasche. Allerdings suchte sie sich dafür ein Leder in einem fürchterlichen Lila aus. Und dann hat sie sie brav am Samstag abgeholt, ohne auch nur ein Wort zu sagen, dieses feige Miststück.«

»Na ja, da gehört aber auch Einiges dazu. Was hätte sie sagen sollen? Etwa ›Hallo, liebe Frau Salvi, schön Sie zu sehen. Ich bin übrigens Ihre Mama‹?«

»Nein, diese schwierigen Schritte überlässt sie später lieber ihren Töchtern.«

»Woher soll sie denn wissen, dass du Bescheid weißt?«

»Na, durch diesen Signore Pasquale. Der wird ihr sicher gestern brühwarm von Linnis Besuch erzählt haben. Ach, was sag ich, eine Minute, nachdem Linni und Tommaso den Laden verlassen haben.«

»Linni war mit Tommaso in Mailand?«

»Ja. Aber meine Mutter wohnt jetzt mit meinem Schwesterlein in Bozen.«

Seine Augen funkelten, als er fragte: »Und? Sind Tommaso und Linni … also … äh … ein Paar?«

»Himmel, was interessiert dich das denn jetzt?«, fuhr sie ihn an.

»Na ja, wie ich die beiden beobachtet hab', scheint Tommaso auf Linni ein Auge geworfen zu haben. Außerdem habt ihr doch gesagt, dass sie schon früher in ihn verknallt war.«

»Was weiß ich, ich hab' sie nicht gefragt«, erwiderte Ella desinteressiert.

»Hast du ihr das von uns schon gesagt?«

»Was soll ich ihr gesagt haben?«

»Na, dass wir jetzt ein Paar sind«, antwortete er laut.

»Nein, hab' ich nicht, wir sind ja auch kein Paar«, entgegnete sie. Aus irgendeinem Grund hatte es sie gestört, dass er nach Linni und Tommaso gefragt hatte.

»Ach so, dann war die Nacht für dich also ohne Belang.«

Ella schluckte. Sie nahm eines der dünnen Lederstücke in die Hand, betrachtete es angelegentlich und fuhr sachte mit Daumen und Zeigefinger über die seidige Oberfläche. »Nein, das war sie nicht. Aber das … Wochenende macht uns ja noch nicht zu einem Paar.« Sie legte das Leder zurück. »Ich … ich bin nicht mehr der Teenager, der sich nach einer Nacht mit einem Mann als Paar betrachtet.«

»Du könntest dich als meine Geliebte fühlen«, schlug er gleichmütig vor, ergriff einen der Hammerköpfe und bestrich ihn mit Leim.

Sie kam nicht umhin, wieder einmal seine schönen Hände – kraftvoll und dennoch nicht derb – zu bewundern. »Geliebte! Wie das klingt.«

Er grinste. »Ich hätte auch Flamme oder das schöne alte Wort Konkubine benutzen können. Oder Liebchen. Ja, Liebchen finde ich besonders reizend.«

Ihr kühler Blick zeigte, was sie davon hielt: »Du redest Unsinn, und das weißt du.«

»Egal, es klingt, wie es ist: Wir haben uns geliebt, zumindest körperlich.«

Ella beschloss, nicht weiter darauf einzugehen. Es behagte ihr nicht, über die körperliche Liebe mit Elias zu reden. Das kam davon, wenn man wie eine keusche Nonne lebt, sinnierte sie. »Dass wir miteinander geschlafen haben, hat Linni vorhin mitgekriegt. Sie hat uns beobachtet, als du mich mit meinem BH gekapert hast.«

»Ach du Scheiße!«

Ella durchzuckte es eifersüchtig. »Genau. Und ich durfte natürlich die Wogen glätten.«

»Und ist es dir gelungen?«

»Keine Ahnung«, flunkerte sie. Sie legte das Lederstück zurück. »Ich geh' jetzt. Mach's gut.« Als sie die Tür erreicht hatte, drehte sie sich zu ihm noch einmal herum. »Wie war das? Wirst du jetzt in Lucas Ferien wie immer bei uns essen oder gehst du mittags aus, wie du gesagt hast?«

»Es bleibt dabei. Ich esse auswärts. Ich will euch eine kleine Pause gönnen, solange Luca bei seinen Großeltern ist.«

»Ja, es gehört wirklich Mut dazu, sich uns jetzt jeden Tag zu stellen. Könnte sein, dass die Messer tief fliegen und du ihnen nicht schnell genug ausweichen kannst«, spöttelte sie und verschwand in den Flur.

»Man sieht sich, Liebchen«, rief er ihr hinterher und sie musste grinsen.

Mittags aßen sie und Linni allein in der Küche, was bisher selten vorgekommen war. Und Ella war in der Tat erleichtert. Elias hätte jetzt nur gestört. Auch Ricardo hatte ein paar Tage Urlaub genommen. Ella war froh, dass Linni die Tatsache, dass Elias und sie miteinander geschlafen hatten, so gefasst hingenommen hatte. Jedenfalls äußerlich. Aber eigentlich konnte sich Linni schlecht verstellen.

»Und? Wie war dein Ausflug mit Tommaso?«

»Oh, es war … eigentlich ganz schön.«

Ella sah, dass ihre Schwester rot geworden war. Tommaso war ihr also nicht gleichgültig. »Wieso nur ›eigentlich‹?«

»Nun, wir dachten ja zuerst, unsere Fahrt wäre erfolglos«, erwiderte Linni und widmete sich konzentriert dem Rühren der Suppe, die sie aus übrig gebliebenem Gemüse der vergangenen Woche gekocht hatte.

»Aber ihr habt euch Zeit genommen und seid nicht gleich nach Hause gefahren, so wie ich, nicht wahr?«

»Nein, die Zeit, alles an einem Tag zu erledigen, schien uns zu knapp.« Linni gab ihnen Suppe in die Teller und setzte sich.

Ella nahm das Salz, das Linni wie gewohnt auf den Tisch zum Essen gestellt hatte. Ella konnte sich den Mund fusselig reden, Linni würde ihr Leben lang zu wenig Salz ins Essen geben. Sie inhalierte jeden neuen Appell bezüglich ihrer Ernährung, den die Medien ihnen bescherten, und war er auch noch so hirnrissig. Ella seufzte. Bisher hatten sie sich einvernehmlich allen in steter Regelmäßigkeit auftretenden Warnungen unbeschadet widersetzt. Mit Ausnahme natürlich von Linni, die zuerst alles ausprobierte, ehe sie zur Normalität zurückkehrte.

»Und weiter? Gab es für jeden ein Einzelzimmer? Oder etwa nur ein Doppelzimmer gemeinsam? Wobei … ich nehme also an, dass alle Einzelzimmer ausgebucht waren«, fügte Ella schelmisch hinzu.

Linni legte heftig den Löffel zurück in den Suppenteller. »Also weißt du, Ella, manchmal nervst du wirklich«, fuhr sie ihre Schwester in einer Mischung aus Ärger und Belustigung an.

»Ihr habt also auch miteinander geschlafen«, stellte Ella sachlich fest. Ihr konnte Linni nichts vormachen.

»Äh … ja, er bat mich darum.«

»Er bat dich darum?«, prustete sie, und ihr kamen die Tränen vor Lachen. Linni fiel schließlich in ihr Gelächter ein.

»Das heißt aber nicht, dass wir jetzt ein Paar sind«, stellte sie klar, nachdem sie sich die Tränen mit der Serviette aus den Augen gewischt hatte.

»So wie wir … also Elias und ich«, nickte Ella.

»Ach nein? Ihr seid also kein Paar? Also noch kein Paar?«

»Nein. Und jetzt Schluss mit dem Thema.«

Am Nachmittag arbeiteten die Schwestern wie gewöhnlich an ihren eigenen Kreationen. Am Abend allerdings nahm Ella sich Brot mit Schinken, Tomaten und Käse sowie einen Viertel Roten mit hinauf ins Zimmer. Sie wollte sich einen gemütlichen Fernsehabend machen. Genüsslich aß sie. Wie gut, dass ihr Vater jetzt nebenan mit Brigitte wohnte. Natürlich würde sie irgendwann rübergehen – wenn er nicht den Mut fand und zuerst zu ihr käme. Aber noch wollte sie ihn schmoren lassen.

Als sie fertig gegessen und ihren Wein getrunken hatte, setzte sie sich auf ihr Bett und fixierte nachdenklich ihr Telefon. Sie kannte sich. Halb war sie bereits geneigt, schon heute die neue Schwester anzurufen. Und wenn sich so ein Gedanke erst einmal in ihr festsetzte, dauerte es nicht mehr lang, bis sie ihn in die Tat umsetzte. Ungeachtet der Gänsehaut, die sich auf ihren Armen ausbreitete, nahm sie den Zettel, auf dem Noemis Nummer stand. Es hatte keinen Zweck zu zaudern. Sie würde … sie musste sich mit der neuen Schwester auseinandersetzen. Wenn sie merkten, dass sie sich nicht riechen konnten, würde sie den Kontakt wieder abbrechen. Aber jetzt war es Zeit zu handeln.

Sie holte tief Luft und ergriff das Handy. Im gleichen Moment begann es zu läuten. Erschrocken ließ sie es auf die Bettdecke fallen. Sie schaute auf das Display, dann auf Linnis Visitenkarte mit den Telefonnummern.

Ach du Scheiße! Gedankenübertragung! Ihre fremde Schwester war scheinbar von der gleichen Idee heimgesucht worden.

Sie schluckte, dann nahm sie den Anruf entgegen. »Hallo?« Ihre Stimme klang völlig ungewohnt. Und als Echo erklang das gleiche ›Hallo‹ ihrer Telefonpartnerin. Das Seltsamste jedoch war, dass sie ihre eigene Stimme aus dem Smartphone vernahm.

»Hier ist Noemi. Deine … deine Schwester.«

»Hallo, Noemi, hier ist Ella«, sagte Ella. Sie stöhnte innerlich angesichts ihrer geflüsterten, scheuen Antwort.

»Ich … ähm … ich weiß. Ich hab' gestern von Paolo die Nachricht erhalten, dass du … dass du Bescheid weißt, dass es mich gibt.«

Ella schüttelte den Kopf. Nein, sie hatte nicht solch eine Piepsstimme, sie musste sich geirrt haben, dass ihre Stimmen sich glichen. »Ich hab' auch erst am Wochenende davon erfahren. Ich … es ist seltsam, ich nahm gerade mein Telefon in die Hand, um dich anzurufen.«

»Logisch, wir sind ja Zwillingsschwestern.«

Jetzt erkannte sie doch Ähnlichkeiten in Noemis Stimme mit ihrer eigenen. Um genau zu sein, sie klang exakt wie ihre eigene. »Eineiige noch dazu.« Ella brach ab. Zu ihrem Entsetzen spürte sie, wie sich ihr Magen verkrampfte und dann begann sie zu schluchzen. Das war für sie das Schlimmste überhaupt – einem fremden Menschen gegenüber die Fassung zu verlieren. Doch irgendwann hörte sie am anderen Ende der Leitung das gleiche Schluchzen. Erstaunt hielt sie die Luft an. Ihre Schwester weinte ebenfalls, es war fast unheimlich.

»Entschuldige«, vernahm sie wieder ihre eigene Stimme vom anderen Ende, »ich kann nicht anders, ich muss weinen. Es ist … einfach so … so surreal. Man weiß gar nicht, wie man reagieren soll. Ich habe mir ein Leben lang eine Schwester gewünscht, und plötzlich bist du da.«

Ella antwortete nicht sofort. »Ich habe zwar bereits eine Schwester, wie du ja sicher weißt, aber … ja … jetzt finde ich es auch schön … also … interessant, dass wir Zuwachs bekommen haben«, sagte sie, im Versuch die Situation zu entspannen, und sie wischte sich mit dem Ärmel über die Augen. Ob es schön war, musste sich ja erst noch herausstellen. Sie räusperte sich und fragte dann: »Welchen Beruf hast du denn?«

»Ich habe in Mailand in einer Galerie gearbeitet. Aber die Galerie musste schließen. Jetzt dachte ich, ich könnte mich vielleicht selbstständig machen«, erwiderte Noemi. »Ich male in meiner Freizeit und verkaufe die Bilder auch mit recht gutem Erfolg an Freunde und Bekannte.«

Ella staunte. Auch sie hatte in ihrer Freizeit immer gern gezeichnet, Porträts vor allem. Allerdings fehlte ihr momentan die Zeit dazu, denn die Zeit, die nach der Arbeit in der Sattlerei anfiel, nutzte sie für die Herstellung ihrer Taschen, deren Form und Materialien sie zuvor ebenfalls aufzeichnete.

»Ich habe die Absicht, hier ein Studio zu mieten, in dem ich meine Bilder ausstellen kann«, fuhr Noemi fort. »Aber das ist natürlich nicht so leicht. Dazu muss ich zuerst noch einige malen. Meine Mutter würde mir das Geld für die Miete in den ersten Monaten vorschießen. Aber das ist alles noch nicht recht ausgereift. Wir sind ja gerade erst nach Bozen gezogen, weil die Firma, in der meine Mutter arbeitet, ihr Büro hierher verlegt hat. Sie arbeitet als Controllerin«, fügte sie hinzu. »Und da ich meinen Job verloren hatte, bin ich mit nach Bozen gegangen. Bislang gefällt es uns hier sehr gut.«

»Du weißt sicherlich, dass wir eine Sattlerei haben. Ich fertige allerdings seit Neuestem meine eigenen Handtaschen an.«

»Ja, ich hab' schon die von meiner Mutter bewundert. Sie ist sehr schön – wenn auch die Farbe nicht ganz mein Geschmack ist«, sagte Noemi mit einem leisen Lachen.

»Genau, aber deiner Mutter gefiel die Farbe, und das ist die Hauptsache«, rief Ella begeistert.

Sie unterhielten sich noch über zwei Stunden, erzählten sich das halbe Leben, und waren immer wieder aufs Neue erstaunt, wie viele Gemeinsamkeiten sie hatten. Als sie auflegten, hatten sie verabredet, sofort am folgenden Abend wieder zu telefonieren. Ella hatte sich nicht getraut, mit ihrer Schwester zu skypen oder diese gar zu einem Besuch einzuladen, und Noemi war es offenbar ebenso ergangen, denn auch sie erwähnte mit keinem Wort diesen nächsten Schritt. Dennoch war es wunderbar gewesen mit Noemi zu telefonieren, in einer Art, als kannten sie sich bereits seit Jahren.

Ella widerstand dem Drang, sofort zu Linni zu stürzen und ihr alles haarklein zu erzählen.

Sie sehnte sich jetzt erst einmal nach Ruhe, um das vergangene Gespräch noch einmal Revue passieren zu lassen.

Aber mit Elias wollte sie reden. Nicht nur wegen des Telefonates, sondern vor allem auch, um ihm klarzumachen, dass sie Zeit benötige. Sie wollte das einmalige, neuartige Gefühl, das mit ihm entstanden war, nicht zerstören, indem sie die Sache überstürzten. Sie hatten vier Jahre vorüberziehen lassen, ohne sich näher zu kommen, da durften ein paar weitere Tage möglich sein, ehe sie entschieden, wie es zwischen ihnen weitergehen solle.

Sie stand auf und stieg die Treppe hinauf zu seiner Wohnung. Da sie bereits abgeschlossen war, klopfte sie. Es war noch nicht allzu spät, da schlief er sicherlich noch nicht.

Als Elias öffnete, begann ihr Herz rascher zu schlagen – etwas, das ihr mittlerweile schon beinahe vertraut war. Er war in der Tat ein attraktiver Mann.

»Servus, mein Liebchen«, begrüßte er sie.

Sie funkelte ihn scharf an. »Lass den Unsinn«, befahl sie spröde, nachdem sie bemerkte, wie sich die Lachfältchen in seinen Augenwinkeln verstärkten, und erkannte, dass er sich über sie lustig machte. Sie schob ihn zur Seite und ging an ihm vorüber. Geschlafen hatte er noch nicht, jedoch eine Flasche Wein genossen, wie die leere Flasche auf dem Tisch bewies.

»Wir müssen reden«, begann sie und setzte sich aufs Sofa.

Er schaute sie von oben herab an und spöttelte: »Das ist ja mal ganz was anderes.«

»Tz, lass die Sprüche.«

»Entschuldige«, erwiderte er ernst. Er setzte sich mit verschränkten Armen neben sie.

»Wir beide … wir … wir müssen uns miteinander Zeit lassen«, begann sie, in ihrer ureigenen Art, bei unangenehmen Dingen sogleich mit der Tür ins Haus zu fallen. Aber eine andere Vorgehensweise war ihr schlichtweg unmöglich. Wenn etwas anlag, musste es raus, so, als ließe man mittels einer Nadel die Luft aus einem Ballon. »Du hast dich vier Jahre nicht um mich bemüht und jetzt geht mir das Ganze ein bisschen zu schnell.« Sie leckte sich die Lippen, da er kein Wort sagte. Ihre Augen starrten auf das Weinetikett. Ein Lagrein, ein dunkler Rotwein aus Südtirol, der sich aktuell einer Renaissance erfreute und den sie ebenfalls liebte.

Da er immer noch nichts sagte, fuhr sie fort: »Wir … wir sind kein Paar, aber … wir … könnten uns dennoch ab und an zu einer Klettertour und … oder einem Besuch in einem Restaurant …«

Weiter kam sie nicht. »Halt einfach den Mund, Letze«, befahl er. »Letze« war ein tiroler Ausdruck für »Kleine«, den sie selten hörte und den er als einziger für sie benutzte. Und damit sie der Aufforderung nachkam, schloss er ihren Mund mit einem Kuss.

Nach einer süßen Pause, in der sich ihr Denken erholte, murmelte er in ihr Ohr: »Weißt du,

Schatz, ich will doch auch nichts überstürzen. Aber ich möchte halt gern in Zukunft mehr Zeit mit dir verbringen. Und damit meine ich natürlich auch Nächte«, fügte er überflüssigerweise hinzu.

Sie nickte, überwältigt von ihren Gefühlen. »Ich will ja nur, dass du weißt, dass ich nach so vielen Jahren nicht einfach einen Schalter umlegen kann.«

Er grinste angesichts ihrer diffusen Ausdrucksweise. »Wir lassen uns Zeit, versprochen. Und da du schon mal da bist … möchtest du die Nacht mit mir verbringen?«

»Nein«, entgegnete sie. »Ich dachte, das hätte ich dir gerade klargemacht. Ich wollte dir nur noch zusätzlich etwas sagen.«

»Schieß los.«

Und dann berichtete sie ihm vom Telefonat mit Noemi. Er hatte den Arm um sie gelegt. Ella genoss seine Nähe, und dass er keine Kommentare von sich gab, ehe sie alles gesagt hatte.

»Ich kann deinen Mut nur bewundern«, bemerkte er dann leise. »Aber du weißt, dass du dich auch mit deinem Vater versöhnen solltest«, schloss er.

Sie seufzte. »Du hast sicher Recht. Wir werden sehen. Irgendwann.«

Nach einer Weile löste sie sich von ihm. »Ich bin so müde. Darum sei nicht böse, aber ich möchte bei mir schlafen. Und wenn ich's recht überlege, schlafe ich eigentlich immer am liebsten allein, also ungestört, wenn du weißt, was ich meine. Außerdem finde ich, ich bin zu alt, um mich zu binden.«

Sie hielt inne. Die Worte waren ungewollt aus ihrem Mund geschlüpft. Vielleicht ein Fehler, überlegte sie, denn als sie es fertigbrachte, ihm in die Augen zu sehen, erkannte sie, dass sie ihn ernstlich getroffen hatten.

»Verstehe.« Er stand mit versteinerter Miene auf und brachte sie zur Tür. »Schlaf gut. Und mach dir wegen uns keinen Kopf.«

Sie betrachtete ihn unsicher. »Dann bin ich ja beruhigt. Also gute Nacht.«

Er hielt ihr wortlos die Tür auf und sie verließ seine Wohnung.

Als sie später in ihrem Bett lag, war sie eher zwiespältig mit dem, was sie erreicht hatte. Elias würde ihr Zeit lassen. Und auch wenn es ihm jetzt womöglich noch schwerfiel, so würde er ihren Wunsch sicher respektieren. Es hieß ja nicht, dass sie zu ihm keinen weiteren Kontakt wollte. Hoffentlich war ihm das klar.

11

Linni

Linni fühlte sich ein wenig einsam, besonders als Ella den Wunsch äußerte, ihr Abendessen in ihrem Zimmer zu sich zu nehmen und dabei fernzusehen. Nachdem sie ein kleines Thunfischbrot, mit Tomatenmark, Knoblauch, Kapern und Sardellen verfeinert, irgendwie lust- und appetitlos gegessen hatte, beschloss sie, nach nebenan zu gehen. Vielleicht wartete ja Tommaso auf sie und freute sich, sie zu sehen. Oder auch nicht, so vage wie sie sich ihm gegenüber nach ihrer ersten gemeinsamen Nacht verhalten hatte.

Ob sie auch ihrem Vater einen Besuch abstatten wollte, wusste sie noch nicht. Ganz so einfach würde sich ein erstes Gespräch nach ihrem Streit sicher nicht gestalten. Egal. Sie brauchte Gesellschaft. Vielleicht war ja Brigitte ausnahmsweise allein. Mit ihr war jedes Zusammentreffen angenehm, denn mit ihrer optimistischen Art schaffte sie es spielend, einem die Sorgen leichter erscheinen zu lassen. Außerdem übertrug sich Brigittes augenscheinliche innere Ruhe binnen kürzester Zeit auf jeden ihrer Gesprächspartner. Es kam nicht von ungefähr, dass immer noch viele ehemalige Patienten sich bei ihr meldeten und sie nach Hause einluden, wie Tommaso ihr erzählt hatte.

Linni verließ das Haus über die Küche und den Wintergarten, überquerte den Hof und erreichte schließlich die hölzerne, verkleidete Außentreppe, die zu Tommasos Wohnung führte. Die Sonne stand tief und schien in das kleine, quadratische Fenster, durch das man von der Treppe aus hinein in die Küche von Brigitte schauen konnte.

Linni warf einen scheuen Blick hindurch und sah geradewegs in die Augen ihres Vaters, der sich ein Glas Wasser an der Spüle eingoss. Sie zuckte vor Schreck beinahe zusammen und blieb eine Sekunde stehen. Ihre Blicke trafen sich, keiner verzog eine Miene. Dann neigte sie grüßend den Kopf und lief eilig die Stufen hinauf zum ersten Stock. Tommasos Tür war verschlossen. Hoffentlich war er zu Hause. Im Augenblick schien es ihr unmöglich, sogleich wieder hinunter in Brigittes Küche zu gehen, um mit ihrem Vater zu reden. Andererseits missfiel ihr der Gedanke sehr, wortlos so einfach davonzustürzen.

Zum Glück hörte sie jetzt Tommasos Schritte, und kurz darauf öffnete er die Tür.

»Grüß dich, schön dich zu sehen«, sagte er lächelnd. Er sah atemberaubend aus. Seine störrischen Haare standen ihm wirr vom Kopf, einfach unwiderstehlich.

»Hast du Zeit? Oder schreibst du gerade?«, fragte sie ein wenig atemlos.

»Ich hab' geschrieben, schon drei Stunden. Da darf ich mir jetzt ruhig eine Pause gönnen.«

Er führte sie in seine moderne Küche. Alles vom Feinsten, erkannte sie.

»Möchtest du was trinken?«

»Ja, einen Tee, wenn du hast.«

»Schwarzen, Grünen, Weißen oder einen bunten?«

»Gern einen Schwarzen.«

Sie setzte sich in einen der Schalensessel aus Birkenholz in der Ecke des Fensters und schaute ihm zu, wie er hauchdünne Teetassen auf den Tisch stellte, dazu Kandis und Sahne.

»Oder magst du lieber Zitrone?«

Sie schüttelte den Kopf.

»Hier, koste mal eins von den Cantuccini-Plätzchen. Hab' ich heute Morgen selbst gebacken. Meine ersten. Sie sind mir gut gelungen.«

Lächelnd nahm sie eines und natürlich schmeckte es wunderbar.

Er goss das kochende Wasser in die moderne cremefarbene Kanne und stellte sie auf den Tisch. »Gibt es schon was von Ella?«

»Ja. Wir haben uns versöhnt«, nickte Linni. »Und ich bin erleichtert, dass es erstaunlich leichtfiel. Ich hab' ja gesehen, wie sehr sie unter diesen Neuigkeiten gelitten hat. Ich glaube, jetzt ist wirklich alles wieder gut zwischen uns.«

»Warst du schon bei deinem Vater?«

Sie seufzte tief. »Nein, aber ich hab' ihn gerade eben durchs Fenster gesehen. Ich denke, ich werde gleich zu ihm gehen. Nutzt ja nichts.«

Tommaso goss ihr den Tee in die Tasse und nickte wortlos.

»Und? Was macht dein Schreiben? Läuft's?«

»Wie geschmiert«, strahlte er.

Linni hatte nichts anderes erwartet. Gab es eigentlich irgendetwas, worin Tommaso nicht erfolgreich war? Ach doch, er hatte ja eine Freundin in Dubai zurückgelassen. Also schien er immerhin in Beziehungen ein ganz normaler Mensch zu sein.

»Da fällt mir ein, ich wollte dir doch ein Exemplar meines ersten Buches geben. Ich bin gespannt auf deine Meinung.«

»Ich lese normalerweise ja nur harmlose Krimis«, gestand sie ehrlich. »Aber für deinen werde ich mir Baldriantee kochen, damit ich danach schlafen kann.«

»Oha, ich fürchte, dann gefällt es dir womöglich nicht.«

»Ich werde ihn mir schöntrinken und genehmige mir einen Lagrein dazu.«

Er stand auf und lief hinauf in sein Arbeitszimmer. Linni widmete sich den herrlichen Cantuccini, die noch immer den Raum mit ihrem feinen Mandelduft parfümierten, und dem starken Tee, den sie mit viel Kandis und Milch genoss. Seine Küche war wunderschön, fand sie. Ganz anders als ihre alte, die ihr aber auch gefiel, weil sie so viel Gemütlichkeit ausstrahlte. Aber bei Tommaso war halt alles neu und modern, blinkte und blitzte in Weiß, und nur einzelne Küchengeräte setzten farbige Akzente.

Er kam wieder, setzte sich und schrieb eine Widmung in das Buch.

»Danke schön. Ich werde es gleich heute Abend beginnen.« Sie nippte am heißen Tee. »Deine Küche sieht wirklich fantastisch aus. Ich könnte glatt einziehen.«

»Nur zu«, sagte er augenzwinkernd. »Ich kann eine Köchin gut gebrauchen … und natürlich nicht nur die«, fügte er hinzu. Linni war sicher, dass er verlegen war, was diesem selbstsicheren Mann gut zu Gesicht stand.

»Besitzt du eigentlich keine dieser edlen Kaffeemaschinen?«, fragte sie, während ihre Augen den Raum nach so einem modischen Designteil absuchten.

Er sah sich um und schüttelte den Kopf. »Nein. Da bin ich altmodisch. Ich mag am liebsten Filterkaffee. Aber ich besitze einen kleinen Espressokocher. Der reicht für mich. Übrigens, irgendwann demnächst werde ich eine Party schmeißen und meine Rückkehr mit ein paar Freunden feiern. Du bist herzlich eingeladen. Ich weiß allerdings noch nicht genau, wann das sein wird.«

»Wenn nicht nur all deine schönen Verflossenen bei dir aufkreuzen, dann komme ich gern.«

»Keine Sorge, du stellst sie eh alle in den Schatten.«

»Das klingt gut, du Frauenversteher.«

Sie unterhielten sich noch eine Weile, dann stand sie auf, denn die Aussicht auf eine Aussprache mit ihrem Vater lag ihr auf der Seele.

»Kochst du eigentlich immer dein Essen selbst oder isst du unten bei deiner Mutter?«

»Mal so, mal so. In der Regel koche ich mittags selbst. Am Abend gehe ich manchmal runter zu den beiden. Meine Mutter kocht immer für eine ganze Kompanie und da fällt öfter was für mich ab.«

Linni seufzte und stand auf. »Danke für den Tee und die tollen Plätzchen. Ich werde jetzt mal zusehen, dass ich mit meinem Vater rede. Ich darf noch gar nicht daran denken. Wenn du die Möbel durchs Fenster krachen hörst, komm bitte herunter, um Schlimmeres zu verhindern.«

Er stand ebenfalls auf. »Du wirst sehen, danach fühlst du dich leichter. Glaub mir, ich weiß, worüber ich rede. Damals mit meinem Vater war das auch nicht immer leicht. Vor allem, als er hörte, dass ich Brückenbauer werden wollte. Er hatte so gehofft, dass ich in der Verwaltung lande. Aber nach jeder Aussprache war mir leichter ums Herz. Alles, was man in sich rein frisst, ist nicht gut.«

Er legte den Arm um ihre Schultern und begleitete sie zur Tür. »Sehen wir uns später noch? Ich habe dir noch gar nicht mein Schlafzimmer gezeigt.«

Sie musste grinsen. »Dein Hinweis auf dieses Zimmer kommt so anmutig und diskret daher, dass man den Sinn deiner Worte beinahe verfehlen könnte. Es war doch eine Einladung zum … äh … Sex?«, präzisierte sie. Beinahe hätte sie Beischlaf gesagt, dachte sie und stöhnte insgeheim.

»Aber so etwas von«, entgegnete er schmunzelnd.

»Man wird sehen«, gab sie vage mit einem geheimnisvollen Lächeln von sich. »Ich weiß nicht, ob ich nach dem Gespräch mit meinem Vater noch Kraft und Lust auf eine Besichtigung habe.«

»Wie auch immer. Du wirst mit offenen Armen erwartet. Für überraschende Fälle habe ich auch immer eine Zahnbürste in Reserve. Und ich gehe nicht mit den Vögeln schlafen, vor allem nicht, wenn du erwartet wirst.«

»Fein.« Sie küsste ihn rasch auf die Wange, dann lief sie die Holztreppe hinunter. Ein kurzer Blick in die Küche bewies, dass Brigitte und ihr Vater dort beisammen saßen. Linni war froh über Brigittes Anwesenheit, das würde die ersten Minuten des Gesprächs erleichtern.

Wie bei ihnen drüben auch, so führte auch bei Brigitte vom Garten eine Tür direkt in die Küche. Linni klopfte und trat ein. Brigitte und Christian saßen beide am Tisch bei einem Espresso und den Cantuccini von Tommaso, wie ihr der frische Duft verriet.

»Hm, wie gut es bei euch riecht«, sagte Linni so harmlos und heiter wie es ihr möglich war.

»Die Kekse hat Tommaso gemacht. Die ersten seit den Weihnachtsplätzchen vor zig Jahren«, lächelte Brigitte. Sie stand auf und legte einen Arm um sie. »Grüß dich, Schatz. Du magst doch sicher auch einen Espresso? Oder lieber einen Wein?«, fragte sie mit liebevoller Stimme.

Sie trug wie immer einen mit Blumen bedruckten Sommerrock – Hosen wurden von ihr nur im Winter oder bei der Gartenarbeit akzeptiert – mit passender langer Bluse. Linni erinnerte sich, dass sie die vor etlichen Jahren gekauft hatte, bei einer gemeinsamen Einkaufstour, bei der sie an Wühltischen in herabgesetzten Kleidern und Blusen gesucht hatten. Die Angewohnheit, geliebte Sachen zu behalten, bis sie den Geist aufgaben, bedeutete nicht, dass sie an Brigitte altmodisch aussahen. In ihrer Zeitlosigkeit standen sie ihr auch nach Jahren noch immer ausnehmend gut.

»Danke, keinen Espresso, ich hab' gerade bei Tommaso Tee getrunken. Aber gern einen Lagrein, ja, den nehme ich.« Sie alle tranken die kräftige, charaktervolle Rotweinsorte aus Südtirol sehr gern, sogar ihr Vater schätzte die Weine. Wein löste die Zunge – ein guter Einstieg zu einem ernsten Gespräch. Ihr Vater sagte immer noch kein Wort.

»Komm, setz dich zu uns«, bat Brigitte.

»Danke«, erwiderte Linni, dankbar, wie leicht Brigitte es ihr machte. Sie trat zu ihrem Vater und gab ihm einen Kuss auf die Wange. »Servus, Papa.«

»Grüß dich, Linni.« Sie warf ihm einen raschen Blick zu. Er sah gut aus, was kein Wunder war, Brigitte liebte ihn und wie sie sie kannte, verwöhnte sie ihn nach Strich und Faden. Und sie wusste, dass auch ihr Vater die Nachbarin von Herzen liebte.

»Willst du den Rosato oder den Dunkel?«, fragte Brigitte.

»Gern den Rosato.« Lagrein Rosato war ein Roséwein, der Lagrein Dunkel ein roter. Sie setzte sich nicht auf das Küchensofa mit dunkelrotem Bezug, auf dem ihr Vater saß, sondern an die Schmalseite des Tischs, während Brigittes Platz ihrem Vater gegenüber war.

»Ich hol ihn«, bot Christian sich an und stand auf. Sie lagerten den Wein in einem kühlen Keller, wie auch Linnis Familie, deren Haus ebenfalls voll unterkellert war. Ein großer Vorteil, denn dort herrschte die perfekte Temperatur für diese Weine.

Brigitte setzte sich und legte ihre Hand auf Linnis. »Schön, dass du gekommen bist«, sagte sie leise. »Euer Vater leidet furchtbar unter dem Streit.«

Linni nickte. »Wie wir alle.«

»Hab Verständnis, er bereut seinen Fehler wirklich sehr«, bat Brigitte sanft.

Wieder nickte sie. »Ich weiß nicht, ob du es schon weißt, aber wir haben Noemi und ihre Mutter gefunden. Sie wohnen jetzt in Bozen.«

Brigitte nickte. »Tommaso hat mir davon erzählt. Ich freu mich, dass du sie gefunden hast.«

Sie hörten den langsamen Schritt von Christian. »Du lässt ihn die Treppe allein hinuntersteigen?«, entfuhr es Linni.

»Ja. Ich weiß. Ich hab' es ihm eigentlich verboten, aber er beteuert, dass er aufpasst«, seufzte Brigitte. »Tommaso hat zur Sicherheit einen zweiten Handlauf angebracht. Und ich will ihm nicht das Gefühl geben, er sei behindert.«

»Was er ja auch nicht ist«, äußerte Christian mit lauter Stimme, als er die Küche betrat.

»Und hören tut er auch noch gut«, grinste Brigitte. »Vor allem das, was er nicht hören soll.« Sie stand auf und stellte zwei Gläser auf den Tisch. Dann ging sie zum Kühlschrank und nahm ein Tablett mit Käse heraus. Dazu ein paar Scheiben des »Vinschger Paarl«, einem selbst gebackenen Roggen-Weizen-Brot, bei dem Brigitte die Teigballen zu je einhundert Gramm als Paar buk und das Linni wegen des Kümmels und des Brotklees besonders gut schmeckte.

Christian stellte den Wein auf den Tisch, holte den Korkenzieher und öffnete die Flasche gekonnt. Linni bemerkte das und war hocherfreut, dass seine Feinmotorik sich verbessert hatte.

»So, ihr Lieben, ich lass euch jetzt allein. Macht's gut, ihr beiden. Bis später dann.«

Insgeheim seufzend blickte Linni Brigitte hinterher und lauschte ihren leichten, immer ein wenig eiligen Schritten. Das Zimmer der Nachbarin, das frühere Esszimmer, lag gleich neben der Küche. Zwar schliefen sie und Christian gemeinsam in einem großen Schlafzimmer, doch hatte sie für sich ein eigenes Refugium gestaltet und darauf bestanden, dass Christian ebenfalls ein Zimmer für sich bekam. Es war klein, früher hatte dort eine Haushaltshilfe geschlafen, doch sein geliebter Schreibtisch mit einem schlichten Stuhl passte hinein, dazu der Tisch mit dem Fünfziger-Jahre-Sessel, und es war vor allem sein eigenes Reich – eine unumgängliche Notwendigkeit in jeder Ehe, befand Brigitte. Was, wie sie betonte, in ihrer ersten Ehe dafür gesorgt hatte, selbst schwierige Situationen zu überstehen, ohne dass sie und ihr Mann sich an die Gurgel gegangen waren.

Schade, durchzuckte es Linni. Brigittes Klugheit, ihr gelassenes, ausgeglichenes Wesen, ihre Offenheit, gepaart mit Diplomatie, und vor allem ihre Liebe zu ihnen beiden, wären ihr jetzt eine große Hilfe gewesen. Eine familiäre Mediatorin – ein Beruf, der ihr auf den Leib geschneidert war, wenn sie es recht betrachtete. Aber Brigitte wäre nicht Brigitte, wenn sie nicht wüsste, dass es Situationen zwischen ihrem Lebensgefährten und seinen Kindern gab, die diese allein durchzustehen hatten.

Christian schenkte ein und Linni bemerkte, dass seine Hand leicht zitterte. Sofort war sie erfüllt von Mitgefühl. Fehler waren gemacht worden, von ihrem Vater, genauer von beiden, von ihrer Mutter ebenso. Doch jetzt war er ein Mann, der nicht mehr jung und dann und wann auf Hilfe angewiesen war. Vor allem war er ihr Vater, den sie liebte.

Er setzte sich auf das Sofa, das Brigitte neu in kräftigem Weinrot hatte überziehen lassen, Christians Lieblingsfarbe.

»Ich freue mich sehr, dass du gekommen bist«, sagte er und hob sein Glas. »Zum Wohlsein.«

Sie prosteten sich zu.

Er schob ihr den Käseteller zu und Linni bediente sich, ihr Magen war dankbar für die Nahrung. Der Fisch vorhin hatte nicht lange vorgehalten. Sie schnitt das knusprige Brot an. Dann stand sie erneut auf und nahm zwei Frühstücksbrettchen vom Küchenbuffet, legte je eine Scheibe Brot darauf und schnitt sich selbst eine Scheibe vom Grauschimmel-Käse ab. Ein Genuss.

Gemeinsam ließen sie es sich schmecken, ohne miteinander ein Wort zu wechseln. Doch Linni spürte, dass kein Groll mehr in der Luft lag, ohne dass Worte gefallen waren.

»Weißt du, Linni«, begann Christian, während er sich vom würzigen Bergkäse eine kleine Scheibe abschnitt, »eigentlich ist ja alles zwischen uns gesagt. Du hattest Recht, wir, Floriana und ich, haben mit unserem Schweigen einen riesigen Fehler begangen. Das einzig Wichtige ist, dass du mir jetzt verzeihst, was ich von dir verlangt hatte. Und natürlich werde ich mich noch mit Ella aussprechen. Trotz allem bin ich froh, dass Ella herausgefunden hat, dass es Noemi gibt. Und ich kann nur hoffen, dass sie mir ebenfalls verzeiht. Denn das tust du doch?«

Linnis Augen brannten. »Ja, Papa, natürlich verzeihe ich dir.« Rasch nahm sie einen Schluck vom Rosé. »Wie du ja weißt, haben Tommaso und ich die richtige Adresse von Noemi herausgefunden.«

Christian nickte. »Das war Glück im Unglück«, fand er. »Ich hoffe, Ella kann sich überwinden und bringt die Kraft auf, sich mit Noemi und ihrer Mutter in Verbindung zu setzen und vielleicht sogar mit Aurelia zu versöhnen.«

»Ich jedenfalls bin, was Noemi betrifft, fest davon überzeugt. Alles andere wäre doch nicht normal. Wären sie nur normale Geschwister …«, sie machte zwei Anführungshäkchen in die Luft, »… würde sie es sich vielleicht überlegen und darauf verzichten, schließlich kann man nie sicher sein, ob man nicht eine Familie auseinanderbringt, wenn sich plötzlich alles ändert. Aber eineiige Zwillinge … da sehnt sich doch jeder zu erfahren, wie der andere so ist.«

»Ich muss gestehen, ich bin selbst sehr neugierig.«

»Aber du mischst dich bitte nicht ein. Jetzt ist es allein Ellas Angelegenheit, wie sie in Zukunft damit umgeht«, bat Linni ernst.

»Logisch.« Er hob das Glas erneut. »Also ist zwischen uns beiden alles wieder gut?«

Sie nickte stumm, erhob ihr Glas und sie prosteten sich zu. Sie erkannte, wie emotional ihr Vater empfand. Sie hatte ihren Vater außer bei dem Tod ihrer Mutter nie weinen sehen, doch jetzt standen ihm Tränen in den Augen.

»Tommaso hat uns von eurem Ausflug erzählt. Ich freu mich, dass ihr beiden euch gut versteht.«

»Sehr gut sogar«, lächelte Linni.

»Er hat sich prächtig entwickelt.«

Linni nickte schmunzelnd. Weiß Gott. Ein erfahrener Mann war schon eine feine Sache – in vielerlei Hinsicht.

Sie unterhielten sich über alte Zeiten und es war bereits zehn Uhr, als Linni sich schließlich verabschiedete. Sie küsste ihren Vater und verließ lächelnd sein neues Zuhause. Alles würde gut.

Sie hatte fast ihren Garten erreicht, da drehte sie sich herum und lief zurück, die Stiege hinauf, und öffnete nach kurzem Anklopfen Tommasos Wohnungstür: »Servus, Kumpel«, begrüßte sie ihn burschikos. »Wäre bei dir heute noch ein Nachtlager frei?«

»Wenn wir ganz nah zusammenrücken, müsste es gehen«, erwiderte er leise, zog sie zu sich heran und küsste sie.

12
Ella

Auch Ella beflügelte nach diesem ersten Gespräch mit Noemi am Abend der gleiche Gedanke – alles würde gut werden, auch wenn sie sich noch nicht sicher war, ob sie zu ihrem Vater jemals wieder ein normales Verhältnis haben könnte. Aber mit ihrer neuen Schwester würde sie sich gut verstehen, davon war sie gleich in der ersten Stunde am Telefon überzeugt. Nach zwei Stunden erst hatten sie das Gespräch beendet. Allerdings hatten sie beide stillschweigend auf das Vereinbaren eines sofortigen Treffens verzichtet.

In den nächsten Tagen telefonierten sie täglich miteinander, immer am Abend. Oft zog sich Ella mit ein paar Scheiben Brot oder Salat oder Joghurt in ihr Zimmer zurück, um zu skypen, wie sie gleich beim zweiten Telefonat beschlossen hatten. Davor aß sie rasch, erfüllt von einer Unruhe, die sich erst legte, nachdem sie die ersten Worte mit Noemi gewechselt hatte.

Anfangs hatten sie sich noch gegenseitig bestaunt und verblüfft erkannt, dass sie sich nicht nur extrem ähnlich sahen, sondern auch manche Eigenheit miteinander teilten. Noemi rieb sich ebenso häufig die Nase wie Ella, auch der

Heuschnupfen plagte beide. Ihre Frisuren waren exakt gleich, auch Noemi trug ihre Haare kurz wie sie. Ob sich der Ausdruck ihrer Augen unterschied, das konnte sie nicht herausfinden, dazu fehlte ihr einfach der objektive Blick. Ihre kreativen Seiten glichen einander. Beide malten gern. Noemi malte Landschaften aus Acryl, Ella hingegen bevorzugte früher Kohlezeichnungen. Sogar ein doppeltes Muttermal unterhalb des rechten Ohrs schmückte beide.

Und so wurden sie sich sehr rasch immer vertrauter, selbst wenn der Kontakt nur über Skype und WhatsApp stattfand.

Am Abend des nächsten Tages kam es zu der Begegnung, vor der sich Ella fürchtete. Doch es wurde Zeit, das Gespräch mit ihrem Vater anzugehen. Obwohl sie fand, dass er den ersten Schritt hätte tun müssen. Zur Stärkung schüttete sie fast ein halbes Glas Lagrein in einem Zug hinunter. Sie hatte sich Zeit gelassen, ihm gegenüberzutreten, doch sie waren eine Familie und sie liebte ihn immer noch – ein wenig zumindest. Ihr war von jeher bewusst gewesen, dass sie mehr Mumm in den Knochen besaß als er. Und das bewahrheitete sich eben einmal wieder. Doch zuvor rief sie Brigitte an. Sie wollte einfach nur wissen, ob sie Besuch hatten oder sie sonst wie ungelegen kam. Doch Brigitte schien glücklich, dass sie sich meldete und lud sie sofort ein, mit ihnen gemeinsam Abendbrot zu essen. Das war ihr sehr recht, denn sie war ohnehin der Meinung, dass ernste

Aussprachen mit Unterstützung einer Mahlzeit viel besser zu überstehen seien.

Sie lief durch den Garten hinüber. Dann betrat sie die Küche, in der Christian und Brigitte gemeinsam am Tisch saßen.

»Servus, miteinand'«, sagte sie.

»Grüß dich, Schatz«, erwiderte Brigitte mit leuchtenden Augen. Ihre Gesichtsfarbe war immer kräftig, doch jetzt schien sie Ella noch ein wenig rosiger.

Sie wandte ihren Blick Christian zu. »Guten Abend, Vater.« Zu ihrer Freude erhob er sich von dem Küchensofa, trat auf sie zu und umarmte sie. »Servus«, sagte er leise.

Seine Umarmung tat so gut. Sie hatte ihn vermisst, gestand sie sich ein. Ebenso wie Linni fiel es ihr generell schwer, Groll längere Zeit aufrechtzuerhalten. Wobei ihr Fall allerdings nicht mit einem kleinen Streit zu vergleichen war.

»Schön, dass du gekommen bist. Ich hatte mir für heute Abend das Gleiche vorgenommen, wirklich.«

Der tiefe Klang seiner Stimme und das Zittern, das darin mitschwang, trafen sie mitten ins Herz. Nun ja, sie wollte ihm einmal glauben. Möglicherweise war auch dieses Mal Brigitte der Antrieb gewesen, aber das war ihr in diesem Moment egal.

Sie setzte sich auf den Stuhl an der Schmalseite des Tisches wie am Abend zuvor bereits Linni. Brigitte hatte eine ihrer köstlichen Rindersuppen aufgetischt, in die sie stets neue Gemüse hineinschnipselte. Zu Ellas Freude gab es auch wieder die leckere Pfannkucheneinlage. Dazu das selbst gebackene Brot, das Brigitte immer vorrätig hatte.

Sie sprachen über die Arbeit in der Sattlerei und darüber, dass sie wieder einmal mit Elias klettern gewesen war. Mit ihrem Vater war sie in jungen Jahren oft auf Tour gewesen, und so schwelgten sie in Erinnerungen über ihr gemeinsames Hobby. Ein guter Einstieg in ihrer jetzigen Situation.

Als Nachtisch stellte Brigitte ihren köstlichen Schokoladen-Rodon-Kuchen auf den Tisch.

»Kann ich euch noch etwas bringen? Einen Espresso, Kaffee oder Wein?«, fragte sie später.

Ella und Christian schüttelten den Kopf.

»Dann lass ich euch jetzt mal allein.« Mit diesen Worten verabschiedete sich Brigitte.

»Wir haben, wie du ja sicher bereits weißt, die Adresse von Noemi und ihrer Mutter herausgefunden. Also die richtige«, sagte Ella, wie immer sofort auf den Punkt kommend. »Dank Linni«, fügte sie hinzu. Sie nahm ein dickes Stück Kuchen und legte es ihrem Vater auf den Teller, denn sie kannte ihn. Er liebte Süßes so wie sie. Dann bediente sie sich ebenfalls.

»Ja, ich wusste davon.«

»Und? Hast du die beiden mittlerweile einmal besucht?«

Er schüttelte stumm den Kopf. »Ich halte mich immer noch strikt an Aurelias Anweisung von früher – keinen weiteren Kontakt. Nie.«

»Ich habe mittlerweile mit Noemi telefoniert«, verriet sie ihm leise.

Er ergriff ihre Hand mit beiden Händen. »Oh, mein Schatz, wie … wie war es?«

Sie zog ihre Hand zurück. »Wie es so ist, wenn man plötzlich und unerwartet einen Zwilling auf dem Tablett präsentiert bekommt«, konnte sie sich nicht verkneifen ein wenig spöttisch zu antworten.

»Habt ihr euch gut verstanden?«

»Ja, Papa, das haben wir. Und wir werden uns sogar bald treffen.«

»Ich … würdest du mir Bescheid sagen, wenn es zu diesem Treffen kommt, und könntest du Noemi dann vielleicht fragen, ob sie auch mit mir reden mag? Ich finde, dagegen kann Aurelia keine Einwände vorbringen.«

Ella nahm einen Bissen vom Kuchen. Langsam ließ sie ihn sich auf der Zunge zergehen. Niemand brachte es fertig, ihn so locker und leicht zu backen wie Brigitte. »Ich weiß nicht. Ich werde sie keinesfalls drängen, dich kennenzulernen. Wenn sie nein sagt, wirst du das akzeptieren müssen.« Wieder einmal wäre sie diejenige, die ihm den Weg erleichtern sollte, doch sie war nicht sonderlich scharf darauf, ihm diese Pflicht abzunehmen.

»Und … und Aurelia?«

»Was ist mit ihr?«

»Hast du mit ihr auch schon gesprochen?«

»Nein. Und ich habe es auch nicht vor«, entgegnete Ella kühl. Sie war doch nicht blöd, sich mit ihrer »Mammi« zu treffen, die sich geweigert hatte, sie großzuziehen.

»Oh, Schatz, es tut mir so furchtbar leid, dass wir unseren Fehler von früher nicht rückgängig machen können. Glaub mir, ich gäbe alles dafür. Aber wir haben dabei wirklich vor allem dein Wohl ... und auch das von Noemi«, fügte er heiser hinzu, »im Auge gehabt. Es war tatsächlich keine leichte Entscheidung, wenn sie sich im Nachhinein auch als schlechte Entscheidung herausgestellt hat. Ich kann dich nur um Verzeihung bitten.«

Ella räusperte sich, ehe sie in der Lage war, zu antworten. »Es ist vor allem ein Vertrauensverlust, findest du nicht?«

Er nickte. »Das ist mir jetzt auch klargeworden. Und ich kann dir nur versprechen, dass so etwas nicht wieder vorkommen wird.«

»Ich kann mir auch kaum denken, dass so etwas wieder vorkommt, denn, wenn ich recht überlege, so hat es mit der Geburt von Linni auch keine Notwendigkeit einer weiteren Adoption gegeben.«

Sie sah, wie er lächelte. »Es geschah tatsächlich das, was vielen Paaren von Adoptivkindern passiert. Als wir nicht mehr ständig mit der Sehnsucht zu kämpfen hatten, ein Kind zu bekommen, schienen wir entspannt genug, dass es klappte.«

Einen Moment schwiegen sie. »Dass ich Linni damit überfallen hab', tut mir natürlich ebenfalls wahnsinnig leid. Ich dachte, wenn mir etwas passiert und niemand weiß von Noemi … Brigitte hat mich zurechtgestutzt und mir klargemacht, dass ich so nicht weitermachen kann. Aber ich hätte natürlich nicht alles auf Linnis Schultern abladen dürfen.«

»Ach, Papa«, seufzte Ella. »Ich verspreche dir zu versuchen, dass ich dir weiterhin so viel Vertrauen wie früher schenken kann. Aber bitte sei dir gewiss, noch einen Fauxpas in dieser Größenordnung werde ich dir mit Sicherheit nicht verzeihen.«

»So etwas wird nie wieder vorkommen, versprochen.«

Trotzdem, all die versäumten Stunden – die konnte man doch nie wieder einholen. Sie dachte mit Wehmut, wie viel Zeit vergangen war, die sie mit ihrer eineiigen Schwester hätte verbringen können, denn natürlich wusste auch sie um die ganz besondere Verbindung zwischen ihnen. Sie liebte Linni von Herzen, aber eine eineiige Schwester, das war schon etwas ganz Besonderes, das hatte ihr ja bereits das vergangene Telefonat bewiesen. Linni hätte nicht darunter zu leiden gehabt, befand sie, schließlich war ihr Herz groß. Außerdem konnte man nie zu viele Menschen lieben.

Sie stand auf und setzte sich zu ihrem Vater aufs Küchensofa. Dann umarmte sie ihn und legte ihren Kopf auf seine Schulter. Ihrem geliebten Papa konnte sie einfach nicht länger böse sein, trotz seiner Schwächen und Fehler. Doch die verlorene Zeit mit Noemi und das abhanden gekommene Urvertrauen schmerzten noch immer. Und dass sie sich mit ihrer Mutter – ihrer Adoptivmutter – nicht mehr aussprechen konnte, tat ihr weh. Mit ihr gab es nur einseitige Gespräche und sie betete, dass ihre Mama sie hörte. Aber das Vertrauen in ihren Vater würde wiederkommen. Irgendwann. Außerdem, je älter sie wurde, das erkannte sie, musste man versuchen, den Eltern ihre Fehler zu verzeihen – sofern sie ihre Kinder nicht körperlich und seelisch zerstört hatten, schränkte sie sich selbst ein. Christian war ihr stets ein guter Vater gewesen, ebenso wie Floriana eine gute Mutter gewesen war.

Sie selbst war stark, das hatte sie im Laufe ihres Lebens erkannt, stärker sogar als Linni. Sie wusste, dass sie sehr wohl ein Leben ohne Mann führen und genießen konnte. Bei Linni war sie anderer Ansicht, ihr reichten nicht die Freunde, wie in ihrem Fall, sie benötigte dringend einen Mann. Einen Mann mit starken Schultern. Hoffentlich war Tommaso derjenige. Denn ihr fehlte die Stärke, die sie, Ella, in sich trug. Linni kam halt nach ihrem Papa, der äußerlich wie ein Baum schien, dem im Inneren doch aber der Mumm fehlte. Den hatte Floriana besessen, das erfuhr sie bereits als kleines Mädchen. Wer kümmerte sich um schulische Belange? Mama. Wer stellte andere Mütter mit ihren Kindern zur Rede, sollte Ella von denen schlecht behandelt worden sein? Wer kämpfte gegen Ungerechtigkeiten und hatte an jeder Demo teilgenommen, für die es sich in ihren Augen lohnte zu kämpfen? Natürlich ihre Mutter.

Nach einer guten Stunde verließ sie ihren Vater, der sichtlich mit den Tränen kämpfte, als er sie umarmte, und auch Ella brannten erneut die Augen. Einerseits war sie natürlich froh, dass sie und ihr Vater sich vertragen und wieder zueinander gefunden hatten – soweit Ella es momentan zulassen konnte. Denn ein Rest Melancholie über den zugefügten Schmerz und die Trauer über die verlorene Zeit mit Noemi verbargen sich immer noch im hintersten Zipfel ihres Herzens. Alles Weitere musste die Zukunft bringen. Dieser große Kummer ließ sich nicht von heute auf morgen lässig zur Seite schieben. Doch ein Anfang war nun gemacht, und es war gut so.

Sie betrat den Flur und klopfte an die Tür von Brigittes Zimmer.

»Brigitte, du darfst wieder herauskommen. Papa und ich … wir haben uns versöhnt.« Verflixt, ihre Stimme hatte noch nicht zu alter Kraft zurückgefunden. Sie räusperte sich.

Brigitte öffnete die Tür. »Das wurde auch Zeit. Ich danke dir, Ella, dass du gekommen bist. Auch wenn man es deinem Vater vielleicht nicht angemerkt hat, er hat gelitten wie ein Hund. Aber du kennst ihn ja, er ist halt ein Hasenfuß, wenn auch ein lieber«, fügte sie leise hinzu. »Man muss viel Geduld mit ihm haben.«

»Ich sehe, du kennst ihn«, sagte sie im Bemühen, einen Scherz zu machen. Brigitte und sie waren beides Frauen, die nicht allzu sentimental waren.

Sie umarmten und küssten sich und dann verließ Ella das Haus – zufrieden und beinahe glücklich, wie man es in ihrer Situation halt nur sein konnte.

13
Ella

Es war ein Sonntag, ein heiterer und strahlender Tag, an dem Ella und Noemi sich zum ersten Mal trafen. Ella hatte allen diesen ersten Kontakt verschwiegen, was in Linnis Fall einfach gewesen war, denn sie war mit Tommaso unterwegs.

Auch Elias wusste nichts davon. Seit dem Gespräch an jenem Abend des ersten Telefonats mit Noemi waren sie nur einmal noch miteinander ins Bett gegangen, wenn sie auch oft kurz davor gewesen waren. Nach einer gemeinsamen kraftzehrenden Klettertour, die Ella alles abverlangt hatte, waren sie sich glücklich in die Arme gefallen, und als sie schließlich nach Hause zurückkehrten, folgte sie ihm einfach hinauf in seine Wohnung. Es war das Natürlichste der Welt. Außerdem war Luca auch wieder da, die Ferien waren vorbei. Und der sollte erst einmal nichts merken, hatten beide beschlossen.

Eine Woche später verabredeten Noemi und Ella sich zu einem Treffen bei Ella, was für sie zu ihrem Erstaunen ein Akt gewesen war, denn obwohl sie sich so gut verstanden, waren beide doch scheu gewesen, diesen Weg einzuschlagen. Doch sie hatte Noemi kurzerhand zu einem späten Frühstück in Meran eingeladen, und das, weil sie sicher war, dass Linni an diesem Sonntag mit Tommaso einen Ausflug plante. Einen langen Ausflug, wie Linni betont hatte. Denn Ella wollte sich ungestört und in aller Ruhe mit ihrer Schwester Noemi befassen können. Bis sie sich gemeinsam ihrer Familie stellen würden, das konnte dauern und brauchte noch Zeit. Ella jedenfalls beabsichtigte, sich keinesfalls irgendeinem Druck auszusetzen. Sie würde die Sache in Ruhe und ganz und gar cool über die Bühne bringen. Zu gegebener Zeit.

Sie hatten sich für ein spätes Frühstück um elf entschieden. Doch bereits Stunden vor der vereinbarten Uhrzeit war es mit ihrer Coolness vorbei. Aufgeregt blickte sie ab viertel vor elf durchs Fenster, welches zur Gasse lag. Sie wollte auf keinen Fall Noemis Ankunft verpassen, und hoffte insgeheim, zunächst einen geschützten Blick auf ihre Schwester werfen zu können. Doch als Noemi schließlich aus dem Auto stieg – einem Käfer wie ihn auch Ella fuhr, was sie schon fast nicht mehr erstaunte –, war sie nicht länger zu halten. Sie rannte die Treppe hinunter, riss die Haustür auf und fiel Noemi, die gerade die Hand erhoben hatte, um zu klingeln, in die Arme.

»Servus«, sagten beide zugleich, und dann mussten sie lachen. Schließlich zog Ella ihre Schwester ins Haus, hinauf in ihr Zimmer, in dem sie schon lange den Kaffeetisch gedeckt hatte, denn sie wollte es auf keinen Fall riskieren, dass in dieser ersten Stunde irgendjemand sie womöglich unten in der Küche störte, obwohl Linni bereits um zehn hinüber zu Tommaso gegangen war. Oder Elias erschien möglicherweise, um sie wieder einmal in die Arme zu nehmen und zu küssen, hatte sie ihn doch schon länger nicht mehr in seiner Wohnung begrüßt. Luca war bei einem Freund, erfuhr sie erleichtert, denn wie sollte sie es dieser kleinen Person erklären, dass es von ihr eine Doppelgängerin gab. Und selbst Elias wäre in einem so diffizilen Augenblick höchst störend.

Trotz des glücklichen Moments dieses ersten körperlichen Kontakts, so erschien er Ella und gleichfalls Noemi beinahe unheimlich. Minutenlang war es ihr unmöglich, Noemi in die Augen zu schauen, kam es ihr doch vor, als schaute sie in einen Spiegel. Aber das Spiegelbild bewegte sich und hatte eine eigene Persönlichkeit, wie ihr und sicherlich auch Noemi nach und nach klargeworden war. Nur langsam gewöhnten sie sich an den irritierenden Anblick.

»Es ist seltsam«, sagte Noemi eine halbe Stunde später, als sich ihre größte Aufregung gelegt hatte, »aber ich fühle mich bei dir schon fast wie zu Hause.«

»Wir kennen uns ja auch schon ein wenig, der Internet-Telefonie sei Dank«, entgegnete Ella und atmete tief durch. Erst jetzt gelang es ihrem Herz, einen ruhigeren Takt anzuschlagen.

Zwischen Noemi und ihr gab es keine Gesprächspause, keine peinliche Stille. Nach und nach stellten sie immer mehr Gemeinsamkeiten fest, obwohl sie bereits so ausführlich telefoniert hatten. Es war wie im ersten Moment, so als hätte es die über Jahre lange Trennung nie gegeben.

Besonders irritierend und gleichzeitig außerordentlich fesselnd war für beide die Tatsache, dass viele Gemeinsamkeiten unerklärlich schienen: Ihre besten Freundinnen trugen die gleichen Namen – Eva –, beide hatten in ihren Kinderjahren einen Hund besessen, der auf den Namen Teddy hörte – jeweils ein wunderschöner Wolfspitz –, nach dessen schmerzvollem Tod sie jedoch nie wieder einen Hund halten wollten. Beide hatten in ihrer Kindheit zu ihrer Scham an den Nägeln geknabbert und beide waren tief gläubig – trotz ihrer eher seltenen Kirchgänge.

Als ihnen dämmerte, dass einige Faktoren wie berufliche Fähigkeiten, schulische Leistungen, Vorlieben und Marotten aufgrund ihrer exakten Übereinstimmung möglicherweise durch ihre Gene bedingt waren, andere hingegen eher durch den Einfluss der Umwelt, stand für sie fest, dass sie den riskanten Überlegungen nach der Herkunft dieser Eigenschaften keine Bedeutung beimessen würden. Es kümmerte sie nicht und sie gaben sich das Versprechen, dass sie sich später, wenn alle ihre Freunde und Bekannten die sensationelle Neuigkeit erfuhren, auch auf keine gefährlichen Diskussionen in dieser Hinsicht einlassen würden. Sie spürten nur bis auf den Grund ihrer Seelen, dass sie glücklich waren, die andere kennengelernt zu haben. Endlich.

Am Nachmittag aßen sie lediglich Kuchen und Plätzchen, alle entweder von Brigitte oder Linni gebacken und demgemäß köstlich, hatten sie doch ihr Frühstück ausgiebig genossen, sodass sie noch keinen Hunger auf ein ausgedehntes Mittagsmahl verspürten. Und dabei redeten und redeten sie, als gäbe es kein Morgen.

Am Abend, nach einem längeren Spaziergang auf dem Tappeinerweg und bei einem Drei-Gänge-Menü im hübschen Restaurant Bistro 7 unter den Meraner Lauben fühlte sich Ella dermaßen gestärkt, dass sie dem Vorschlag Noemis beinahe nachgegeben hätte, Christian zu besuchen. Doch schließlich lehnte sie ab. »Er hat uns einundvierzig Jahre warten lassen, jetzt muss er sich auch mal in Geduld üben«, argumentierte sie.

»Du hast Recht. Wir haben alle Zeit der Welt«, stimmte Noemi ihr zu.

»Ich schlage vor, wir machen ein kleines Fest daraus. In, sagen wir, ein, zwei Wochen? Wir werden vorher niemandem etwas verraten und dann – törröö – geht die Tür auf und du erscheinst.«

Noemis Miene wurde ernst – Ella hatte noch nicht herausgefunden, ob ihre Augen trauriger blickten als ihre.

»Mit einem Fest bin ich einverstanden«, stimmte Noemi zu. »Aber vielleicht wäre es doch einfacher, wir informieren vorher die Familie. Das würde sicherlich etwas die allgemeine Verlegenheit nehmen, wie sie sonst entstehen könnte. Ist ja jetzt kein gewöhnliches Fest unter

Verwandten. Denkbar wäre, dass es dem einen oder anderen zu Beginn die Sprache verschlägt. Dein Vater ist schließlich auch nicht mehr der Jüngste und dazu gesundheitlich nicht ganz auf der Höhe.«

Ella nickte. »Du hast Recht. Papa wird es auf jeden Fall aufregen und wenn wir mit einem Tamtam auf die Bühne treten, schlägt sein Herz sicher Purzelbäume. Also gehen wir lieber auf Nummer sicher.«

»Noch eine Frage«, bemerkte Noemi nach einer kleinen Pause. »Was ist mit Mama … also unserer … unserer Mutter?«

Ellas Gesichtsmuskeln sackten in den Keller. »Was soll mit ihr sein?«

»Wirst du sie zu unserem Treffen einladen?«

»Willst du mich vera… auf den Arm nehmen?«, zischte Ella. »Die Frau hat mich doch schon begutachtet. Zum Glück, ohne sich zu erkennen zu geben, sonst hätte ich ihr die Tasche wahrscheinlich um die Ohren gehauen. Aber bei diesen zwei kurzen Treffen wird es bleiben. Ein drittes Mal wird sie mein Haus … unser Haus … nicht betreten, das kannst du mir wirklich glauben.«

Noemi nickte und schwieg einen Moment. »Du kannst ihr also nicht verzeihen. Logisch, das kann ich natürlich irgendwie verstehen.«

»Und wie steht es mit dir? Als sie es dir erzählt hat? Hat sich euer Verhältnis irgendwie verändert?«, erkundigte sich Ella. Sie wusste ja, wie sie selbst auf die Nachricht reagiert hatte.

Und wie schwer ihr das Verzeihen gefallen war. Und sie dachte an ihren Beschluss, Eltern Fehler aus der Jugend zu verzeihen. Aber ihre »Mammi« blieb bei diesem großherzigen Tun außen vor. Für sie war klar, dass sie die Trennung Aurelias von ihr, Ella, dem winzigen Baby – die ja Noemi und ihr gleichfalls die Schwester geraubt hatte –, ihrer Mutter niemals verzieh. Aurelias Handeln mochte in den ärmsten Ländern der Welt verzeihlich und angesichts der Kämpfe ums Überleben verständlich sein, aber hier bei ihnen empfand sie etwas Derartiges schlicht als unmenschlich. Vielleicht hätte sie noch verzeihen können, wenn sie sich von beiden getrennt hätte – aus Armut oder weil sie krank gewesen wäre oder weil sie Mitleid mit ihnen hatte, nahm sie eine der anderen fort. Aber das war nicht der Fall gewesen. Und so wollte sich Ella nicht länger mit diesem Gedanken auseinandersetzen. Aurelia war für sie eine Unperson. Fertig. Aus. Amen.

»Da war natürlich wie bei dir mit deinem Vater anfangs der totale Schock. Ich konnte drei Tage nicht mit ihr reden«, entgegnete Noemi leise. »Aber dann … ja, ich hab' ihr verziehen. Sie hat mir irgendwie klargemacht, wie sehr sie sich außerstande fühlte, uns beide großzuziehen. Sie litt … und ich fürchte, sie leidet noch immer … unter unsäglichen Zukunftsängsten. Das Verhältnis zu ihren Eltern war immer gestört, frag mich nicht, warum. Sie spricht nicht darüber. Und mein Verhältnis zu Oma und Opa ist ziemlich kühl«, seufzte Naomi, »was ich schade finde. Aber da ist nichts zu machen. Mama ist aus diesem Grunde ganz furchtbar sparsam. Einfach aus Angst, später allein und vor allem arm dazustehen. Was sich hoffentlich durch ihre Heirat mit Paolo, du weißt, der Antiquitätenhändler, er ist zum Glück wohlhabend«, fügte sie schmunzelnd ein, »ändert. Er tut alles, um ihr die Angst zu nehmen, zumindest die vor der Armut. Er hat sie ja auch dazu gebracht, reinen Tisch zu machen. Ich bin ihm sehr dankbar, auch wenn ich anfangs voller Wut war, dass ich nun Bescheid weiß und mich jetzt mit diesem neuen Zustand auseinandersetzen muss. Erst als ich dich kennenlernte, war ich glücklich.«

Ella ergriff Noemis Hand und strahlte sie an. »So wie ich. Trotz allem ist es gut, dass sie endlich mit der Wahrheit herausgerückt sind, auch wenn mein Vater … also mein Adoptivvater … sich mit dem Mundaufmachen schwergetan hat.«

»Sehnst du dich eigentlich danach, unseren leiblichen Vater kennenzulernen? Also wenn es möglich wäre, was es ja nicht ist, laut Mama.«

»Nein, Noemi, ich habe wirklich keinerlei Lust auf eine weitere Familienzusammenführung«, verneinte Ella, und das war ihr voller Ernst. Trotz allem liebte sie ja Christian wie einen leiblichen Vater, und das würde immer so bleiben. »Wie ist es mit dir?«

Noemi zuckte die Achseln. »Ganz ehrlich? Ein bisschen würde es mich schon interessieren, wie er so ist, wie er aussieht. Ich hab' jedoch alles bei unserer Mutter auf den Kopf gestellt: Es existiert weder ein Bild, noch gibt es eine Adresse. Auch auf unserer Geburtsurkunde steht lediglich: Vater unbekannt.«

»Und dabei sollte es auch wirklich bleiben«, seufzte Ella. »Wobei du mir etwas leidtust. Ich hab' wenigstens meinen Papa. Aber du bist ja ganz ohne Vater aufgewachsen. Ehrlich gesagt, kann ich mir nicht vorstellen, wie du dich gefühlt hast. Oder ob du sogar unter dem Zustand gelitten hast. Hat man dich deswegen beschimpft?«

»Keine Sorge«, lächelte Noemi. »Es hat lang gedauert, bis mir bewusst wurde, dass ich unehelich bin. Ich hab' das Wort mit zehn Jahren zum ersten Mal gehört, an der Bushaltestelle, wo mir eine Schulfreundin meine Situation klarmachte. Ich hab' am gleichen Tag meine Mutter gefragt und sie hat mich aufgeklärt. Man hat mich nie beleidigt oder sonst wie attackiert. Mailand ist halt eine Großstadt. Es hat somit bei mir keinen bleibenden Schaden hinterlassen. Ich war ja glücklich mit meiner … unserer … Mutter. Nur dann und wann kam die Neugierde, aber die hat sich zum Glück im Laufe der letzten Jahre gelegt. Mama hat nicht einmal gesagt, wie seine Haarfarbe ist, als ich sie nach ihrem Geständnis befragte.«

»Und so soll es bleiben«, beschloss Ella. »Jetzt hast du mich, du hast Christian – wenn du ihn dann endlich kennenlernst – und du hast Linni.

Brigitte nicht zu vergessen. Du wirst sie lieben«, fügte sie schmunzelnd an.

»Ich bin schon so gespannt auf deine … unsere Familie«, seufzte Noemi, und sie legte den Löffel zurück in die Schale, aus der sie mit Genuss ein köstliches Zitronensorbet genossen hatte.

»Geduld, die Zeit wird kommen«, sagte Ella. »Und jetzt Schluss mit der Mischpoke. Lass uns noch einen Wein trinken.«

Sie hob die Hand und der freundliche Kellner des Bistro 7 kam an ihren Tisch. Sie bestellten eine Flasche Goldmuskateller. Die traditionelle Rebsorte aus Südtirol verströmte einen charakteristischen Muskatduft. Ella und ihre Familie tranken die trockene Variante auch gern als Aperitif. Und natürlich zählte auch Noemi den Muskateller bereits seit Längerem zu ihren Lieblings-Dessertweinen.

Dann gaben sich die Schwestern wieder der Vergangenheit hin. Später sprachen sie von ihren Träumen, vor allem von den beruflichen.

Ella tippte sich versonnen an die Lippen, glücklich und ein wenig berauscht vom Wein. »Weißt du, da kommt mir eine Idee. Du sagst, du hättest bereits einige Bilder auf Lager? Ich meine fertige?«

»Natürlich. Einige habe ich fertig, aber für eine eigene Galerie reicht es sicher noch nicht«, antwortete Noemi. »Aber bestimmt reichen sie aus für unseren kleinen Laden«, vermutete ihre Schwester. »Ich bin sicher, Linni hat nichts gegen den Vorschlag, unseren Laden für den Anfang mit zu nutzen. Es würde unser Sortiment auch wunderbar vervollständigen: deine Bilder«, die sie zum Teil bereits dank Noemis Smartphone hatte betrachten dürfen, und die ihr sehr gefallen hatten, vor allem die Landschaftsbilder aus der Region, »dazu meine Taschen und Linnis Feder-Schmuck«, endete sie mit Begeisterung in der Stimme. »Und wenn du einverstanden wärst, könnten wir dich zu unserer festen Verkäuferin machen, sodass Linni und ich nicht ständig durch Kauflustige in unserer Arbeit gestört würden. Es ist auch Platz genug. Du könntest also deine Staffelei aufstellen und die ruhige Zeit zum Malen nutzen. Na, was hältst du von meinem Vorschlag?«

Noemis Augen wurden immer größer. Je mehr Ella geredet hatte, desto mehr glänzten sie wie die Kugeln an einem riesigen Weihnachtsbaum. »Das … das wäre ja unglaublich«, brach es schließlich heiser aus ihr heraus. »Da … da … ach, mir fehlen die Worte. Natürlich bin ich einverstanden.« Sie hielt inne und spielte einen Moment mit der Serviette. Dann hob sie den Kopf und fragte: »Aber glaubst du, dass Linni tatsächlich nichts dagegen hat? Ich meine, wir kennen uns ja überhaupt noch nicht.«

Ella schüttelte heftig den Kopf. »Aber nein. Ein bisschen kennt sie dich ja schon durch mich, schließlich ähneln wir uns in so vielen Dingen, fast wie ein Ei dem anderen. Für uns beide wärst du eine wirkliche Erleichterung, denn es ist wirklich kein Spaß, wenn man gerade mit einer besonders diffizilen Arbeit beschäftigt ist und muss die dann unterbrechen, wobei wir uns natürlich bisher immer beim Verkauf abwechseln. Allerdings müsstest du dann auch an unserem Samstagmorgen parat stehen. Aber du kämst nur jede dritte Woche dran. Und samstags wird immer um ein Uhr dichtgemacht – Geschäft hin oder her.« Ellas Wangen brannten, so sehr steigerte sie sich in ihre Idee hinein. Sie war sicher, dass Linni mitziehen würde. Auch sie hatte oft ungeduldig die Augen gerollt, wenn wieder einmal jemand ihr konzentriertes Tun gestört hatte, obwohl sie natürlich auf die Einkünfte aus dem Laden angewiesen waren.

Alles würde gut, Ella glaubte unerschütterlich an diesen Spruch – zumindest im jetzigen Fall. Normalerweise konnte sie die drei Worte nicht mehr hören. Und dann kam ihr ein weiterer wunderbarer Gedanke. Den allerdings stellte sie ohne Seil und Haken in den Raum, aber Linni war eine weichherzige Seele, die hatte auch hier ganz sicher nichts dagegen. »Ich könnte dir sogar noch eine weitere Überraschung bieten«, fügte sie geheimnisvoll hinzu.

»Ach, mich überrascht bei dir gar nichts mehr«, lachte Noemi, sichtlich ebenso glücklich wie Ella.

»Wie ich dir erzählt habe, lebt Papa ja jetzt drüben bei der Brigitte. Und so ist unten sein Zimmer wieder frei. Es hat auch ein eigenes Bad und ist recht groß. Du hast es ja heute schon gesehen.«

Natürlich hatte Ella ihrer Schwester das ganze Haus gezeigt, außer natürlich das Reich von Elias und Luca. Selbst Linnis Wohnung stand auf der Besichtigungstour, die war ja zum Glück heute nicht da gewesen. »Wenn du willst, könntest du bei uns wohnen. Miete müsstest du nicht zahlen, das würden wir mit deiner Arbeit in der Werkstatt verrechnen, wenn du einverstanden wärst. Und über den weiteren Lohn werden wir uns sicher einig. An Kosten kämen auf dich nur die Lebensmittel hinzu. Linni kocht in der Woche, am Wochenende wechseln wir uns ab«, fügte sie noch erklärend an. »Na, was sagst du?«

Noemi ließ sich Zeit mit der Antwort. Aber nach und nach füllten sich ihre Augen mit Tränen, die sie rasch fortwischte. »Was soll ich sagen? Ich … bin total … total begeistert«, brachte sie schließlich hervor. Dann stand sie auf und umarmte ihre Schwester stürmisch – was Ella als einen der wenigen Wesensmerkmale registrierte, die sie und Noemi unterschied. Ganz so spontan und gefühlvoll wie Noemi war sie ganz gewiss nicht – außer vielleicht bei Elias. Doch selbst bei ihm zog sie emotionale Grenzen, wie ihr in der letzten Zeit bewusst geworden war. Ja, bei allen Gemeinsamkeiten, es gab sie, die feinen Unterschiede. Und sie waren entzückend. Nun musste Ella bloß noch Linni von den anstehenden Änderungen in ihrem gemeinsamen Leben überzeugen. Das würde ein Leichtes sein, sprach sie sich Mut zu. Oder doch nicht?

Es war nach zehn Uhr abends, als sich Noemi in ihren kleinen Käfer setzte. Erst als Ella in ihrem Zimmer auf dem Bett lag, wurde ihr bewusst, wie müde sie doch war. Es war jedoch nicht jene Art der Erschöpfung, die sie nach einem langen Tag mit ungeliebter Buchführung überfiel, oder an dem sie sich unentwegt mit schwierigen Kunden hatte befassen müssen, die bei aller Liebesmüh dennoch nicht zufriedengestellt werden konnten. Es war vielmehr jene wohltuende Müdigkeit, die sie empfand, wenn sie eine schwierige Bergtour bewältigt hatte oder einen ganzen Tag an einer Ledertasche genäht hatte, die sich unter ihren Fingern in ein exquisites Meisterstück verwandelte. So viel war auf sie eingestürmt. Erst jetzt kam sie dazu, ihre Gespräche mit Noemi zu überdenken, ihre Vorschläge im Hinblick auf die Arbeit und ihres Einzugs in ihr Haus. Ein Glück, dass Linni noch nicht zurückgekehrt war. Ihr jetzt alles haarklein darzulegen, dazu reichte Ellas Kraft heute nicht mehr. Wobei der genossene Wein keine unwesentliche Rolle spielte. Ein klein wenig begannen nach und nach Warnblinklampen in ihrem Hinterkopf aufzuleuchten. Sie würde Linni behutsam auf die zukommenden Änderungen in ihrem Leben vorbereiten müssen. Sie, Ella, hatte immerhin der neuen Person in ihrer aller Leben unvermittelt ein Wohnrecht in einem Haus angeboten, über das auch Linni, für die Noemi mehr oder weniger eine Fremde war, gleichberechtigt verfügen konnte. Und Linni ohne ihre Erlaubnis mit ihrer Entscheidung zu konfrontieren, war vielleicht, ganz sicher sogar, ein wenig voreilig gewesen. Hoffentlich täuschte sie sich nicht in ihrer Einschätzung, ihre kleine Schwester sagte zu allem Ja und Amen.

14

Linni

Von all dem ahnte Linni noch nichts. Sie hatte einen überaus erfreulichen Tag mit Tommaso verbracht. Ganz im Gegensatz zu Ella und Elias hatten sie und Tommaso nicht allzu viel für schweißtreibenden Sport übrig. Beide waren zufrieden, wenn sie in der Natur übersichtliche Spaziergänge genießen konnten, ohne Gefahr zu laufen, abzustürzen. Der Kauf eines Fitnesstrackers käme ihnen beiden nie in den Sinn. Was für einen Sinn machte es, seine Schritte zu zählen? Wäre dies wirklich nötig, hätte der liebe Gott ihnen den Schrittzähler in seiner großen Weisheit sicherlich selbst eingebaut. Sie liebten es beide, die vielen Ansitze mit dem Auto abzufahren und so die kleineren Wohnsitze des niederen Adels mit besonderem Rechtsstatus, die im Ausklang des Mittelalters bis ins neunzehnte Jahrhundert entstanden waren, zu entdecken. Dabei vertilgten sie Südtiroler Spezialitäten und tranken köstlichen Wein – in Maßen natürlich, da sie mit dem Automobil unterwegs waren. Anders konnte man den blitzenden, rasanten Porsche 911 Carrera von Tommaso nicht nennen, den er sich letztens kurzerhand in Bozen zugelegt hatte, nach dem Verkauf des Audis.

»Obwohl dein schicker Wagen natürlich für Frauen, die gern mit dir auf Reisen gehen, ein wenig unpraktisch ist«, brachte sie augenzwinkernd hervor.

»Ach, du wirst staunen, wie viele Möglichkeiten der Wagen bietet.«

»Mit diesem winzigen Gepäckträger da draußen drauf?«

Bei dem Wort Gepäckträger zuckte Tommaso übertrieben zusammen. »Äh … nun ja. Jedenfalls: Wo ein Wille, da ein Weg«, gab er mit schiefem Grinsen von sich.

Nach seiner stolzen Jungfernfahrt war Linni endgültig überzeugt, dass er sich eine ganze Weile als Privatier oder Autor mit stattlichen Tantiemen über Wasser halten würde. Und obwohl Tommaso so lange nicht mehr hier gewesen war, kannte er sich erstaunlich gut mit den hiesigen Lokalitäten aus. Das allerdings hatte er vor allem kurzweiligen Wein-Krimis aus Südtirol zu verdanken, wie er spitzbübisch verriet. Dessen Autor tat es ihnen gleich und nahm sich zwischen seinen detektivischen Einsätzen, die er dann und wann zur Kapitalbeschaffung zu tätigen gezwungen war, stets ausgiebig Zeit für eine mehr oder weniger bescheidene Mahlzeit, die immer ein vorzüglicher Wein begleitete. Dieses Wissen über seine Gaumenfreuden teilte er später freundlicherweise seinen Lesern mit. Was es Tommaso erleichterte, zumindest den Anschein eines Weinkenners zu mimen, wenn sie irgendwo bei einem Weinbauern einkehrten, der im Krimi vorgeschlagen worden war. Und in der Regel irrte sich der Autor hinsichtlich der Qualität des Essens sowie der Weine nicht.

In der letzten Woche hatten Tommaso und sie dann und wann die Nächte zusammen verbracht – Linni allerdings begleitet von einem Hauch schlechten Gewissens, schließlich wünschte sie sich immer noch nichts lieber auf der Welt, als Elias' Frau zu werden. Oder wenigstens seine Geliebte, schränkte sie sehnsüchtig ein. Ein wenig Zeit wollte sie dem geliebten Mann noch lassen, schließlich hatte Ella versichert, dass sie in ihm nicht unbedingt den Mann fürs Leben sah. Allerdings traf Linni ihn jetzt seltener als früher, da er oft mit Luca zum Essen ausging, eine Gewohnheit der Ferien, die er nicht ablegen wollte. Wenn sie ihn sehen wollte, musste sie ihn in seiner Werkstatt besuchen. Was sie dann und wann auch tat, immer unter dem Vorwand, ihn mit einem selbst gebackenen Kuchenstück mit Kaffee zu erfreuen.

Nach ihrem ersten Besuch legte sich auch seine offensichtliche Verlegenheit, vor allem da sie ihm vorspielte, es sei nichts weiter passiert – außer natürlich Noemis Auftauchen. Mit Ellas Einverständnis sprach sie mit ihm über den Familienzuwachs, was die Sache vereinfachte, denn damit hatten sie ein Gesprächsthema.

Was das Kochen anbelangte, so waren Ella und sie übereingekommen, dass Linni mittags für sie beide kochte, am Abend jedoch jeder sich selbst etwas herrichtete, sodass die Schwestern unabhängig waren – was sie, so schien es, sehr genoss, denn sie zog sich jeden Abend mit einem kalten Abendbrot in ihr Zimmer zurück und telefonierte. Linni war eifersüchtig. Sie wusste ja, dass Ella mit der Schwester telefonierte.

Dienstagmorgen überraschte Ella sie dann mit der Bitte, dass sie Noemi kommenden Samstagnachmittag kennenlernen möge. »Noemi ist doch schon ganz wild darauf, dich endlich zu sehen«, fügte sie hinzu.

Linni stimmte dem Treffen natürlich zu und gab sich Mühe, nichts als reine Freude auszudrücken. In Wahrheit hatte sie einen Riesenbammel vor diesem Familientreffen. »Warum Samstag und nicht Sonntag? Da hätten wir mehr Zeit füreinander«, schlug Linni vor.

»Ich weiß, aber ehrlich gesagt möchte ich, dass wir die ersten Stunden allein sind. Papa und die anderen werden sie noch früh genug sehen.«

»Da hast du auch wieder Recht. Alle Mann auf einmal könnten Noemi vielleicht überfordern«, schmunzelte Linni.

»Genau«, stimmte Ella sichtlich erleichtert zu.

Sie verabredeten, dass Noemi zum Mittagessen eintreffen würde. Ella hatte »Dienst« im Laden, Linni würde das Kochen übernehmen.

Der Samstag kam. Linni und Ella waren gleichermaßen aufgeregt. Linni kaufte gleich morgens die Zutaten ein. Als Vorspeise würde es eine Grießnockerlsuppe geben, dann, nach dem

Fenchelgratin als Hauptgang, würde sie die in Backteig getauchten Äpfelscheiben in heißem Öl ausbacken und gleich servieren. Zusätzlich bereitete sie eine leichte Vanillesoße zu, die sie selbst liebte. Für die beiden Zwillingsschwestern würde sie zur Sicherheit auch Vanilleeis dazu geben, Ellas Lieblingsspeise. Zwischen den Gängen würden sie sich viel Zeit lassen und mit Sicherheit keine Langeweile empfinden.

Tommaso, mit dem Linni an dienstfreien Samstagen gern etwas unternahm, musste sie kein Lügenmärchen auftischen. Er war beschäftigt, irgendein Treffen bezüglich seines neuen Romans. Und Linni war ganz froh darüber. Auch Brigitte und ihr Vater waren am Morgen verabredet und so war kein gemeinsames Essen für diesen Tag geplant.

Pünktlich um zwölf stand Noemi vor der Tür. Linnis Herz schlug bis zum Hals. Um ihre Nerven zu beruhigen, hatte sie ein kleines Glas von einem trockenen Goldmuskateller getrunken, den sie ohnehin als Aperitif vorgesehen hatte. Sie ließ Ella die Haustür öffnen und blieb wartend am geöffneten Fenster stehen, durch das sie die Frühlingsluft in tiefen Zügen einatmete. Yogaatmung? Mochte manchen Menschen helfen, bei ihr war sie zwecklos, wie sie bemerkte.

Endlich erschienen in der Tür die beiden Schwestern.

Linni drehte sich herum und hielt spontan die Luft an. Eineiige Zwillinge! Jetzt sah sie zum ersten Mal, was das bedeutete.

Sekundenlang blieb sie wie eine Salzsäule am Fenster stehen, während ihr Blick zwischen den beiden hin und her wanderte. Sah sie Unterschiede zwischen ihnen? Nicht den geringsten. Endlich löste sie sich von ihrer Starrheit und trat auf Noemi zu, bemüht um ein Lächeln.

»Hallo, liebe Schwester«, murmelte sie leise, streckte die Arme aus und dann umarmten sie sich, als sei es das Normalste von der Welt. Linni hielt sie mit gestreckten Armen von sich, um erneut die beiden Gesichter zu vergleichen. »Also, du könntest mich totschlagen, ich sehe keinen Unterschied.«

»Und trotzdem richtig geraten«, lächelte Noemi, »trotz der gleichen Kleidung.«

»Uns zu unterscheiden, wird dir noch gelingen«, lachte Ella. »Allerdings gibt es da schon die eine oder andere Abweichung. Ich brauchte aber auch eine Weile, sie zu erkennen.«

»Kommt herein und setzt euch«, bat Linni ein wenig unbeholfen.

»Also jetzt brauche ich erstmal einen Schluck Alkohol«, befand Ella. Sie trat an den Tisch und zog Noemi mit sich. »Hast du Sekt oder so was Ähnliches?«

»Ich dachte an unseren Muskateller«, antwortete Linni, die schon lange nicht mehr so viel Alkohol konsumiert hatte wie in der letzten Zeit. »Sekt hatte ich für den Nachmittag vorgesehen.«

»Nein, jetzt passt der Sekt besser«, entschied Ella energisch, wie es dann und wann ihre Art war. »Oder was meinst du?«, fragte sie Noemi.

»Ich mag beides«, erwiderte die diplomatisch.

»Ich hoffe bloß, du magst Fenchelgratin«, sagte Linni.

»Mein Leibgericht«, lächelte Noemi.

»Wie auch von Ella.«

Linni trat an den Herd, froh, ihre Hände beschäftigen zu können.

Es war gar nicht so einfach, sich mit dem Ebenbild der eigenen Schwester zu unterhalten, und das zum ersten Mal als erwachsene Frau. Das hatte sie sich einfacher vorgestellt. Immer wieder schaute Linni verstohlen zu Noemi, die zwar Ella bis ins Kleinste zu gleichen schien, wobei man dennoch nach und nach erkannte, dass das Äußere täuschte und es winzige Unterschiede zwischen ihnen gab, die nicht im Aussehen begründet waren. Die Stimme, die Bewegungen, die gleichen Momente, in denen sie laut lachend den Kopf in den Nacken legten, das alles einte sie. Doch die Vibrationen, das Energiefeld unterschieden sich, oder wie immer man das nennen wollte. Sie konnte es sich nicht erklären, aber sie spürte, dass sie es trotz der Ähnlichkeit mit zwei verschiedenen Wesen zu tun hatte.

Einmal lachten die Zwillinge so herzhaft und in gleich lauter Art, dass Linni aus reiner Freude einfach mitlachte, obwohl sie nicht wusste, worum es ging.

Das gemeinsame Lachen erstarb postwendend, und Linni erntete zwei erstaunte Blicke. Da hatte sie ihren Beweis. Zwillinge verstanden einander einfach blind, während die Dritten keine Ahnung hatten, was los war. Ein Insider-Witz oder so etwas Ähnliches mutmaßte Linni ein wenig verlegen.

Zum Glück erwies sich das Mittagessen als ein großer Erfolg. Mit Erleichterung merkte Linni, dass sie sich mit Noemi gut verstand. Sie alle hatten dem Wein reichlich zugesprochen, nachdem einstimmig beschlossen worden war, dass heute niemand mehr ein Auto anrühren würde – dass beide einen alten VW-Käfer in exakt dem gleichen Grün fuhren, erstaunte sie jetzt kaum noch. Sie kamen überein, dass Noemi heute in dem alten Zimmer von Christian übernachten konnte. Und so waren sie alle Drei schon ziemlich angeheitert, als Ella völlig aus dem Nichts die Bombe platzen ließ.

Einen Moment blieb Linni der Mund offenstehen. Die Hand, die das Glas mit dem süßen Goldmuskateller umfasst hielt, sank zurück auf den Tisch. Sie brauchte einen Moment, bis Ellas Worte ihr Gehirn erreichten. Schon im Normalfall benötigten ihre Gehirnzellen länger zum Begreifens als Ellas. Und wie sie mittlerweile begriffen hatte, auch als Noemis.

Noemi würde in Zukunft also nicht nur bei ihnen für immer wohnen, sondern auch in der Werkstatt mitarbeiten. Und das alles hatte sie bereits hinter ihrem Rücken mit Noemi beschlossen. Obwohl Ella sich Mühe gab, die gemachte Zusage zu verheimlichen, hörte Linni das heraus, weil sich Noemi verplapperte. »Wir …

dieses Abkommen wird natürlich sofort rückgängig gemacht, solltest du nicht einverstanden sein. Ella war da vielleicht ein wenig voreilig.«

Ein wenig voreilig? Das war noch gelinde ausgedrückt, durchzuckte es Linni. Sie schluckte, räusperte sich und nahm dann einen großen Schluck vom Muskateller.

Hilfe!

Einen Moment fühlte sie sich sprichwörtlich mutterseelenallein, von allen verlassen. »Natürlich … ähm …«, sie musste sich erneut räuspern, »natürlich habe ich nichts dagegen«, sagte sie. Sie quälte sich ein Lächeln ab. »Du bist mir herzlich willkommen.«

»Und bitte, entschuldige, Linni, Liebes«, sagte Ella mit ungewohnter Wärme in der Stimme. Eigentlich neigte sie ja nicht zu Sentimentalitäten, doch ergriff sie nun über den Tisch hinweg Linnis Hand. »Ich wollte eigentlich vorher mit dir darüber reden. Es wäre nur recht gewesen. Aber weißt du, das alles kam so spontan, ich habe einfach nicht überlegt.«

Sie seufzte. Ach, Ella. Du und spontan. Sie, Linni, war seit jeher die Spontane in der Familie. Doch jetzt war es zu spät für irgendeinen Rückzieher, so viel war klar. »Mir wäre es sicher genauso gegangen. Alles in Ordnung. Liebe Noemi, sei willkommen in unserer Familie«, brachte sie mit trockenem Mund so herzlich es ihr in diesem Moment möglich war, hervor. Und in unserem Hause und in unserer Firma, fügte sie in Gedanken hinzu. Hauptsache, du verliebst dich nicht auch noch in Elias. Und dann dachte sie an Luca. Aber da hatte sie keine Sorgen. Ein Kind verkraftete Wunder leicht, die man sich nicht sofort erklären konnte. Da mussten sich Noemi und sie nur etwas einfallen lassen. Oder Christian. Aber von dieser Seite war wahrscheinlich nicht allzu viel zu erwarten. Nun, jetzt war es Noemis und Ellas Angelegenheit.

Sie stand auf und legte Noemi von hinten beide Arme auf die Schultern. »Und nun, meine Lieben, halten wir Siesta«, schlug sie vor. Der Abwasch konnte warten. Oder von Ella und Noemi getätigt werden. Ihr doch egal. »Wie wäre es mit fünf Uhr zum Kaffee? Jetzt ist es zwei. Ich glaube, vier wäre zu früh. Ich habe zwei total leckere Kuchen gebacken, es wäre zu schade, wenn wir die nicht schaffen könnten«, rief sie gezwungen fröhlich.

»Fünf Uhr wäre prima«, riefen unisono die Zwillinge.

Linni seufzte. Ella im Doppelpack – da stand ihr noch eine harte Zeit bevor, sich an den Neuzuwachs zu gewöhnen.

Sie lief in ihr Zimmer, zog sich aus und fiel ins Bett. Es dauerte jedoch, bis der Wein seine Wirkung vollends entfaltete und ihr heilsamen Schlaf bescherte.

Der Nachmittags-Kaffee verlief dann zu ihrem Erstaunen selbst für Linni so heiter und beschwingt, dass sie ihre anfänglichen Sorgen vergaß. Und so war auch sie es, die später vorschlug, die Gelegenheit zu ergreifen, um Noemi schon heute Brigitte und Christian vorzustellen.

Einen Moment herrschte Schweigen zwischen den Zwillingen. Doch dann nickten sie. »Warum nicht?«, fragte Ella. Ihr Blick wanderte zu Noemi. »Was meinst du, Schwesterherz?«

Schwesterherz! Zum ersten Mal war nicht sie selbst damit gemeint. Linnis Herz verspürte einen kleinen Stich, doch sie maß dem keine Bedeutung zu. Daran würde sie sich gewöhnen müssen.

»Sehr gern. Gute Idee.«

»Aber lasst uns vorher Brigitte anrufen.« Christian und Brigitte in dieser Konstellation unangekündigt zu überfallen, verbot sich in Linnis Augen. Zum Glück ging Brigitte sogleich ans Telefon.

»Wir haben Besuch, den wir gern mitbringen würden«, sagte Linni. Einen Moment war sie versucht, das Geheimnis erst drüben zu lüften, doch dann sah sie davon ab. Christian würde es möglicherweise nicht begrüßen, derart überrascht zu werden. »Noemi ist bei uns und möchte euch gern kennenlernen.«

Zuerst verschlug es Brigitte offensichtlich die Sprache. Doch nach einer Weile sagte sie mit unsicherer Stimme: »Um Himmels willen, natürlich. Ach, wie bin ich froh. Bitte kommt sofort, sonst sterbe ich vor Ungeduld.«

»Tu das nicht«, entgegnete Linni heiter, »und sei so nett und unterrichte vorab schon mal Papa, damit auch ihn nicht der Schlag trifft, wenn wir so auf ihn einstürmen.«

Was sie Brigitte nicht verriet, war, dass Ella und Noemi sich den Spaß gemacht hatten, sich vollkommen gleiche Sachen anzuziehen – was nicht schwer war, sie hatten den gleichen Geschmack und Lieblingsladen im Internet und beim letzten Ausverkauf zugeschlagen.

Aufgeregt gingen sie nach einer Viertelstunde hinüber. Einen Moment war Linni froh über die frische Luft. Der Garten blühte in überströmender Pracht. Noemi punktete sogleich damit, wie begeistert sie alles betrachtete und sogar viele Blumen mit Namen benennen konnte. Dann öffneten sie die Küchentür von Brigittes Haus und traten ein.

Brigitte und Christian standen vom Tisch auf und traten zu ihnen hin. »Mein Gott … das … das ist ja wirklich erstaunlich.«

Brigitte schüttelte den Kopf, während ihr Blick hin und her wanderte. »Ihr seht euch zwar verteufelt ähnlich, aber dennoch gibt es klitzekleine Unterschiede, die ich euch aber auch nicht nennen kann«, fügte sie hinzu, »wahrscheinlich liegt es am Ausdruck der Augen.« Sie trat zu Noemi. »Du jedenfalls bist die Schwester. Noemi, sei herzlich willkommen, mein Kind.« Sie umarmte sie ohne Scheu, wie man es von ihr gewohnt war.

Jetzt erst trat Christian zu ihnen, der stumm der Begrüßung zugeschaut hatte. »Sei auch von mir willkommen, Noemi. Es ist mir eine wirkliche Freude, dich kennenzulernen. Darf ich dich ebenfalls umarmen? Ich bin Christian, wie du sicher schon weißt. Und das hier ist Brigitte, die hoffentlich bald meine Ehefrau sein wird«, stellte er sie lächelnd vor. »Habt ihr auch eure Mutter mitgebracht?«

»Nein«, antwortete Ella rasch mit harter Stimme. Die Antwort blieb unkommentiert.

»Sei auch du herzlich willkommen, mein Kind«, begrüßte Christian Ella und umarmte sie ebenfalls herzlich, was bei ihm nicht oft vorgekommen war.

Sie setzten sich an den Tisch, nachdem sich die erste Aufregung gelegt hatte. »Darf ich euch etwas zu trinken anbieten?«, fragte Christian. Seine Wangen waren gerötet. Doch er schien ausgeruht und glücklich zu sein, wie Linni zufrieden feststellte.

»Gern ein Glas Sekt. Den haben wir uns extra für euch aufbewahrt«, tönte Ella.

Linni bemerkte, dass sie aufgeregter war, als sie sich zu zeigen erlaubte. Sie kannte doch ihre Schwester. Auch über die Versöhnung mit Christian war sie froh. Vielleicht würde wirklich alles gut? Ein Neuzuwachs in der Familie brachte neue Themen mit, über die man sich austauschen konnte. Noemi schien humorvoll und unkompliziert. Aber das war Ella auch auf den ersten Blick. Hinter der Fassade jedoch verbarg sich alles andere als Schlichtheit. Wenn sich die beiden dermaßen ähnelten, so würde sich noch zeigen, wie weit es mit der Unkompliziertheit in Noemis Charakter bestellt war. Auf jeden Fall schien sie ungekünstelt, was Linni mit Erleichterung erfüllte. Aufrichtigkeit und Freiherzigkeit gehörten zu Ellas guten Eigenschaften. Linni konnten nur hoffen, dass Noemis Gene das auch mitbekommen hatten.

Der späte Nachmittag verlief heiter. Als dann noch Tommaso dazu stieß, der, wie Linni annahm, bereits zuvor von Brigitte über Noemi informiert worden war, wurde es noch schöner. Schließlich gab es ein gemeinsames Abendessen, zu dem Brigitte einlud und auffuhr, was das Haus auf die Schnelle bieten konnte.

Dann kam Ella auf die gute Idee, auch Elias und Luca dazu zu bitten. Niemand hatte etwas dagegen, denn zu ihrer aller Freude hatte sich die anfängliche Scheu sehr rasch gelegt, was auch Noemi zu verdanken war, die es verstand, die einzelnen Familienmitglieder sogleich ins Gespräch einzubeziehen.

Elias wusste zwar, dass es Noemi gab, als er jedoch die Küche betrat und die beiden sah, gleich gekleidet, mit dem gleichen heiteren Lachen in den Augen, blieb er einen Moment überrumpelt stehen. Luca traute hingegen seinen Augen kaum und versteckte sich hinter seinem Vater. Über Elias' Gesicht breitete sich ein breites Grinsen aus. »Du bist natürlich Noemi«, sagte er selbstsicher, trat ihr gegenüber und reichte ihr die Hand. »Ich bin Elias. Schön, dich kennenzulernen.«

»Hei, bravo«, riefen alle und klatschten in die Hände. Und dann wurde gefeiert.

Linni wusste nur noch, dass sie von Tommaso gestützt nach nebenan ging, und dieser es sich auch nicht von Elias nehmen ließ, sie nach oben zu begleiten.

»Ich sehe, du kennst den Weg«, sagte Elias zu Tommaso.

Leider konnte Linni nicht seinen Gesichtsausdruck erkennen und auch seiner Stimme war nicht zu entnehmen, ob er etwas dagegen hatte. Ach, wie gern wäre sie in seinen Armen hinaufbefördert worden. Allerdings machte Tommaso seine Sache ebenfalls gut.

15

Linni

Am folgenden Sonntagmorgen schliefen sie alle lange. Sie hatten sich vorgenommen, auf das Frühstück zu verzichten und dafür ein gemütliches Mittagessen in der Stadt einzunehmen. Danach wollte Noemi nach Hause fahren. Ihr Einzug ins Haus – der von Christian und Brigitte mit großer Freude aufgenommen worden war – sollte dann im nächsten Monat stattfinden. Bis dahin konnte Noemi in Ruhe ihre Wohnung auflösen. Eine Nachmieterin wusste sie schon, denn beim Einzug vor ein paar Wochen war eine Frau sehr traurig darüber gewesen, dass Noemi und nicht sie die Wohnung erhalten hatte. Umso seliger war sie, dass es dieses Mal klappte und sie die Wohnung nun doch bekam. Bereits jetzt begann Noemi damit, ihre Bilder und Kleinigkeiten nach Meran zu schaffen.

Doch je größer die Freude darüber war, dass Noemi sich so leicht in die Familie einfand, desto mehr litt Linni unter ihrer Eifersucht.

Verdammt aber noch mal, dachte sie erbost. Dass gerade ihr das passieren musste. Sie hasste Eifersucht. Doch leider hatte Linni einen leichten Hang dazu, wie sie nicht allein dank Ellas Ehrlichkeit schon früh erkennen musste.

Zum Glück schürte Noemi die Eifersucht nicht noch, indem sie Elias schöne Augen machte. Auch nicht Tommaso, der sich glücklicherweise nicht für Noemi zu interessieren schien. Doch von Tag zu Tag wurde Linni klarer, wie rasch Noemi einen Zugang zu Ellas Herzen fand. Die beiden waren beisammen, wann immer es nur möglich war – mehr noch als Ella und sie früher. Immer mehr musste Linni erkennen, dass es eine heimliche, tiefe Verbundenheit der beiden gab, die in nichts mit der zwischen Ella und ihr zu vergleichen war, obwohl sie sich beide auch nahestanden. Und das nach so kurzer Zeit.

Noemi hatte in den letzten Tagen ihre Bilder in den Verkaufsraum geschafft, auch Staffelei und Farben waren herbeigebracht worden. Fast täglich fuhr sie mit dem Auto von Bozen herauf, um von jetzt an den Verkauf zu übernehmen, während sie in den ruhigen Stunden an ihren Bildern malte.

Eine bessere Idee hätte Ella eigentlich nicht haben können, das Arrangement war perfekt. Immer häufiger blieben Kunden vor dem halbrunden Fenster stehen, das die gesamte Breite des Ladens einnahm, und schauten dem Treiben Noemis zu. Sogar Männer standen plötzlich häufig am Fenster und schienen großes Interesse an der Auslage zu haben. Linni wünschte bloß, es würde nicht allein an Noemis wunderschönem Aussehen liegen. Auch führte es dazu, dass mehr Kunden als gewöhnlich den Laden betraten, und nicht nur schauten, sondern auch kauften.

Zwei bildhübsche und augenscheinlich äußerst glückliche Frauen an ihrer Seite – Linni wusste, was ihr trotz allem besser gefiel. Noemi war natürlich auch nett, zu ihr und allen anderen in der Familie. Sie integrierte sich mit unglaublicher Leichtigkeit. Es stellte sich heraus, dass sie wie Ella sehr leicht mit anderen Menschen in Kontakt kam – zumindest nach außen hin. Leicht konnte man übersehen, dass sie beide, Ella wie eben auch Noemi, dieses Interesse am anderen auch mit Leichtigkeit zu spielen in der Lage waren. Ella hatte ihr dies vor Jahren einmal verraten. Der interessierte Augenkontakt, der geneigte Kopf, das hübsche Lächeln – die Zwillinge beherrschten die Körpersprache wie ein Violinist die Saiten seines Instruments, und sie spielten damit.

Linni seufzte. Und das Ganze jetzt im Doppelpack. Auch wenn der Umsatz seit dem ersten Tag mit Noemi gestiegen war, leicht war es nicht für sie. Auf der anderen Seite war sie natürlich froh darüber, jetzt nicht mehr mit einem Ohr die Ladenklingel beachten zu müssen und ungestört ihre Tätigkeiten verrichten zu können. Auch nur noch jeden dritten Samstag den halben Tag im Laden zu stehen, war ein großer Vorteil. Und sie, Linni, hatte sich eben mit den Gegebenheiten zu arrangieren.

Alles schien sich einzuspielen, doch dann geschah etwas, was alles verändern sollte.

Es passierte an einem Samstag nach Lucas unverhofften Ferien. Sein Freund Pietro lud ihn nach Hause ein, mit Übernachtung. Linni und Elias kannten Pietros Eltern, beide waren fürsorglich und nett. Und da dies nicht der erste Übernachtungsbesuch für Luca bei Pietro war, erfüllte sie kurzerhand Lucas Wunsch. Elias war in Mailand bei einem wichtigen Verkaufsgespräch, sodass Linni ihn nicht mit ihrer Frage um Erlaubnis stören wollte.

Es war gegen acht am Abend, als es an der Tür klingelte.

Linni öffnete und stand vor Pietros Eltern. Von Luca keine Spur. Sofort begannen ihre Magennerven zu vibrieren.

»Guten Abend, Linni«, sagte Anna Bandisi.

Linnis Gefühl bestätigte sich, als sie Annas Gesichtsausdruck bemerkte. Der normalerweise entspannte Ausdruck in dem rundlichen Gesicht der Achtunddreißigjährigen war sichtlicher Verzweiflung gewichen, und die sonst rosige Farbe war in ein käsiges Weiß umgeschlagen.

Sie schluckte. Ihr wurde etwas schwindlig und sie musste sich an der Tür festhalten.

Pietros Mutter fragte: »Ist er bei Ihnen?«

»Luca? Nein. Wie … Sie meinen, Luca ist … ist nicht bei Ihnen?« Linnis Sorge steigerte sich von Sekunde zu Sekunde. Panik stieg in ihr hoch.

Hilflos hob Pietros Mutter die Arme. »Nein. Er … er ist verschwunden.«

»Seit wann?«

»Seit über einer Stunde.«

Nun schlug ihre Sorge in pures Entsetzen um, doch sie zwang sich, die Nerven zu behalten. »Aber warum kommen Sie denn erst jetzt?« Pietro wohnte keine fünf Minuten von ihnen entfernt.

Sie führte Pietros Eltern in die Küche, wo sie beide erschöpft auf die Stühle sanken.

»Pietro und Luca waren bei Fredie.«

Ausgerechnet Fredie! »Aber warum haben Sie denn nicht sofort angerufen, als sie bemerkt haben, dass die beiden weg sind?«, fragte sie mit Verzweiflung in der Stimme.

»Weil ständig besetzt war«, sagte Pietros Vater Antonio leise. So zusammengekauert wie gerade, war der stattliche Mann sonst nie.

Linni schaute sich zum Telefon auf der Anrichte um und schlug die Hände überm Kopf zusammen. Der Hörer vom Festnetz war nicht richtig auf das Telefon gelegt, wie auch immer das passiert war.

»Wir haben alles abgesucht, aber wir können ihn nicht finden.«

Linni sank auf einen der Küchenstühle. »Über eine Stunde … aber warum … sind Sie dann nicht hergekommen?«

»Wir wollten Sie nicht verängstigen … wir … wir haben uns nichts Böses dabei gedacht und sind zuerst zu Fredie, doch da war Luca nicht mehr. Und von Fredie war auch nichts zu sehen«, fügte sie hinzu. »Pietro ist wieder da. Allerdings … wir haben ihn auch nur gefunden, weil die Leute, die ihn gefunden haben, uns mit seinem Smartphone angerufen haben. Er … ich muss gestehen, ich bin entsetzt, aber er war sturzbetrunken und konnte uns nicht sagen, wo Luca abgeblieben ist.«

Linnis Fassungslosigkeit steigerte sich immer mehr. »Betrunken? Wie um Himmels willen kann er denn betrunken sein?«

»Er hat Schnaps getrunken. Viel Schnaps«, entgegnete Anna kurz. »Sie kennen Fredie?«

»Flüchtig«, erwiderte Linni. Fredie war trotz seiner mageren zehn Jahre schon ein echt übler Bursche, er stiftete nichts als Unruhe und Ärger. Elias hatte Luca verboten, sich mit ihm zu treffen – was Luca ohnehin nicht vorhatte, wie er stets versicherte, weil Fredie ihn gern attackierte.

Himmel, warum war sie ausgerechnet heute auf sich allein gestellt? Elias war noch immer in Mailand. Jetzt, wo sie ihn am dringendsten gebraucht hätte, war er nicht da.

»Ich verstehe allerdings nicht, wieso Sie erlaubt haben, dass die beiden zu Fredie gehen. Wir, das heißt sein Vater, hat Luca doch verboten, sich mit dem Jungen zu treffen.«

»Wir wurden nicht um Erlaubnis gefragt«, gestand Antonio grimmig.

»Pietro meinte, es hätte sich um eine Mutprobe gehandelt. Wer keinen Mumm hätte, einen Schnaps auf Ex zu trinken, sei ein Weichei«, fügte seine Mutter, noch immer sichtlich geschockt, hinzu.

In diesem Moment ging die Küchentür auf. Linni war so durcheinander, dass sie die Haustür nicht gehört hatte.

Als sie Elias sah, stürzte sie zu ihm und warf sich ihm in die Arme. Postwendend kamen ihr die Tränen. Stockend und durcheinanderredend setzten sie Elias vom Geschehen in Kenntnis.

Einen Moment sichtlich hilflos raufte er sich die Haare. »Wo habt ihr überall gesucht?«

»Wir haben sämtliche Freunde angerufen. Sie waren zu fünft. Den eigentlichen zwölfjährigen Aufpasser, Romano, haben sie allerdings ausgetrickst und abgehängt.«, informierte ihn Pietros Vater, offenkundig um Ruhe bemüht. »Sie waren alle mehr oder weniger hinüber. Sie bekamen nur mit, dass Fredie und Luca sich rauften und … da sind sie alle abgehauen, einschließlich unseres Sohnemanns«, schloss er mit hartem Gesichtsausdruck. »Jetzt schläft er – nachdem er sich die Seele aus dem Leib gekotzt hat«, fügte er hinzu.

Elias fuhr sich mit beiden Händen durchs Gesicht. Die Stirnfalten vertieften sich, als er befahl: »O.k. Wir setzen uns jetzt alle ans Telefon und rufen Polizei und Krankenhäuser an … dann sehen wir weiter. Vielleicht hat jemand Luca aufgegriffen. Ein betrunkener Achtjähriger ist ja nicht so leicht zu übersehen. Linni, du kommst mit mir rauf. Und Sie, Antonio, gehen bitte wieder nach Hause und rufen uns umgehend an, wenn Sie etwas erfahren.«

Die Eltern verabschiedeten sich erleichtert.

»Du kommst mit«, befahl Elias mit schneidender Stimme.

Schweigend folgte Linni ihm hinauf in seine Wohnung. »Du rufst die Krankenhäuser an, und ich werde mich mit der Polizei in Verbindung setzen. Danach gehen wir die Telefonliste der Schulkameraden durch. Vielleicht ist Luca bei einem von ihnen aufgekreuzt, oder einer hat mitbekommen, wo er hin ist.«

Linni war schwindelig. Elias' Sorge war verständlich. Doch dass er auch auf sie böse zu sein schien, war viel schlimmer für sie. Mit feuchten Händen sank sie auf das Sofa im Wohnzimmer, schnappte sich das Telefonverzeichnis und tat wie ihr befohlen. Doch niemand hatte einen kleinen Jungen eingeliefert bekommen, der womöglich betrunken war.

Sie hatte gerade die zweite Familie angerufen, während Elias mit der Polizei telefonierte, als es unten an der Haustür klingelte. Beide stürzten sofort die Treppe hinunter.

Vor der Tür stand ein Polizist, Giorgio. Elias kannte ihn. Er war einen Kopf kleiner als Elias, trug einen Schnauz- und Kinnbart, und er strömte nicht nur Kraft wie ein Boxstar, sondern auch Zuverlässigkeit und Ruhe aus.

Als Linni sah, dass er Luca im Arm trug, wäre sie beinahe vor Erleichterung zu Boden gesunken. Erneut schossen ihr die Tränen in die Augen. »Gott sei Dank«, stammelte sie.

Ebenfalls erleichtert seufzten ihre beiden Schwestern, deren intime Unterhaltung angesichts der seltsamen Unruhe im Treppenhaus gestört worden war – um sich sogleich wieder auf den Weg nach oben zu machen, nachdem Georgio sie alle mit den Worten beruhigt hatte: »Keine Sorge, nix Schlimmes passiert. Er schläft nur.« Morgen würden sie ohnehin alles bis aufs Kleinste erfahren.

»Ein Kollege hat ihn an der Bushaltestelle in der Nähe der Therme aufgegriffen. Einige Fahrgäste hatten ihn entdeckt und uns sofort angerufen. Er hat sich mehrfach übergeben. Jetzt schläft er seinen Rausch aus.« Er übergab Luca in Elias' Arme und strich mit seiner Pranke leicht über das verschwitzte Haar des Achtjährigen.

Elias bedankte sich mit heiserer Stimme. »Fredie Binder … du kennst ihn«, fügte er mit heiserer Stimme hinzu, »hat ihn und ein paar Freunde wohl zu einer Mutprobe überredet, mehrere Gläser Schnaps. Mutprobe! Ich werde ihn mir morgen vorknöpfen.«

»Tu das, aber sachte. Wir hatten schon öfter Probleme mit diesem Nichtsnutz und werden ebenfalls morgen ein paar ernste Worte mit ihm reden. Er kann ja nichts dafür, aber trotzdem. Sein Vater ist wohl gerade auf Entziehungskur.«

»Und die Mutter?«, erkundigte sich Linni.

»Ist abgehauen. Ohne das Söhnchen«, entgegnete Giorgio lapidar.

Giorgio verabschiedete sich. Linni und Elias gingen mit Luca hinauf. Sie zogen den Jungen aus und legten ihn ins Elias' Bett. Linni fuhr kurz mit einem feuchten Waschlappen über sein verschwitztes Gesicht, dann stellten sie einen Eimer neben das Bett. Das kleine Nachtlicht auf Lucas Seite ließen sie brennen, die Tür blieb angelehnt, damit Elias ihn hörte, sollte er erwachen. Doch momentan schlief sein Sohn selig seinen Rausch aus.

Sie gingen leise nach nebenan. Linni ließ sich auf die Couch sinken, in der Annahme, Elias würde ihr einen Wein anbieten, jetzt, da alles wieder gut war. Oder auch eine heiße Milch mit Honig, ganz egal. Sie bebte noch immer am ganzen Körper.

Elias jedoch baute sich mit gekreuzten Armen vor ihr auf. »Sag mal, hast du noch alle Tassen im Schrank?«, fauchte er.

Linnis Kopf fuhr erschrocken hoch. »Ich? Wie … wieso?«

»Wie kommst du dazu, Luca ohne mein Wissen irgendwo übernachten zu lassen? Wäre da nicht ein klitzekleiner Anruf möglich gewesen? Meine Handynummer kennst du doch.«

Sie hielt einen Moment die Luft an. »Aber … aber Pietro ist doch sein Freund. Und du … du hast gesagt, wie wichtig der Auftrag ist«, stammelte sie.

»Scheiß auf den Auftrag. Luca ist mir mit Sicherheit wichtiger!«

»Pst, schrei doch nicht so, du weckst ihn noch wieder auf.«

»Und wenn schon, der kann morgen was von mir erleben. Aber so was von. Und Fredie darf einmal an meiner Faust riechen. Der Kerl … den knöpf ich mir vor, danach wird der nie wieder die Hand gegen meinen Sohn erheben. Mein Gott, kann man sich denn heute auf niemanden mehr verlassen?«

Linni stand auf. Ihr schlotterten die Knie, doch sie war nicht bereit, sich jetzt auch noch von Elias fertigmachen zu lassen. »Gut, ich gebe zu, das war vielleicht ein Fehler, dich nicht anzurufen. Aber ich hab' es nur gut gemeint. Kommt nicht mehr vor. Aber Pietro ist nicht irgendjemand. Zu Fredie hätte ich Luca nie gehen lassen. Dafür kann ich nichts.« Sie hatte Mühe, das Zittern in ihrer Stimme zu unterdrücken. Die überstandene Aufregung und seine harsche Anklage machte sich in den Gliedern bemerkbar. Sie fühlte sich in der Tat nicht schuldig, und sie hatte es weiß Gott nicht verdient, jetzt von Elias so angeschnauzt zu werden. »Pietro ist sein bester Freund, die Eltern sind zuverlässig. So was wie heute kann passieren«, brachte sie zornig hervor.

»Gott, sei doch nicht immer so selbstgerecht«, zischte Elias. »Morgen werde ich Luca zum Boxen anmelden, damit er sich wenigstens zu wehren versteht.«

Linni, die bereits die Tür erreicht hatte, um endlich in ihre Wohnung und ins Bett zu verschwinden und dort in Ruhe zu heulen, blieb wie erstarrt stehen. »Sag mal, spinnst du? Du kannst doch so einen kleinen Jungen nicht zum Boxen anmelden. Überhaupt – Boxen! Soll er sich jetzt schon mit deiner Zustimmung zusammenschlagen lassen?«

»Nein, genau das wird er dort lernen – sich nicht mehr zusammenschlagen zu lassen. Und jetzt ist Schluss.« Er machte drei Schritte auf sie zu, öffnete die Tür und deutete in den Treppenflur. »Gute Nacht.«

»Ja, ja, du bestimmst. Schluss und gut! Vielleicht solltest du auch mal ein bisschen in dich gehen und nicht zu hart mit deinem Sohn sein«, zischte Linni empört. »Boxen, also wirklich! Du hast doch nicht mehr alle Tassen im Schrank!« Nach diesen Worten lief sie die Treppe hinunter. Sie fühlte sich jetzt noch elender als noch eine Stunde zuvor. Elias war wirklich das Letzte. Und nach all dem setzte er sie einfach vor die Tür.

Sie ging in ihre Wohnung und trat ans Fenster zur Straße. Einen Moment war sie geneigt, zu Tommaso hinüberzugehen. Doch dann hielt sie inne. Sie wusste, dass er heute einen wichtigen Termin mit seiner Agentin hatte. In der Hoffnung, dass er vielleicht schon zurück sei, öffnete sie das Fenster und lehnte sich hinaus, doch sein Porsche war nicht zu sehen. Die Uhr zeigte fünf nach neun. Sie verzog enttäuscht die Lippen. Die Besprechung schien ja wirklich sehr wichtig zu sein.

Immer, wenn man sie brauchte, waren sie nicht greifbar. Männer! Sie zog sich aus und legte sich sogleich ins Bett, wo sie noch lange keinen Schlaf fand.

Am folgenden Morgen war weder von Elias noch von Luca etwas zu sehen. Zum Glück waren ihre

Schwestern anwesend, so ließen sie den ganzen gestrigen Abend noch einmal Revue passieren.

»Ich finde auch, dass er sich gestern dir gegenüber unmöglich benommen hat. Dich einfach so vor die Tür zu setzen, also wirklich!«, presste Ella mit schmalen Lippen hervor. »Aber die Idee mit dem Boxen ist gar nicht so schlecht.«

»Bist du verrückt? Boxen ist doch widerlich«, fauchte Linni. »Ich wundere mich jedes Mal, wie man Freude daran haben kann, zuzusehen, wie sich zwei Männer sich schlagen und darauf zu warten, dass einer zu Boden geht. Furchtbar!«

»Da gebe ich dir Recht, ich schaue mir so was auch nicht an. Aber irgendetwas zur Selbstverteidigung kann Luca sicher nicht schaden. Das hat man doch gestern Abend bei diesem schrecklichen Fredie gesehen«, versuchte Ella, die aufgebrachte Linni zu beruhigen.

Sie horchte auf, als sie Schritte im Flur vernahm und legte ihre Hand auf Ellas Arm. »Psst.«

Als sie hörten, dass die Haustür geöffnet wurde, verlor sich ihre Sorge, dass sie die Küche betreten würden. Aus dem Fenster beobachteten sie – Linni mit Erleichterung, denn sie verspürte nicht die geringste Lust, jetzt auf Elias zu treffen –, wie Elias und Luca auf die Straße traten. Da sie Jacken trugen, würden sie nicht in die Werkstatt gehen, um zu arbeiten, sondern einen Bummel machen. Gott sei Dank, eine Galgenfrist bis Montag, dachte Linni, immer noch verärgert und zum ersten Mal erleichtert, dass Elias sich am Wochenende selbst um das Essen und

Luca kümmerte, sodass sie ihn bis Montag hoffentlich nicht zu Gesicht bekam.

Es war schon kurz nach zwölf Uhr, als sie die beiden zurückkommen hörte. Sie hatte gerade vom Flieder, der in diesem Jahr noch früher als in den vergangenen Jahren blühte, die letzten Zweige abgeschnitten und sich nun der Essensvorbereitungen für Ella, Noemi und sich selbst gewidmet. Heute stand eine Tomatenpizza aus Mürbteig auf dem Speiseplan, mit einem Belag aus Tomaten, Sardellenfilets, Oregano, Salz, Pfeffer und natürlich geriebenem Käse. Ihr Herz begann sofort schneller zu schlagen, erst recht, als sie bemerkte, dass die beiden nicht hinauf in ihre Wohnung gingen, sondern den Weg zur Küche einschlugen.

Schon öffnete sich die Tür und zwei hinreißende Männer – genauer ein Mann und ein halber – stellten sich vor sie mitten in die Küche. Beide strahlten übers ganze Gesicht, und Linnis Herz schmolz, fast als schmorte es bei zweihundertachtzig Grad im Backofen. Der große Bub hatte einen riesigen Blumenstrauß in der Hand, während Luca ein Sträußchen in Händen hielt.

Linni, erregt bis in die Haarspitzen, begannen die Augen zu brennen. Elias hatte nie besser ausgesehen als in diesem Moment. Seine großen Augen glänzten, und als er sich durch die Haare fuhr, hätte sie ihn, angesichts der Verlegenheit, die sich andeutete, küssen können. Dies zeigte sich bei ihm so selten, dass sie ganz gerührt war.

»Wir sind gekommen, um dich für gestern Abend um Verzeihung zu bitten«, begann Elias mit rauer Stimme. »Ich habe mich sehr schlecht benommen und kann es nur mit meiner Aufregung über Lucas Verschwinden entschuldigen.« Mit diesen Worten hielt er ihr seinen Blumenstrauß aus verschiedenen Zweigen in blau und rosa entgegen.

»Vielen Dank, die sind wirklich wunderschön«, sagte Linni mit heiserer Stimme und nahm sie entgegen.

»Und ich möchte dich auch um Entschuldigung bitten, weil ich gestern so böse war«, sagte Luca mit krächzender Piepsstimme. Dann streckte er ihr mit ausgestrecktem Arm sein Blumensträußchen aus rosa Rosen hin. »Hier, die sind für dich. Habe ich selbst bezahlt. Von meinem Sparschwein.«

»Wir versprechen dir heilig, so was wie gestern Abend kommt nicht mehr vor«, versicherte Elias.

»Und ich hab' auch Stubenarrest bekommen, aber für mein Training darf ich nächste Woche zweimal in den Sportverein.«

Lucas Stimme zeigte zum Glück keinerlei Ängste angesichts seines brutalen Boxtrainings, dachte Linni, doch sie hielt lieber den Mund. Dann streckte sie sich und nahm eine der großen Vasen vom Brett, das oberhalb der Tür ringsum im Raum angebracht war, auf dem Vasen, Holzschalen und Kaffee- sowie Teekannen aus verschiedenen Jahrzehnten aufgereiht waren.

»Und ich werde mich auch nie mehr von dem Fredie, dem Arsch, zusammenschlagen lassen, denn dann kann ich mich nämlich wehren«, bekannte Luca, ohne dass er von ihr einen Rüffel bekam. Nur Elias stieß ihn bei dem bösen Wort, für das eigentlich jeder in Linnis Küche fünfzig Cent in die Büchse für Schokolade hineinlegen musste, leicht an der Schulter an. »Ich werde ihn nämlich in spätestens einem halben Jahr zu Boden bringen. Schon nächste Woche fang ich mit dem Training an. Der Papa hat mich gerade angemeldet«, informierte Luca seine Freundin mit heller Begeisterung in der Stimme.

Linnis Kinnlade sackte hinunter. »Oh. Also hast du ihn schon fest zum Boxen angemeldet?«

»Nein, wir …«, begann Elias.

»Wir haben uns anders entschieden«, rief Luca dazwischen. »Ich werde doch nicht boxen, sondern ringen lernen. Und wer da am Boden liegt …«

»… auf der Schulter …«, fügte Elias lächelnd hinzu.

»… der hat gewonnen.«

»Oh, Ringen. Na, das ist ja viel besser als Boxen«, bekannte Linni mit einem Aufseufzen. War zwar auch kein Sport für Zimperliche, aber es floss wenigstens kein Blut.

»Ja, und das Ringen vermittelt unter anderem auch Fairness, Disziplin und starken Willen«, ratterte ihr kleiner Schützling herunter. »Fairness ist ein wichtiger Bestandteil des Trainings, hat der Otto gesagt.«

Elias betrachtete ihn lächelnd. »Sehr gut aufgepasst, Luca.«

»Wie kam es denn, dass du ... dass ihr euch doch anders entschieden habt?«, fragte Linni erleichtert.

Elias legte seinem Sohn den Arm um die Schultern. »Wir sind gleich heute Morgen in den Sportverein, um ihn zum Boxen anzumelden.«

»Aber eigentlich hatte ich gar keine Lust dazu«, murmelte Luca.

»Mein Freund, der Seppi, hat auch gleich gemerkt, dass Luca keine Lust auf Boxen hatte und uns zu den Ringern in die Nachbarhalle geschickt. Die hatten gerade ein kleines Turnier.«

»Und da hat einer, der nur so groß wie ich war, einen viel Größeren aufs Kreuz gelegt.«

»Und das hat Luca so fasziniert, dass er Seppis Vorschlag, es mal mit dem Ringen zu probieren, begeistert angenommen hat.«

Lucas Zeigefinger fuhr in die Höhe. »Ringer sind Gegner und Freunde zugleich.«

»Ringen strengt an ...«

»... aber das ist gar nicht schlimm ...«

»... denn alle Muskelgruppen werden gleichermaßen trainiert«, fuhr Elias schmunzelnd fort, »und durch verschiedene Kraft- und Gleichgewichtsübungen sowie das Techniktraining lernt Luca seinen Körper kennen und ihn zu beherrschen.«

»Es stärkt mein Selbstvertrauen und meine Selbstsicherheit«, endete Luca mit wichtiger Miene. Dann ging er an den Geschirrschrank und öffnete die Keksdose. »Darf ich?«, fragte er gerade noch, ehe er zulangte.

»Eigentlich ja nicht«, sagte Linni. Doch als sie die Enttäuschung in Lucas Gesicht sah, sagte sie: »Nimm schon, ich weiß ja, dass du nicht mehr einfach so Schnaps trinken wirst, nur, weil ein doofer Freund dich dazu auffordert.«

»Ich hab' ja auch keinen Grund mehr für so doofe Mutproben, denn ich lerne jetzt Ringen.«

Linni strahlte. Ihre Wangen brannten. Alles war gut. Elias hatte sich entschuldigt. Und Luca würde mit Freuden das Ringen erlernen und nicht das entsetzliche Boxen. Gab es etwas Schöneres? »Habt ihr Lust, mit uns zu essen? Es gibt Pizza«, lud sie ein.

»Au ja«, rief Luca. »Aber eigentlich kochen wir heute ja Spaghetti.«

»Genau.«

Linni seufzte insgeheim.

In diesem Moment öffnete sich die Küchentür zum Wintergarten und Tommaso betrat die Küche. »Servus zusammen «, sagte er in die Runde. »Stör ich?«

»Aber nein, komm herein«, strahlte Linni ihn an. Alle ihre Lieben versammelt – herrlich!

»Wir wollten uns eigentlich auch gleich verabschieden«, sagte Elias, »denn wir müssen ja noch kochen. Aber ehe ich es vergesse: Ich möchte dich für heute Abend ganz groß zum Essen ausführen, wenn du gestattest.«

»Ich darf aber nicht mit«, rief Luca, »weil ich hab' ja ab jetzt Stubenarrest.«

»Sehr gern«, stimmte Linni mit hochrotem Kopf zu. Elias führte sie zum Essen aus. Das hatte es ja noch nie gegeben. Ihr Herzklopfen glich einem lauten Hämmern.

»Also dann … sagen wir sieben Uhr?«

Linni nickte. »Gern«, wiederholte sie. In ihrem Kopf schwirrte es. Elias würde ihr näherkommen. Sie würden Wein trinken, sie würden endlich zueinander finden. Da war die gestrige Aufregung ja doch für etwas gut gewesen.

»Bis dann«, rief Elias und öffnete die Tür zum Flur.

»Bis dann«, stimmte Luca ein und schloss die Tür hinter ihnen.

»Ich wollte gerade das gleiche sagen … also dich zum Essen einladen. Aber da bin ich wohl zu spät gekommen«, murmelte Tommaso, trat zu ihr hin und küsste sie auf die Wange.

Linnis Hände fuhren durch ihr glühendes Gesicht. Es fühlte sich an, als hätte sie den Kopf in den aufgeheizten Backofen gesteckt. »Scheint so«, murmelte sie mit belegter Stimme. Zwei Einladungen von zwei fantastischen Männern – wann hatte es für sie schon einmal solch ein Vergnügen gegeben?

»Und wenn ich dich stattdessen zu einer Spritztour mit dem Porsche einlade? Heute Nachmittag? Ich verspreche auch, dich pünktlich um sieben zum Essen wieder abzuliefern.«

Linni hob den Kopf und blickte versonnen den Freund an, der mittlerweile mehr geworden war als nur ein guter Freund. Aber war er denn wirklich mehr? War er das, was man als einen festen Freund bezeichnete?, durchzuckte es sie. Sie befanden sich in einer seltsamen Situation. In den letzten Wochen hatten sie sehr viel miteinander unternommen, fanden immer Gesprächsthemen, lachten über die gleichen Witze und ja, ab und zu schliefen sie miteinander.

Aber es blieb stets ohne ein Zeichen, dass mehr zwischen ihnen war als eine gute Freundschaft mit einem kleinen Zuckerl in der Nacht dann und wann. Sie wusste auch nicht, was sie für ihn war. Eine Freundin? Seine Freundin? Es war eine Art Unverbindlichkeit zwischen ihnen. Wahrscheinlich typisch für ihn, durchzuckte es sie. Er war nicht mehr ganz jung und vielleicht war es das, was er nach vielen Erfahrungen für sich als den besten Zustand festgestellt hatte. Es fehlte das Zeichen, das ihr vermittelte: Du bist mein Schatz! Dabei hätte sie durchaus mehr gewollt – bis gerade eben, als Elias sie mit seinem tiefen Blick paralysierte. So hatte er sie tatsächlich noch nie angesehen.

»Hallo, ich hab' dich was gefragt. Spritztour, Porsche, Kuchen essen, Kaffee trinken?«, unterbrach Tommaso ihre Träume.

Linni lächelte. »Danke, Tommaso, aber nein. Ich … ich hab' heute schon was vor. Also das heißt, ich muss mal ein wenig klar Schiff machen. Mein Zimmer sieht aus als sei ein Hurrikan hindurchgepfiffen. Vielleicht ein anderes Mal wieder.« Sie hatte jetzt tatsächlich keinen Nerv für ihn. Sie war erfüllt von Elias und seiner Einladung. Fast aufgeregt wie ein Teenager. Heute musste, heute würde es sich entscheiden, ob etwas zwischen ihnen entstanden war. Ihr Gefühl täuschte sie selten. Und diesen erregenden Zustand wollte sie konservieren. Das ging allerdings nicht mit Tommaso im Schlepptau.

Unbewusst legte sich ihre Hand aufs Herz. »Bitte entschuldige, ich muss mich ums Essen kümmern«, sagte sie abschließend. Sie merkte, dass es ziemlich nach Rausschmiss klang, doch sie musste jetzt unbedingt allein sein.

»Verzeihung, ich wollte dich nicht stören«, entgegnete Tommaso. Und sie bemerkte, dass er sauer war, was selten bei ihm vorkam. Genauer gesagt waren sie und er sich in den letzten Wochen nie auf die Nerven gegangen, schon gar nicht hatten sie miteinander gestritten. Doch heute war eben ein besonderer Tag. »Sei nicht böse«, rief sie ihm hinterher, als er sich abrupt umdrehte. Doch die Tür fiel mit vernehmlichem Knall ins Schloss.

Ach, lieber Tommaso, das musst du doch verstehen, sinnierte sie, und um ihren Mund spielte ein Lächeln.

Zum Mittagessen erschienen Ella und Noemi. Letztere hatte heute im Laden Dienst gehabt, während Ella in der Werkstatt einen Auftrag erledigte. Gab es eigentlich eine Tätigkeit, die jede allein für sich ohne die andere ausführte? Sie gluckten immer zusammen und Linni spürte, dass sie sich noch nicht an das besondere

Verhältnis, welches die beiden einte, gewöhnt hatte. Aber das würde sie müssen, erkannte sie seufzend. Was momentan leichter fiel, nachdem zwei reizende Männer um sie gebuhlt hatten. Jedenfalls war es ihr so vorgekommen.

Die Pizza war sehr gut gelungen, und während des Essens unterrichtete Linni das Zwillingspaar über Elias und seine Einladung zum Essen. »Und dann kam noch Tommaso hinzu und wollte mich ebenfalls einladen.«

»Und du hast ihm natürlich einen Korb gegeben«, konstatierte Ella mit zusammengezogenen Brauen.

»Na, logisch«, lachte Linni. »Außerdem war Elias ihm ja zuvorgekommen.«

Ella zuckte wortlos die Achseln.

»Aber sag mal, wie steht es denn zwischen euch beiden?«, konnte sie sich nicht zurückhalten zu fragen.

»Zwischen Tommaso und mir? Nun, das läuft«, entgegnete Ella mit vollem Mund.

Linni, die die Gabel soeben zum Mund führte, hielt erstarrt inne. »Wie Tommaso … und … und du? Ich denke, du und … Elias … ihr wärt die mit dem … losen Verhältnis«, stotterte sie.

Ella und auch Noemi prusteten los. »Linni, Schatz, das war ein Scherz. Also das mit Tommaso jedenfalls.«

»Und … mit Elias?«

Ellas Miene – und natürlich auch Noemis – wurde ernst. »Mit Elias … das ist … ein wenig schwierig«, gestand sie.

»Ich dachte, ihr wärt mehr oder weniger liiert.« Bitte nicht, betete sie, doch sie konnte nicht verhindern, dass sie bei aller Vorfreude auf den Abend doch wissen wollte, woran sie war.

Sie wischte sich den Mund ab und legte seufzend die Hand auf den Bauch. »Linni, wenn du eins kannst, dann ist es kochen.«

»Danke. Und was ist nun mit Elias?«

»Da … da bin ich noch nicht so weit.«

Sie seufzte erleichtert. Ella war noch nicht so weit! Und Elias hatte sie, Linni, zum Essen eingeladen. Sollte er heute seine Entscheidung treffen, so durfte sie mit Fug und Recht »ja« sagen. Wer zuerst kommt, mahlt zuerst. Das galt sowohl für Tommaso als auch für Ella. Das war nicht nett, aber in der Liebe war es schließlich erlaubt.

Ihr Gespräch wendete sich nun dem Beruflichen zu. Noemi hatte sich glänzend eingebracht. Linni musste zugeben, dass die Geschäfte nie besser gelaufen waren. Auch hatten sie und Ella dank Noemis Hilfe im Geschäft nun viel mehr Zeit für ihre eigenen kreativen Tätigkeiten.

»Also genieß deinen Abend«, wünschte ihr schließlich Ella. Noemi nickte. »Ich will morgen früh den ausführlichen Bericht.« Noemi nickte. »Ich auch«, zwitscherte sie.

»Haut ab, ihr beiden«, befahl Linni lachend. Jetzt, da zwei Männer an ihr eindeutiges Interesse zeigten, konnte sie viel leichter mit ihrer heimlichen Eifersucht fertigwerden.

Linni verbrachte den Nachmittag zuerst damit, sich die Anziehsachen für den Abend bereitzulegen. Sie entschied sich für ein neues, über der Brust gekreuztes Kleid aus leichtem Wollstoff in knallrot, das ihre weiblichen Formen betonte. Dann ging sie zu Bett und träumte mit hinter dem Kopf gekreuzten Armen vom Abend, der etwas Besonderes werden würde, da war sie sicher. Und ihre Gefühle täuschten sie nicht.

Punkt sieben erschien Elias, todschick gekleidet, wie sie es nicht an ihm kannte. Er führte sie zum Lalessandra auf der Kasernenstraße. Bessere Fisch- und Meeresfrüchtespeisen bekam man auch am Mittelmeer nicht, das wusste sie. Die Atmosphäre war wunderbar italienisch und der Service ausgesprochen freundlich.

»Ich bin froh, dass wir uns wieder so normal unterhalten können. Bitte verzeih mir nochmals, dass ich gestern so unmöglich war. Aber ich war einfach außer mir vor Sorge. Hättest du mich vorher in Mailand angerufen und um Erlaubnis für die Übernachtung gefragt, wäre meine Antwort mit Sicherheit positiv ausgefallen. Und der Abend hätte dann trotzdem derart geendet«, sagte er zu Beginn des Abends.

»Schnee von gestern«, erwiderte Linni glücklich. »Auf einen schönen Abend.«

»Du siehst übrigens wunderschön aus, wenn ich das mal so sagen darf«, sagte Elias und blickte sie bewundernd an.

Das Kerzenlicht schmeichelt eben, dachte Linni und erkannte mit Entzücken die Bewunderung in seinem Blick. Sie wusste, dass er es ernst meinte, hatte sie doch zuerst mehr Make-up auflegen wollen, es dann jedoch bei den Augenaufhellern belassen. Glühen würde sie ohne jeglichen Eingriff. Und ihre Augen strahlten bereits seit dem Mittag wie Christbaumkugeln. Nur den neuen Lippenstift, den sie sich – fast als hätte sie Elias' Einladung vorhergesehen – gegönnt hatte, hatte sie aufgelegt. Er passte perfekt zur Farbe des Kleides. Und er würde hundert Küsse aushalten, ohne den Liebsten mit Farbe zu beglücken. Ihre langen Wimpern hatte sie betont und ein Hauch Lidschatten perfektionierte ihr Abendgesicht. Und nicht der winzigste Pickel oder gar ein Herpes störten den frommen Traum, sich in ein Model verwandelt zu haben.

»Ich finde, es ist ohnehin an der Zeit, dir einmal zu danken, wie gut du immer zu Luca bist. Ich … ich war immer sicher, dass ihm dank dir … Unsinn, dank euch allen … nichts passieren könnte. Umso aufgewühlter war ich daher gestern Abend.«

»Vergiss es«, säuselte sie und nippte erneut vom Wein. Kein Abdruck vom Lippenstift am Glas. Perfekt.

Elias nahm ihre Hände. »Ich finde auch, wir sollten einmal mehr unternehmen, öfter ausgehen. Dieser Abend ist einfach wunderschön.«

Linni schnappte nach Luft. Sie hatte es doch geahnt. Es war *der* Abend. »Finde ich auch«, bestätigte sie. Sie fühlte sich wie in Watte gepackt. Der Weißwein schmeckte, doch sie hielt sich zurück und lehnte ein weiteres Glas ab, denn der Aperitivo hatte sie beinahe schon berauscht. Auch den Süßwein als Abschluss lehnte sie ab. Sie wollte den Abend nüchtern genießen. Sie würde sich trotzdem auf dem Nachhauseweg in seinen Arm schmiegen. Und er würde es zulassen.

Das Ende des Abends im Restaurant war später aus ihrer Erinnerung verschwunden, im nicht einmal alkoholbedingten Nebel versunken. Sie erinnerte sich bloß noch an dieses köstliche Gefühl von Vorfreude.

Kurz nach zehn erreichten sie ihr Zuhause. »Wie wär's, sollen wir uns noch ein wenig auf die Bank setzen?«, schlug Elias vor.

Linni nickte, denn der Abend war milde und es wehte kein Windhauch. Aber sie hätte auch zugestimmt, wenn ein plötzlicher Schneesturm eingesetzt hätte.

Hier würde er sie küssen. Ganz klar.

Sie schlenderten zur Bank unter dem Baum und setzten sich. Elias hatte den Arm um sie gelegt und sie lehnte den Kopf an seine Schultern. Perfekt.

»Ein wunderschöner Abend. Wie gemacht für ein Liebespaar.«

Ihr Herz holperte. Ein Liebespaar! Aus seinem Mund und mit ihr als Protagonistin. Wunderbar.

»Hm.«

»Der richtige Moment, um dir … um dich zu bitten …«

Er hielt inne und ihr Atem stockte. Bitte lass ihn nicht bitten, dass ich von jetzt an mehr auf Luca aufpasse oder ihn zur Sicherheit immer von der Schule abholen soll.

»Liebe Linni«, fing er erneut an, »ich möchte dich fragen, ob du mich heiraten willst. Ich weiß, es kommt vielleicht etwas plötzlich, doch ich finde, wir beide haben nun lange genug gewartet.«

Linnis Herzschlag setzte aus. Das waren sie, die Zauberworte.

Als sie wieder in der Lage war zu reagieren, sagte sie: »Ach, Elias. Weißt du, wie lange ich auf diesen Satz gewartet habe?«

»Ich kann's mir denken.«

»Geschlagene vier Jahre. Und kennst du auch meine Antwort?«

»Da bin ich mir ganz sicher.«

Linni vernahm das Lächeln aus seinen Worten und wollte gerade weitersprechen, da hörte sie hinter ihrem Rücken einen Zweig knacken. Sie drehte sich herum und entdeckte eine sich rasch entfernende Gestalt.

Tommaso!

Sie schwieg. Wie im Film spielten sich die Szenen vor ihrem inneren Auge ab. Tommaso. Seine verliebten Blicke waren nicht so selten wie die von Elias heute Abend. Seine Art hatte nichts mit der manchmal ruppigen Art von Elias gemein. Seine Augen waren noch nie gleichgültig über sie hinweggeglitten. Seine Zuneigung war in jeder Situation spürbar.

Doch Tommaso hatte ihr keinen Heiratsantrag gemacht. Und er und Ella hatten sie davon zu überzeugen versucht, dass man sich nach drei Monaten darüber im Klaren sein sollte, wie der Hase mit dem Mann seiner Träume lief.

Sie lächelte und drehte sich zu Elias. Warm legten sich ihre Hände um sein Gesicht. Sanft küsste sie ihn. Ach, lieber Elias.

Noch spät in der Nacht lag sie verträumt im Bett, die Arme wie am Nachmittag verschränkt unterm Kopf. Das Fenster war weit geöffnet und die zarten Düfte der früh blühenden Rosen drangen herein. Ganz in der Ferne rauschte die Passer. Ansonsten war kein Laut zu vernehmen. Oder mischte sich da der Ruf der Nachtigall in das vertraute Brausen der Passer? Nein, das träumte sie wahrscheinlich nur in ihrer Hochstimmung.

Hatte sie die richtige Entscheidung getroffen?

Ja!

Das Leben war schön!

16

Linni

Am Sonntagmorgen kamen Ella und Noemi gegen halb zehn, als Linni mit ihrem Frühstück soeben beginnen wollte.

»Guten Morgen, Linni«, riefen beide unisono und setzten sich an den gedeckten Tisch. Sonntags hatten sie keine Regel, wer den Tisch deckte. Der, der zuerst kam, bereitete es zu. Und das war zumeist Linni, aber es machte ihr nichts aus.

»Na? Wie war dein gestriger Abend?«, begann Ella sofort mit der Fragestunde.

Sie war froh, dass sie sogleich erzählen konnte, denn sie platzte fast vor Ungeduld. »Es war ein herrlicher Abend. Und ich habe eine wichtige Neuigkeit für euch.«

»Ach so?« Ellas Stimme klang gedehnt und ihre morgendliche Munterkeit fiel von ihr ab, sehr zu Linnis Erstaunen.

»Elias hat mich gefragt, ob ich ihn heiraten will.«

Die Auskunft, dass morgen Marsmänner auf der Erde landen, hätte keine größere Fassungslosigkeit hervorrufen können. »Damit hat wohl keine von euch gerechnet, wenn ich eure Blicke richtig deute«, kicherte sie. Dennoch schaffte der Austausch der Blicke zwischen ihren beiden

Schwestern – Linni betrachtete Noemi mittlerweile als solche –, dass sie zwischen Verwunderung und leichtem Verdruss schwankte. Vor allem, da keine von beiden auf die Idee kam, ihr zu gratulieren. So seltsam war die Frage von Elias dann doch nicht, befand sie. Es bewies, dass er in all den Jahren mehr für sie empfunden hatte, als es nach außen schien. Ihr war das immer klar gewesen, auch wenn es den anderen verborgen geblieben war.

»Nicht, dass ich deine Freude schmälern möchte. Aber … ich möchte dich warnen und dir raten, deinen Entschluss noch einmal zu überdenken.«

»Warum?«

»Das will ich nicht sagen«, antwortete Ella.

»Der Grund ist, dass Elias Ella bereits vorgestern Abend gefragt hat, ob sie ihn heiraten will«, offenbarte Noemi, die sich in der Regel nicht in die Gespräche der Schwestern einmischte. »Ich finde, das sollte sie wissen«, wandte sie sich mit entschuldigender Miene Ella zu.

»Er hat dir auch einen Heiratsantrag gemacht?« Linnis Mundwinkel sanken nach unten. Ihr Herz blieb stehen und in ihrem Kopf pochte es laut. Die Freude über Elias' Antrag war vorbei. Danke Noemi!

Linni schluckte trocken. »Und … wie lautete deine Antwort?«, krächzte sie.

»Na, wie wohl, du Schaf?«, sagte Ella, doch in ihrer Miene deutete sich weder ein Schmunzeln noch gar ein Lächeln an.

»Na, wie denn jetzt?«, rief Linni brüskiert.
»Ich hab' natürlich nein gesagt.«
»Warum das denn? Ihr ... seid doch hintereinander her wie ... wie der Teufel hinterm Weihwasser. Und das seit Jahren.«
»Das verstehst du nicht.«
»Nein, wieso auch. Ich ... ich hätte sofort zugegriffen. Nenn mir nur einen einzigen Grund, warum du abgelehnt hast.«
»Weil ich noch nicht so weit bin«, rief Ella.
Beide, Linni und Noemi, mussten trotz allem lächeln. »Nein, du kennst ihn ja auch schon ... lass mich rechnen ... über acht Jahre. Und nein, du hast ihn ja auch erst vor über vier Jahren zum ersten Mal geküsst. Und schließlich bist du erst einundvierzig. Da ist man halt noch jung und ...«
»Ach, halt den Mund«, rief Ella, und Linni erkannte eine Unsicherheit bei ihrer Schwester.
»Also, Linni, wann steigt die große Verlobungsparty?«, fragte Noemi.
»Keine Ahnung. Ich weiß zumindest nicht, wann Elias sich verloben will. Ich werde jedenfalls nicht die Glückliche sein.«
Ellas Hand, die sie soeben mit der Semmel zum Mund geführt hatte, sank zurück, und in ihre herrlichen Topasaugen trat ein wachsamer Zug. Sie räusperte sich. »Wieso?«, brachte sie sichtlich um Fassung bemüht heraus. »Bin ich etwa der Grund?«
»Nein! Hab' ja schon gestern abgelehnt.«
»Ja, aber, Himmel noch mal, du wartest seit Jahren auf seinen Heiratsantrag. Und das mit

uns wusstest du gestern noch nicht. Warum also deine Abfuhr?«

»Weil ich einfach noch nicht so weit war«, gab Linni mit einem Schmunzeln von sich. »Ich bin ja noch keine vierzig. Da hat man noch viel Zeit.«

»Lass die Scherze«, befahl Ella böse.

Linni seufzte, und in diesem Moment wusste sie, dass sie die richtige Entscheidung getroffen hatte. »Wie soll ich es sagen … ich bin, vielmehr war ich ja selbst mehr als erstaunt, dass ich ihn ablehnte. Aber plötzlich fiel es mir wie Schuppen von den Augen: Elias kam schlicht und einfach zu spät. Vier Jahre. Ich bitte euch: Wenn man so lange mit dem Heiratsantrag wartet, dann stimmt doch was nicht. Habt ihr selbst gesagt. Und wie du siehst, scheint er mich auch nur gefragt zu haben, weil du ihn nicht gewollt hast. Also ich kann nur sagen, irgendwie finde ich, hat die Sache auch was Komisches«, kicherte sie.

»Das ist nicht zum Lachen, das ist eine Unverschämtheit«, zischte Ella. »Einen Tag nach mir nimmt der Kerl sich einfach meine Schwester zur Brust, weil er dachte, dass die auf ihn steht und er leichtes Spiel bei ihr hat. Also weißt du, ich könnte ihm den Hals umdrehen.«

»Täte ich auch«, stimmte Noemi zu. »Aber, Linni, ich freu mich für dich, dass du darauf nicht reingefallen bist. Das zeigt, dass du Rückgrat besitzt.«

»Danke«, sagte Linni, der es nach dem ersten Schock schon viel besser ging. »Und ich bin froh, dass es auch Tommaso mitgekriegt hat.«

»Wieso?«

»Er war im Garten, und ich sah, wie er davonschlich, als Elias mir den Antrag gemacht hat. Jedenfalls hoffe ich bloß, dass er auch noch mitbekommen hat, wie ich ihn abgelehnt habe«, murmelte sie. Mit einem Mal verging ihr der Appetit. Sie musste unbedingt zu Tommaso, um zu sehen, ob er es wusste, oder ihn noch davon in Kenntnis zu setzen, wie das Gespräch zwischen ihr und Elias ausgegangen war.

17
Ella

Ella aß mit Mühe ihre Semmel zu Ende, danach half sie beim Tischabräumen. Und dann ging eine jede ihrer Wege. Noemi wollte zu ihrer Mutter nach Bozen fahren, Linni würde Tommaso besuchen. Und sie würde sich Elias zur Brust nehmen. Allein bei dem Gedanken zitterte sie am ganzen Leib.

Was für eine Unverschämtheit!

Sie konnte dem Herrgott nur auf Knien danken, dass ihre Schwester zur Vernunft gekommen war, in letzter Minute. Nicht auszudenken, er hätte ihr Linni als seine Herzallerliebste vorgestellt. So ein Schwein!

Und wie musste sich Linni bloß fühlen? Dass Noemi, die nicht ganz ihre Zurückhaltung besaß – einer der Unterschiede in ihrer Persönlichkeit –, in einem schwachen Moment das Geheimnis gelüftet hatte, dass Elias ihr zuerst den Heiratsantrag gemacht hatte, war sicherlich für Linni schwer zu verdauen. Und dann versuchte er es nur einen Tag später bei Linni – die er sicher in seiner Hand meinte.

Als er vorgestern spät abends noch zu ihr hinuntergekrochen war, um ihr von dem furchtbaren Abend zu erzählen, hatte sie tiefes Mitleid mit ihm empfunden. Danach waren sie miteinander ins Bett gegangen. Warum auch nicht? Weit nach Mitternacht waren sie hinunter in die Küche geschlichen, um niemanden zu wecken, und hatten sich einen Espresso aufgebrüht und dabei eine köstliche Schokolade gegessen. Und dann kam dieser Heini auf die absurde Idee, vor ihr auf die Knie zu fallen, als wäre er von allen guten Geistern verlassen. So etwas Dämliches kannte er wahrscheinlich aus dem Fernsehen. In der Tat, sie konnte es noch immer nicht fassen. Peinlich berührt hatte sie so lange an ihm gezerrt, bis er wieder aufgestanden war. Und dann machte er ihr – endlich im Stehen – einen Heiratsantrag. Sie hatte ihn abgelehnt und damit seinem Stolz einen gewaltigen Tritt versetzt.

Nein, er verstand nicht, warum sie nicht einwilligte. Und sie ebenfalls nicht. Sie sei noch nicht so weit, hatte sie gestammelt. Mehr war ihr nicht eingefallen. Es stimmte ja alles zwischen ihnen. Es gab auch eigentlich keinen wirklichen Grund für ihre Ablehnung.

Aber ganz tief im Inneren ahnte sie dennoch den Grund, so seltsam er jedem anderen auch erscheinen musste: Sie hätte das Gefühl, Noemi – jawohl Noemi, und nicht Linni – damit zu hintergehen. Vielleicht wäre der Ausdruck Betrug zu hoch gegriffen. Aber die Verbundenheit zwischen Noemi und ihr war momentan immer noch wie ein kostbarer Schatz. Wenn sie Elias heiratete, wäre sie von Noemi mehr oder weniger getrennt, selbst wenn sie im Haus wohnen bliebe, was sehr wahrscheinlich und natürlich praktisch war. Aber trotz der räumlichen Nähe erschien es ihr momentan schlichtweg unmöglich, ihre Liebe zwischen Elias und Noemi aufzuteilen. Noemi war im Augenblick der Dreh und Angelpunkt ihres Lebens. Niemand, nicht einmal Linni, die ihr natürlich in ihrer Eifersucht auch ein wenig leidtat, konnte da mithalten. Vielleicht, sicherlich, würde sich dieses starke Band irgendwann auch wieder lockern. Niemals jedoch wieder lösen.

Im Augenblick war Noemi einfach wichtiger als Elias. Punkt.

Das hatte sie Elias natürlich nicht verraten, er hätte mit Sicherheit kein Verständnis dafür gehabt. Das würde sie auch immer vermeiden. Auch durfte Linni davon nichts erfahren. Doch diese Gefahr bestand nicht. Sie litt unter dem starken Band zwischen Noemi und ihr. Sie wusste und spürte es mit jeder Pore. Mit Linni würde sie sich einmal aussprechen und ihr ihre Liebe versichern. Das war sie ihr schuldig und es würde die Eifersucht ihrer Schwester lindern. Doch nicht heute. Heute würde sie sich Elias vorknöpfen. Der Mann hatte ja wohl nicht alle Tassen im Schrank!

Ella hechtete nach oben, klopfte an die Tür und öffnete sie sofort. Was sie nicht bedacht hatte, war die Tatsache, dass sie Luca bei dieser Aussprache auf keinen Fall dabeihaben wollte.

»Wo ist Luca?«, platzte sie demnach heraus.

»Beim Sport.«

»Wann kommt er zurück?«

»In zirka einer Stunde. Warum fragst du?«, kam die kühle Rückfrage von Elias, der mit verschränkten Armen vor ihr stand.

»Weil wir reden müssen.«

»Ach, müssen wir das?«

»Jawohl, du Hornochse.«

Sie ging ihm voraus ins Wohnzimmer und setzte sich, entgegen ihrer Gewohnheit, sich auf das Sofa zu lümmeln, auf den Sessel. Sie wollte den Mann nicht in ihrer Nähe haben.

»Wie konntest du Blödian meiner Schwester gestern Abend einen Heiratsantrag machen?«

Er antwortete nicht sofort, sondern ging ans Fenster, das zum Hof führte. »War dämlich, ich weiß.«

»Ach, bist du auch schon darauf gekommen?«, höhnte sie. »Aber dass du in der Lage bist, das zuzugeben, wundert mich in der Tat sehr.«

»Reg dich ab. Sie hat ja nein gesagt.«

»Zum Glück!« Sie riss die Hände hoch. »Mein Gott, Elias, wie konntest du nur? Schämst du dich nicht? Aus verletzter Eitelkeit heraus nimmst du dir das schwächste Glied unserer Familie zur Brust. Meine Güte, ich bin jetzt noch baff, dass Linni tatsächlich so viel Verstand besessen hat, dir zu widerstehen. Wo sie doch mindestens vier Jahre jeden Zentimeter des Bodens geküsst hat, den du betreten hast.«

»Jetzt krieg dich wieder ein. Ich begreife ja, dass ich einen fatalen Fehler gemacht hab'. Aber ich war eben an dem Abend nicht ganz ich selbst.

Außerdem – hättest du ja gesagt in der Nacht, wäre das alles nicht passiert.«

Sie erhob sich abrupt vom Sessel und stellte sich vor ihn hin. »Jetzt pass mal auf, mein Lieber«, zischte sie zornig. »Wenn du nicht alles zwischen uns kaputt machen willst, dann nimmst du das zurück.«

Er wirkte tatsächlich reumütig. Der eingezogene Kopf, sein Blick, der ihrem fahrig auswich, und die Schweißperlen auf seiner Stirn zusammen mit den hochroten Wangen zeigten ihr, dass er seine Tat wirklich bedauerte. Und sie war froh darüber, denn natürlich mochte sie ihn. Sehr sogar. Vielleicht war es sogar Liebe. Aber Fakt war, dass sich ihr Leben in den letzten Wochen von Grund auf geändert hatte. Heute gab es Noemi, und diese Frau war so fundamental für sie, dass sie sich einfach nicht für ihn entscheiden konnte. Noemi war momentan die wichtigere Person. Aber selbst wenn er sie Löcher fragte, würde sie dies ihm, und auch niemandem sonst, nie und nimmer verraten. Kein Mensch, außer sicherlich Noemi, würde das verstehen. Sollte er sich nur seinen Kopf zermartern, warum sie ihm, dem Gott, eine Abfuhr erteilt hatte, ihm, der gleich zwei Frauen unterschiedlichsten Charakters in seinen Bann zu ziehen in der Lage war.

»Trotzdem – der Abend mit dir war wunderschön. Ich hoffe, du kannst mir verzeihen?«

Der belegte Ton und das leichte Zittern in seiner Stimme rührten sie.

Gefangen in ihrer eigenen Gefühlsverwirrung blickte sie ihm tief in die Augen. Der Ärger über ihn verschwand so rasch, wie er aufgekommen war. So war sie. Wenn sie ihrer Wut Ausdruck verliehen hatte, verrauchte diese beinahe auf der Stelle. Darum, das wusste sie, war sie so gesund, seelisch und körperlich.

»Ja, das kann ich. Und … ich fand den Abend auch schön. Den Schluss ausgenommen.« Sie dachte daran, dass er grußlos und wutentbrannt nach oben gerauscht war. Trotzdem blieben ihr diese Stunden als beglückend in Erinnerung.

Er nickte stumm.

Da konnte sie nicht anders: Sie nahm seine beiden Hände in ihre und lächelte ihn an. »Und eine Nacht wie diese – ohne besagten Schluss natürlich – dürfen wir gern wiederholen. Dann und wann.«

Als sie das Aufleuchten in seinen Augen sah, zersprang ihr Herz beinahe vor Glück. »Aber Heirat ist nicht!«

Das Leuchten verschwand sofort. »Ok, ich habe verstanden.«

Ja, es war seltsam zwischen ihnen. Die Fronten waren geklärt. Nun könnten sie eigentlich nur noch einander genießen.

»Allerdings wirst du mir auf jeden Fall Mitteilung machen, wenn dich eine andere Frau interessiert. Nicht, dass du zweigleisig fährst, auch wenn wir nicht verheiratet sind. Du kannst sicher sein, dann hast du keinen Spaß mehr am Leben«, bekannte sie voller Ernst.

Er schlug die Hacken zusammen. »Verstanden, mio capitano. Ich werde auf jeden Fall Mitteilung machen, wenn sich etwas in der Richtung anbahnen sollte.«

»Ich bestehe darauf.«

»Und solltest du jemanden finden, der dich in der Nacht beglückt wie ich, oder gar mehr, was selbstverständlich unwahrscheinlich ist«, fügte er beiläufig hinzu, »gibst du bitte ebenfalls eine kurze Bekanntmachung heraus.«

»Selbstverfreilich.« Mit diesem Kalauer entfernte sie sich aus seinem Dunstkreis, dieses Mal mit einem breiten Grinsen.

In ihrem Zimmer überdachte sie nochmals das Gespräch. Jawohl, es war gut verlaufen. Zufrieden legte sie sich aufs Bett. Es ging doch nichts über reinigende Worte.

Sie schaute auf die Uhr. Noemi würde in einer Viertelstunde zu ihrer Mutter nach Bozen fahren. Kurz entschlossen stand sie wieder auf und ging hinunter. »Noemi, was hältst du davon, wenn ich dich zu … deiner Mutter begleite?«, fragte sie rundheraus.

Einen Moment zögerte Noemi, dann leuchtete ihr Gesicht. »Das ist die schönste Frage, die du stellen konntest. Ich finde die Idee großartig.«

»Ich weiß ja, dass ich der Entscheidung nicht aus dem Weg gehen kann«, bekannte Ella, die sich mit einem Mal sehr stark fühlte.

Noemi nickte wortlos. »Aber ich fahre erst heute Nachmittag, Mama trifft sich noch mit ihrem Verlobten. Also ginge auch etwas später?«, fragte sie mit besorgtem Blick.

»Natürlich«, erwiderte Ella.

»Und soll … ich dabei anwesend bleiben?«, fragte Noemi dann zögernd.

»Nur zu Beginn. Später könntest du dich ja vielleicht verdünnisieren«, setzte sie hinzu, denn sie wollte vermeiden, dass Noemi möglicherweise Zeugin einer rührseligen Wiedervereinigung würde.

»Mama würde sich wahnsinnig freuen, dich zu sehen. Das hab' ich dir ja schon oft gesagt. Aber ich hab' mich immer an deine Bitte gehalten, sie davon abzubringen, dich von sich aus aufzusuchen. Doch ich weiß, dass sie es kaum erwarten kann.«

»Sie hat es so viele Jahre ausgehalten, da kommt es auf ein paar Wochen nicht an, finde ich«, erklärte Ella. »Andererseits … es hat ja keinen Zweck, innerlich nagt es halt doch in einem. Also ran an den Feind.«

»Sie ist kein Feind, trotz allem«, verteidigte Noemi leise ihrer beider Mutter.

»O.k., das lass ich mal so stehen«, entgegnete Ella burschikos. Dann ging sie nach nebenan, um sich umzuziehen. Aufgeregt war sie schon. Sie hoffte nur, dass ihr nicht aus welchen Gründen auch immer die Tränen kommen würden. Ein aufgelöstes Mutter-Tochter-Paar in seliger Umarmung war so ziemlich das schlimmste Horrorszenarium in ihrer Vorstellung.

18

Linni

Linni war ebenfalls aufgeregt. Sie konnte es kaum erwarten, zu Tommaso zu stürzen und ihm mitzuteilen, dass sie sich endgültig entschieden hatte. Elias war Schnee von gestern, und Tommaso war der Erste, dem sie diese Neuigkeit klarmachen wollte. Und sollte er wirklich gestern Abend mitbekommen haben, dass Elias ihr einen Antrag gemacht hatte, kein Problem. Ein wenig um sie zittern, würde ihm ganz guttun.

Sie zog ein hübsches Sommerkleid an, bürstete ihr Haar, bis es voll und glänzend auf den Schultern lag, und dann lief sie die Treppe hinunter. Sein Auto stand vor der Tür, davon hatte sie sich bereits überzeugt.

Sie eilte durch den Garten hinüber zum Haus, stieg die Außentreppe hinauf und klopfte an Tommasos Tür. Er öffnete beinahe sofort.

»Servus, Tommaso. Darf ich hereinkommen?«, fragte sie und wollte sogleich an ihm vorbeischlüpfen, doch da hielt er sie zurück.

»Servus, Linni. Nein, tut mir leid, ich hab' jetzt keine Zeit. Hab' einen wichtigen Termin.«

»Oh, wie schade. Ich wollte dir etwas sagen.«

»Das muss warten. Es tut mir wirklich leid, aber ich bin auf dem Sprung.«

Linni spürte, wie die Enttäuschung sich in ihr breit machte. Sie wollte ihm so gern von dem gestrigen Abend berichten. Aber nicht zwischen Tür und Angel. »Sehen wir uns heute noch?«

Er fuhr sich durch seinen dichten Haarschopf und überlegte. »Ich muss nach Bozen, und am Nachmittag bekomme ich Besuch. Wie lang das dauert, kann ich jetzt noch nicht sagen. Also nein, ich denke, heute wird es nichts mit uns.«

Gern hätte sie gefragt, wer zu Besuch kam. Aber er schien tatsächlich in Eile, also hielt sie den Mund.

»Schade.«

»Ja, schade.« Er klang, als hätte sie ihn davon in Kenntnis gesetzt, dass sich am Nachmittag das Wetter verschlechtern würde. Doch dann konnte sie sich nicht zurückhalten. »Und dein Besuch? Familie oder was Berufliches?«

»Weder noch.«

»Geht's um deinen Roman?«

»Auch.« Er nahm ihr die Tür aus der Hand, hielt sie weit auf, und wies mit der anderen hinaus. »Linni, bitte sei nicht böse, aber ich muss jetzt wirklich los.«

Linni hätte sich am liebsten geohrfeigt. Das hatte sie von ihrer Neugierde. Nun wurde sie von ihm schon vor die Tür gesetzt. Klang jetzt nicht so, als seien sie mehr als nur Freunde. »Ich … hab' dich gestern Abend noch im Garten gesehen, als ich mit Elias dort saß.«

»Ach ja. War's nett?«

»Ja, war es.«

»Fein. Und jetzt, meine liebe Linni, servus, mir pressiert's.«

»Keine Sorge, bin schon weg.« Sie drehte sich herum und lief die Treppe hinunter. Pech gehabt. Wie ein Mann, der mehr Interesse an ihr hatte, als ab und an ein Schäferstündchen und mit ihr essen zu gehen, wirkte er momentan so gar nicht. Andererseits schien er wirklich in Eile. Sie sollte sich gedulden und nicht beleidigt sein. Er war halt ein Mann. Und Männer waren manchmal seltsame Geschöpfe.

Es war gegen vier Uhr, da rief Brigitte an und fragte sie, ob sie mit ihnen Kaffee trinken wolle, und da Linni nichts weiter vorhatte, stimmte sie zu. Insgeheim hoffte sie natürlich, doch noch auf Tommaso zu treffen.

Sie lief hinaus, doch als sie am Torbogen zum Nachbarsgarten angelangt war, sah sie Tommaso am Gartentisch sitzen. Er war nicht allein. An seiner gut gelaunten Seite saß … eine Göttin. Eine große Frau mit gelocktem, rostrotem Haar, feinen Gesichtszügen und, wie sollte es anders sein, grünen Augen – wenn auch mit einem schmallippigen Mund, wie Linni zufrieden erkennen konnte. Die Göttin war mit einer selbstsicheren Ausstrahlung gesegnet. Sie trug einen engen, grünen Pullover, der ihr wohlgeformtes Dekolletee betonte, über einer weiten schwarzen Hose, die nur jemand mit einer so schmalen Taille tragen konnte, wie diese Frau. Tommaso und sie verstanden sich auf das prächtigste, hatten viel Spaß und schienen sich seit Jahren zu kennen.

Linni blieb versteckt hinter der Mauer stehen. Sie hatte wirklich keine Lust, jetzt dort entlang gehen zu müssen. Allerdings würde es auch irgendwie blöd aussehen, wenn sie von der Straße her das Haus betrat. Also würde sie Brigitte einfach eine telefonische Absage erteilen, mochte die sich wundern, das war jetzt egal.

Sie hatte gerade den Entschluss gefasst zu türmen, da stand die Frau auf, ging um den Tisch herum und umarmte Tommaso innig. Er stand ebenfalls auf, gab ihr Küsschen links, Küsschen rechts, drückte sie erneut mit strahlendem Lächeln. Dann gingen sie, er den Arm um sie gelegt, durch den Garten hinaus auf die Straße.

Linnis Herz klopfte fürchterlich. Das da war mit Sicherheit nicht die Begegnung mit irgendeiner Freundin, das war mal sicher, so wie die beiden miteinander gelacht und geturtelt hatten, da steckte mehr dahinter. Leider war es auch keine unbekannte Schwester, die Brigitte aus dem Hut hätte zaubern können, so wie ihr Vater Noemi.

Ihr Herz stolperte, als sie durch den Garten hin zu Brigittes Haus lief und die Küche betrat. Der Tisch war gedeckt. Sie begrüßten sich und Linni spähte alle fünf Sekunden zur Tür, doch Tommaso tauchte nicht auf, entgegen ihrer Erwartungen. Mist, jetzt war er mit der Frau auch noch davongefahren.

Sich Mühe gebend, ihre Enttäuschung nicht zu zeigen, plauderte sie munter mit Brigitte und ihrem Vater. Brigitte hatte Pflaumenkuchen gebacken, einen ihrer Lieblingskuchen. Sie gab reichlich Sahne darauf und ließ es sich schmecken. Von ihrer Unterredung mit Elias erzählte sie nichts, nur, dass sie auf der Suche nach Luca gewesen waren. Jetzt, da sich alles in Wohlgefallen aufgelöst hatte, durfte sie das, ohne die beiden zu beunruhigen.

Sie blieb eine gute Stunde, doch Tommaso tauchte nicht auf. Schade. Also war die Schönheit seine Verabredung.

19
Ella

Ella hatte darauf verzichtet, mit dem eigenen Auto nach Bozen zu fahren. Einerseits war es unsinnig, zwei Autos für die kurze Fahrt zu nutzen, andererseits würde das Gespräch sie sicherlich mächtig aufwühlen, da war sie ganz sicher. Ein Grund mehr, einer anderen das Steuer zu überlassen. Zudem wollte Noemi am Abend ohnehin wieder mit ihr zurück nach Meran fahren.

Mehr oder weniger stumm legten sie die kurze Fahrt zurück. Das bevorstehende Gespräch würde bestimmt nicht leicht, und Ella überlegte sich einige Sätze, die sie »Mammi« um die Ohren hauen wollte. Noemi war sensibel genug, sie jetzt nicht mit oberflächlicher Plauderei zu nerven. Ohnehin bedurfte es zwischen ihr und Noemi keiner großen Worte. Sie schienen die Gedanken der anderen perfekt lesen zu können, obwohl sie doch verschieden waren und die entscheidenden Jahre der Kindheit nicht zusammen verbracht hatten. Ja, verschieden waren sie, trotz dieser magischen Telepathie.

Einen weiteren Unterschied in ihren Charakteren mussten sie noch beim Frühstück feststellen: Ella liebte das Wasser, ging mit Begeisterung schwimmen und konnte Stunden in der

Sauna verbringen. Noemi hasste alles, was mit Wasser zu tun hatte. Und Hitze erst recht.

Ella schmunzelte, und dann kam ihr ein Gedanke. Linni liebte Wasser, davon zeugten Stunden, die sie früher in der Therme zugebracht hatten, und unter drei Saunagängen ging bei ihr gar nichts. Angesichts dieser Gemeinsamkeit beschloss Ella, sie wieder einmal in die Meraner Therme zu locken. Das würde ihnen beiden guttun. Sie merkte, dass sie die langen Gespräche mit Linni mittlerweile vermisste, vielleicht nicht so sehr wie Linni. Denn sie hatte ja jetzt Noemi, aber trotzdem liebte sie ihre Schwester und vermisste die Vertrautheit, die sie früher immer geeint hatte. Noch heute Abend wollte sie zu Linni gehen. Ihr dann erstens vom Besuch bei ihrer Mutter erzählen und sie dann mit der Idee überraschen, einen festen Abend in der Woche für den gemeinsamen Besuch der Therme zu reservieren. Einen Jour Fix.

Zufrieden seufzte sie. Das würde sie beide wieder zueinander führen. Ihr war nicht entgangen, dass sich das Verhältnis zwischen ihr und Linni mittlerweile, wenn auch nicht gerade aufgelöst, so doch ein wenig abgekühlt hatte, an dem Linni keine Schuld trug. Und sie, Ella, war sensibel genug einzusehen, dass man den Anfängen wehren musste.

»Warum seufzt du?«, unterbrach Noemi ihre Gedanken. »Mach dir keine Sorgen wegen Mama. Sie ist gar nicht so garstig, wie du vielleicht befürchtest.«

»Nein, ich dachte nicht an deine Mutter, sondern daran, dass ich mit Linni mal wieder in die Sauna gehen will«, antwortete Ella ehrlich.

Noemi warf ihr einen kurzen Seitenblick zu. »Ein guter Gedanke. Vielleicht ist Linni dann nicht mehr so eifersüchtig auf mich.«

Ella nickte. War ja klar, dass Noemi diese Eifersucht gespürt hatte, obwohl Linni sich wirklich bemühte, sich nichts anmerken zu lassen. Aber sie kannte eben ihre Schwester, und eine Spur Eifersucht war völlig normal. Dennoch musste man diesem Gefühl früh genug Einhalt bieten, ehe ein wirklicher Zwist daraus entstand. »Sie musste sich ja auch an etliches Neues gewöhnen – wie wir alle.«

»Richtig. Wie wir alle.«

Sie war eine Weile so sehr mit dem Verhältnis ihrer beiden Schwestern zueinander befasst, dass sie einen Moment das Zusammentreffen mit ihrer Mutter darüber vergaß. Doch als sie das Haus erreichten, in dem Aurelia wohnte, wurde ihr beinahe übel vor Aufregung. Gleich würde es zur Sache gehen. Und ob die Madame wollte oder nicht, sie würde sich einiges von der Tochter anhören müssen, die sie als Baby verstoßen hatte.

Noemi klingelte kurz und sagte dann in die Sprechanlage: »Wir sind's, Mama.«

Ella entkrampfte ihre Faust und folgte Noemi in das hübsche Altstadthaus. Sie holte tief Luft, als sie im ersten Stock des hellen Treppenhauses Aurelia bereits in der Tür stehen sah.

Ella wünschte sich, sie hätte nicht den blöden Entschluss gefasst, ihre Mutter kennenzulernen, doch jetzt war es zu spät.

»Grüß Gott, Frau Angelini«, sagte sie. Ihre Stimme klang tiefer als gewöhnlich, wenn sie auch für ihre Verhältnisse ungewohnt leise gesprochen hatte. Besser, als wenn sie mit Piepsstimme die ersten Worte herausgebracht hätte, durchzuckte es sie. Den Vornamen ihrer Mutter kannte sie natürlich, doch sie brachte ihn nicht über die Lippen. Sie reichte ihr auch keine Hand, selbst das wäre ihr unpassend erschienen.

Aurelia lächelte und wies in den Flur. »Grüß euch, kommt doch herein.«

Wortlos und mit ungerührter Miene wohnte Ella der herzlichen Umarmung bei, die die beiden Frauen austauschten.

Noemi folgte ihrer Mutter, blieb jedoch im Flur an der Wohnzimmertür stehen. Sie drehte sich zu Ella herum. »Bitte seid so lieb und duzt euch, auch wenn's anfangs vielleicht schwerfällt, aber wir sind trotz allem immerhin eine Familie, und das Siezen wäre mir peinlich. Also, liebe Ella, das ist meine … unsere Mutter Aurelia, Mama, das ist, wie du weißt, Ella.« Dabei warf sie Ella einen solch bittenden Blick zu, dass diese nur nicken konnte und die dargebotene Hand ihrer Mutter entgegennahm.

Wie klein ihre Hand war. Und genauso eiskalt wie ihre eigene.

Im Wohnzimmer war ein runder Tisch aus dunklem Holz mit Blümchengeschirr gedeckt.

Ansonsten gab es eine Couch und zwei Sessel, eine altmodische Anrichte im gleichen Holz und einen Fernseher auf einem kleinen Tischchen. Nichts Aufregendes, sondern das Abbild eines von Tausenden Wohnzimmern.

»Bitte nehmt Platz.«

Ella merkte, dass Aurelias Stimme zitterte. Sie setzte sich in einen der Sessel.

»Ich weiß von Noemi, dass du nachmittags gern Tee trinkst. Aber wenn du willst, hab' ich auch Kaffee«, begann Aurelia.

»Tee ist perfekt«, antwortete Ella artig. Dann bediente sie sich an der Sahne und dem Zucker.

»Du magst gern Käsekuchen«, fuhr Aurelia hastig fort. »Wie Noemi. Darf ich?« Sie schob die Kuchenschaufel unter den Kuchen und gab auf Ellas Nicken hin ein Stück auf deren Teller. Es fiel auf die Seite. »Oh, Entschuldigung«, stammelte sie.

»Nichts passiert«, entgegnete Ella leicht genervt. Meine Güte, die Frau stand ja kurz vor einem Herzinfarkt. Allerdings auch kein Wunder, wenn man seiner Tochter nach einundvierzig Jahren erst zum dritten Mal wieder Auge in Auge gegenüberstand.

Schließlich hatten sie sich alle drei bedient, und das Gespräch drohte zu versiegen. Ella hatte vorgehabt, Aurelia einige Fragen zu stellen, die Aurelia mit Sicherheit nicht gern beantworten würde. Als sie jedoch sah, wie sehr die Hand ihrer Mutter zitterte, hielt sie erst einmal den Mund.

»Ella, ich möchte dir recht herzlich danken, dass du hergekommen bist. Und gleichzeitig möchte ich mich bei dir entschuldigen, dass ich mich nicht bei meinem Besuch in deiner Werkstatt zu erkennen gegeben habe«, begann Aurelia. »Aber … ehrlich gesagt … mir fehlte der Mut. Wie so oft in meinem Leben.« Sie legte die Gabel vor dem ersten Kuchenbissen wieder zurück auf den Teller. »Ich … ich kann eigentlich nichts zu meiner Entschuldigung hervorbringen, außer, dass ich damals noch sehr jung … und tatsächlich ein ganz großer Feigling und Egoist war. Mit meinen Eltern hatte ich mich überworfen, sie waren von der Situation genauso überfordert wie ich. Und da traten zu meinem damaligen Glück deine Eltern in mein Leben. Und ich … ich war so egoistisch, dass ich ein Kind weggegeben und eines, Noemi, behalten habe. Deine Eltern, Ella, hätten euch beide adoptiert. Aber wie gesagt, da war mein Egoismus größer. Ihr wart so süße Babys und ich hab' mich auch nicht gegen dich entschieden, damals, liebe Ella, sondern hab' einfach blind eines der Babys für mich genommen.« Sie stand auf und öffnete das Fenster. Dann setzte sie sich wieder. »Ich weiß natürlich auch, dass ich das, was ich euch beiden damit angetan habe, nicht wiedergutmachen kann. Ich kann euch nur bitten, zu versuchen, mir zu verzeihen.«

Weder Ella noch Noemi brachten ein Wort über die Lippen.

Aurelia schwieg einen Moment, bis sie leise fortfuhr: »Ich bin auch nicht von jetzt auf gleich ein besserer Mensch geworden. Ohne meinen Verlobten hätte ich wahrscheinlich niemals Noemi die Wahrheit gestanden. Und … er hat mir mehr oder weniger die Pistole auf die Brust gesetzt, denn er wollte nicht unsere Ehe …«, sie errötete leicht, »wir wollen demnächst heiraten …«, fuhr sie lächelnd fort, »mit einer Lüge beginnen. Zum Glück hat er mich auf den richtigen Weg geführt. Ich weiß, es kommt spät und … ich bereue es ehrlich. Mehr kann ich dazu leider nicht sagen.«

Sie räusperte sich und griff rasch zur Tasse, doch dabei zitterte ihre Hand so sehr, dass sie die Tasse, aus der ein wenig Tee geschwappt war, zurück auf den Unterteller stellte. Hastig wischte sie mit der Serviette über den Teller. Vom Kuchen hatte sie immer noch keinen Bissen gekostet.

Diese Geste der Schwäche ließ Ellas Entschluss, die »Mammi« in die Pfanne zu hauen, wie Schnee in der Junisonne schmelzen.

Aurelias Lächeln war verschwunden. Jetzt sah sie aus wie eine Frau Ende fünfzig, daran konnten weder der Lippenstift noch die getuschten Wimpern etwas ändern. Vor ihr saß eine ältere Frau, die einen Fehler gemacht hatte und diesen jetzt sichtlich bereute.

Noemi hatte dem Geständnis ihrer Mutter gelauscht und geschwiegen. Natürlich war ihr Gespräch mit Aurelia sehr ausführlich gewesen. Bei ihnen beiden schien alles gesagt und vielleicht sogar alles verziehen zu sein.

Plötzlich schwallten viele Worte aus Ellas Mund, die weder wohlüberlegt noch beabsichtigt waren. Schon gar nicht Aurelia gegenüber. Niemals!

Wie ferngesteuert legte sich ihre Hand auf die Aurelias, die klein wie ein Vögelchen in ihrer warmen Rechten pulsierte. »Aurelia, wir alle haben gelitten. Du vielleicht, sicherlich, noch länger als wir, also Noemi und ich, denn wir haben ja nichts voneinander gewusst. Ich habe … hatte … denn wie du vielleicht mittlerweile weißt, ist Mama tödlich verunglückt …«, fügte sie hinzu, »… wunderbare Adoptiveltern. Und auch Noemi ist glücklich aufgewachsen, wie sie mir erzählte. Die erste Zeit, nachdem wir voneinander erfahren hatten, war für uns alle sehr schwer. Aber mittlerweile hatten wir genug Zeit, uns mit der Veränderung in unserem Leben auseinanderzusetzen. Und wie ich auch von Noemi weiß, so sind wir beide überglücklich über das späte Geschenk einer Zwillingsschwester.« Sie musste sich räuspern und vermied es, in Aurelias oder Noemis Augen zu schauen. Aber zu ihrem größten Erstaunen fiel es ihr überhaupt nicht schwer, die richtigen Worte zu finden.

Sie atmete tief ein und nahm einen Schluck von dem starken süßen Tee. »Ganz ehrlich, Aurelia, ich wollte dir einige unschöne Dinge an den Kopf werfen, sollte ich jemals den Mut aufbringen, dich aufzusuchen, was ich mir ehrlicherweise noch gestern nicht zugetraut hatte. Aber plötzlich … heute Morgen … was soll ich sagen?« Sie zuckte die Achseln und fuhr lächelnd fort: »Es war eine völlig spontane Entscheidung. Meine ganze Wut war … ist verschwunden. Ich hab' dir und Papa in der letzten Zeit in Gedanken derart viele Flüche an den Kopf geworfen, dass ich jetzt …«, sie schüttelte unbewusst den Kopf, »… irgendwie leer bin.« Sie widmete sich den Fransen der Tischdecke und fuhr leise fort: »Ich habe euch alles gesagt. Insgeheim. Das scheint mir irgendwie gereicht zu haben, sodass ich dir, euch, also auch meinen Eltern … verzeihen kann. Niemanden wundert das mehr als mich.« Sie trank erneut, denn ihr Mund war wie ausgedörrt.

Dann hob sie den Kopf und blickte ihrer Mutter in die Augen. »Also, liebe Aurelia, um es kurz zu machen: Ich bin dir nicht mehr böse. Ich bin einfach nur glücklich, dass Noemi in mein Leben getreten ist. Und ich weiß, dass es ihr genauso ergangen ist. Darum, herzlich willkommen in meiner Welt«, endete sie.

Und da geschah das Entsetzliche, bei dessen Vorstellung ihr bereits vorher der Schweiß ausgebrochen war: Sie begann nun, da alles gesagt war, doch noch zu weinen. Zum Glück ging es den anderen beiden genauso, und dann ging das Weinen in Lachen über, und sie fielen sich in die Arme.

Sie blieben bis nach dem Abendessen, das aus Brot mit Käse und Schinken bestand, denn alle drei waren noch nicht sonderlich hungrig nach der Aussprache und dem Kuchen.

»Und der nächste Besuch findet von dir bei uns statt«, verabschiedete Ella sich von Aurelia.

»Gern. Darf ich dann Paolo mitbringen?«, erkundigte sich Aurelia mit hochroten Wangen.

»Aber sicher, ich bin doch schon ganz gespannt auf ihn«, entgegnete Ella lächelnd.

Später im Auto sagte sie dann zu Naomi: »Ich hoffe, du bist mir nicht böse, aber ich möchte heute Abend noch unbedingt mit meiner Schwester … also mit Linni«, fügte sie lachend hinzu, »sprechen. Ich muss ihr doch von allem berichten, damit sie sich nicht ausgeschlossen fühlt. Und darum möchte ich heute Abend allein mit ihr reden. Das verstehst du doch sicher?«

Noemi legte ihre Hand auf Ellas Arm. »Na klar. Ich hab' ja vorher nie eine Schwester gehabt, aber ich kann mir gut vorstellen, wie es Linni jetzt geht. Und ich finde es nur richtig, dass ihr heute Abend allein seid. Mach dir keine Gedanken. Alles wird gut, wie du weißt.«

Sie tauschten einen Blick vollsten Verständnisses aus. Es bedurfte keiner weiteren Worte.

Vor Noemis Zimmertür sagten sie sich gute Nacht, und Ella ging hinauf zu Linnis Wohnung. Hoffentlich war Linni nicht mit Tommaso unterwegs. Sie klopfte an und hatte Glück.

Ungestüm betrat sie die Wohnung und umarmte ihre »kleine« Schwester: »Grüß dich, Linni.« Sie küsste sie auf beide Wangen. »Ach, ich bin ja so glücklich.« Sie warf sich aufs Bett und Linni legte sich lächelnd daneben.

»Klingt gut, schieß los!«

Das ließ Ella sich nicht zweimal sagen. Sie berichtete vom Gespräch und wie aufwühlend es gewesen war, und schließlich lagen auch sie und Linni sich weinend in den Armen.

»Und jetzt, da alles so gut zu werden scheint, kam mir die Idee, dass ich vor lauter Veränderungen in unserem Leben beinahe das Wichtigste vergessen habe«, sagte sie, als sie sich die Tränen getrocknet hatten.

»Ach ja, was denn?«, fragte Linni und sie schien wirklich keine Ahnung zu haben, dass es hierbei um sie zu gehen schien.

»Dass ich ja noch dich habe. In all dem Gefühlswirrwarr hatte ich kaum noch Zeit für dich. Und ich habe mir gedacht, dass wir das schleunigst ändern müssen.«

»Wie wahr«, seufzte sie. Sie hatte Ella erzählt, wie es momentan zwischen ihr und Tommaso stand und schien eine Aufmunterung mehr als nötig zu haben.

»Und da wir beide immer so gern in die Therme gegangen sind, hab' ich beschlossen, dass wir uns einen festen Termin ausmachen. Wie fändest du die Idee, jeden Donnerstag nach der Arbeit mit mir in die Sauna zu fahren, und danach schwimmen und reden als gäbe es kein Morgen? So wie früher. Nur, dass wir das jetzt zu einem festen Tag machen, der durch nichts gestört werden darf. Na? Habe ich eine gute Idee oder habe ich eine gute Idee?«

In Linnis Augen trat erneut ein Glänzen und Ella befürchtete bereits ein neues Tränenmeer, doch dann strahlte ihre kleine Schwester und riss die Arme hoch. »Das ist die beste Idee überhaupt. Ich bin dabei. Aber … aber diese Stunden gehören auch nur dir und mir, versprochen? Ich meine, nichts gegen Noemi, aber … wir zwei allein wäre auch mal wieder schön.«

»Ich hab' sie vermisst, diese Stunden«, bekannte Ella leise, und während sie es aussprach, wurde ihr bewusst, dass dem tatsächlich so war. »Ab fünf Uhr lassen wir die Nadeln fallen und düsen los. Jeden Donnerstag. Nicht vergessen.«

Linni nickte strahlend.

Ella gähnte. »Hättest du was dagegen, wenn ich heute Nacht bei dir schlafen würde?«

»Aber nein, natürlich nicht.«

»Aber wenn du anfängst zu schnarchen, werfe ich dich raus«, kicherte Ella, stand auf und ging nach nebenan, um sich zum Schlafen bereit zu machen und den Pyjama überzuziehen. Und dann legten sie sich zusammen in Linnis großes Bett, das diese sich von ihren ersten Schmuckverkäufen geleistet hatte. Genau wie sie es früher als Kinder und in Zeiten, in denen es einer von ihnen schlecht ging, gehalten hatten, wobei das Bett früher natürlich zwei Nummern kleiner gewesen war. Und beide schliefen mit einem Lächeln ein.

20
Linni

Am Montag ging alles wieder seinen normalen Weg. Jeder widmete sich seinen diversen Aufgaben. Linni wurde dieses Mal die Zeit sehr lang, denn sie musste unbedingt mit Tommaso ein ernstes Wort reden. Zum Glück hatte sie gut geschlafen. Die Aussprache mit Ella hatte ihr so gutgetan, dass Tommaso in ihren Gedanken ein wenig in den Hintergrund gerückt war. Doch heute musste etwas geschehen. Sie konnte nur hoffen, dass er zu Hause war.

Um drei Uhr beendete sie ihre Arbeit in der Werkstatt und rief bei Brigitte an. Diese machte es ihr leicht und lud sie sofort zum Kaffee ein. Sie sei allein, Christian wäre bei einem Freund zum Kartenspiel, und sie bräuchte dringend Gesellschaft, also eilte Linni rasch hinüber.

»Übrigens, weißt du vielleicht, ob Tommaso zu Hause ist?«, fragte Linni nach der ersten Tasse Kaffee. Tommaso erschien nicht regelmäßig zum Nachmittagskaffee bei Brigitte und Christian, und heute war sie froh, dass sie erst einmal allein mit Brigitte reden konnte. »Ich hab' Tommaso gestern gesehen, als er im Garten saß. Mit einer hübschen Frau«, begann sie, nachdem sie sich vom Kuchen bedient hatte. »Kennst du sie?«

»Nur vom Sehen. Es ist wohl eine alte Freundin«, sagte Brigitte. »Warum fragst du?«

»Ach, nur so«, erwiderte Linni.

»Nur so, ach so«, schmunzelte die Vertraute.

»Äh … ja. Na gut«, lachte Linni schließlich. »Ich fand, die beiden wirkten sehr vertraut und da wollte ich wissen, ob du zufällig weißt, ob da etwas … äh … ob sich da was anbahnt.«

Brigitte warf ihr einen scharfen Blick zu. »Schätzchen, da solltest du nicht die Mutter fragen, sondern Tommaso«, sagte sie schließlich mit ernster Miene.

»Ist er da?«, erkundigte sich Linni kleinlaut.

»Denke schon, ich hab' ihn eben nach Hause kommen sehen. Ich an deiner Stelle würde einfach raufgehen und ihn fragen.«

Linni stopfte sich den Rest Nusskuchen in den Mund und stand auf: »Du bist einfach die Beste. Ich eile«, nuschelte sie mit vollem Mund.

Ihr Herz klopfte, als sie vor seiner Eingangstür stand. Sie betätigte den Türklopfer, denn sie traute sich nicht, einfach so wie sonst seine Wohnung zu betreten. Wie furchtbar wäre es, wenn die Schönheit noch bei ihm weilte, und sie belästigte beide bei einem zärtlichen Liebesspiel.

Er kam und öffnete. Bei Linnis Anblick huschte ein Schatten über sein Gesicht. Ihr Herz rutschte in die Hose, wie so oft in letzter Zeit, wenn sie ihn sah. Wiedersehensfreude sah eindeutig anders aus. »Hi, ich … wollte nur mal guten Tag sagen«, begann sie. »Stör' ich?«

»Ich wollte mich zwar gerade hinlegen, aber gut, komm kurz rein.«

Mit Betonung auf kurz, dachte Linni gereizt, sie betrat dennoch den Flur. »Hast du noch Besuch?«

»Ich? Wieso? Nein«, entgegnete er knapp.

Sie folgte ihm in sein Wohnzimmer. »Ich frage nur, weil ich dich gestern mit einer Frau im Garten gesehen hab.«

»Und wieso sollte diese Frau heute noch bei mir sein?«

Himmel noch mal, warum lässt er mich denn so zappeln?, durchzuckte es sie. »Hätte ja sein können.«

»Ist aber nicht so.«

Schweigen.

»Und du? Alles paletti bei dir?«

»Ja, wieso fragst du?«, wollte Linni wissen.

»Keine Neuigkeiten?«

»Nein.«

Seine Augen, die ihrem Blick bisher ausgewichen waren, betrachteten sie aufmerksam. »Ich dachte, wenn man sich heutzutage verlobt, wäre das eine Neuigkeit. Komisch, scheint nicht bei jedem der Fall zu sein.«

Ihr Herz vollführte einen Purzelbaum. »Verlobung? Wieso das?«

»Entschuldige, jetzt tu doch bitte nicht so ahnungslos«, fauchte er. »Ich meine natürlich die Verlobung mit Elias.«

Brach da etwa ein wenig Eifersucht durch seine kühle Fassade? Um ihre flatternden Nerven zu beruhigen, trat Linni ans Fenster und blickte hinaus. »Elias hat sich verlobt? Das wäre ja wunderbar«, entgegnete sie, bemüht, das Lächeln in ihrer Stimme zu unterdrücken. Eifersucht bei Tommaso. Das war wie Schnee zu Heiligabend, einschließlich Weihnachtsgeschenk in Form eines Ringes.

»Weißt du, mich auf den Arm nehmen, das kann ich selbst«, zischte ihr der Mann ihrer Träume entgegen. »Wenn du jetzt erlaubst, ich bin müde und brauche ein wenig Augenpflege.«

Sie drehte sich herum und funkelte ihn an: »Weißt du, wenn ich gewusst hätte, wie blöd du sein kannst, hätte ich vielleicht doch Elias' Antrag annehmen sollen«, schnaubte sie.

Stille. »Heißt das, du hast ihm eine Abfuhr erteilt?«

»Heißt es. Aber ich bin sicher: Wenn ich es mir anders überlege, er hätte bestimmt nichts dagegen.«

»Du musst selber wissen, was du tust.«

Sie schwieg. Es nützte nichts, sie musste ihm noch die alles entscheidende Frage stellen. »Wer war also die Frau, mit der du gestern zusammengesessen hast?« Nein, die Frage hatte nichts mit Eifersucht zu tun, aber die Verabschiedung zwischen ihnen war ja wohl allzu vertraulich und schien nichts mit einer platonischen Freundschaft gemein zu haben.

»Eine Freundin.«

Gott, ging ihr der Mann auf die Nerven. »Eine Freundin oder deine Freundin?«

»Was geht's dich an?«

Sie hatte genug. Verärgert hastete sie zur Tür. »Geht mich nichts an, hast Recht. Schlaf gut und träum was Schönes.«

Sie stürzte aus dem Wohnzimmer, doch ehe sie die Wohnungstür erreicht hatte, wurde sie von hinten bei den Schultern gepackt und herumgedreht.

Mit schmalen Augen erwiderte sie seinen Blick. Nun ja, er sah hinreißend aus, auch wenn er sich momentan fürchterlich benahm. Wer war sie denn?

»Du bist also nicht verlobt?«

»Bis jetzt noch nicht, kann man allerdings jederzeit ändern.«

»Was hältst du denn davon, dich mit mir zu verloben?«

Sie stockte und schluckte trocken. Hatte sie richtig gehört? »Warum sollte ich? Außerdem, was bedeutet heutzutage schon eine Verlobung?«

»Man verlobt sich, weil man heiraten will.«

»Warum sollte ich dich heiraten? Ich weiß ja noch nicht einmal, ob du frei bist«, stieß sie atemlos hervor. Sie hätte ihn auf der Stelle küssen können, ach was, verschlingen, doch noch war die Zeit nicht reif.

»Ich wäre frei. Die Frage ist, ob du auch frei bist – in Gedanken, Gefühlen und … äh … also in echt.«

»Du redest Unsinn«, sagte sie trocken und schluckte das Kichern hinunter, das im Hintergrund lauerte.

»Das hier ist kein Spaß«, murrte er.

»Das hier ist bitterer Ernst«, beteuerte sie. Lieber Gott, gib ihm einen Tritt und lass ihn endlich zur Sache kommen! »Und jetzt lässt du mich los, damit du deinen Schönheitsschlaf halten kannst«, versuchte sie, die Dinge zu beschleunigen.

»Ach, halt doch den Mund.« Mit diesen Worten zog er sie noch näher an sich. Seine warme Haut ließ ihre Wangen erröten, und sein leidenschaftlicher Kuss stürzte ihr Hormonsystem in wunderbaren Aufruhr.

Irgendwann lösten sie sich endlich wieder voneinander. Aber nur halb, denn seine kräftigen Arme hielten nun ihre Taille umschlungen. Sie räusperte sich. »Noch mal von vorne. Wer war die Frau?«

»Die Frau war eine sehr gute Freundin von mir. Genauer, die Frau meines besten Freundes, die mir mitgeteilt hat, dass sie, kaum nachdem Federico ihr endlich einen Heiratsantrag gemacht hat, schwanger sei.«

»Von ihm?«

Tommaso rollte mit den Augen. »Natürlich von ihm«

»Also nicht von dir?«

Der Griff um ihre Taille verstärkte sich. »Also bitte«, protestierte er.

»Entschuldige, so wie die dich angeschmachtet und umarmt und geküsst hat, hätte es auch von dir sein können.«

»Linni, darüber macht man keine Scherze.«

»Ich weiß. Entschuldigung.« Sie betrachtete seine Stirn, auf der sich feine Schweißperlen gebildet hatten. Ein gutes Zeichen.

»Sie wollten von mir nur wissen, ob ich der Taufpate sein wolle.«

Linnis Herz hüpfte vor Freude. »Also, wo waren wir stehen geblieben?«

»Ich wollte dich eigentlich schon letztens fragen, ob du meine Frau werden willst«, brachte er endlich die entscheidenden Worte hervor. »Aber da ist mir ja Elias dazwischengekommen.«

»Zuvorgekommen«, stellte sie mit erhobenem Zeigefinger richtig. Ihr Herz glühte vor Glück und Begeisterung. Endlich! Danke, lieber Gott.

»Und als ich sah, wie du ihn angeschmachtet hast und dann hörte, wie du ihm sagtest, wie lange du auf seine Worte gewartet hättest, dachte ich, alles klar. Sie kriegt endlich ihren geliebten Elias.« Seine Augen waren nachtblau, als er hinzufügte: »Der, nur um das mal klarzustellen, überhaupt nicht zu dir passt.«

»Ich finde … er würde eigentlich auch zu mir passen. Aber …«

Der Griff seiner Arme entließ ihre Taille und seine Hände wanderten zu ihren Schultern. »Schluss jetzt. Also willst du oder willst du nicht?«, fragte er mit harter Stimme, wobei er sie leicht schüttelte.

»Lass mich los, du tust mir weh.«

»Also?«

Wie toll seine Stimme jetzt klang, ein wenig rau, heiser, erregt. Wunderbar.

»Ich will«, erwiderte sie endlich. »Äh … was eigentlich?«, fügte sie dann schelmisch hinzu, nur so zum Spaß. Es war zu schön, auch einmal einen Mann zappeln zu lassen.

»Treib es nicht zu weit«, warnte er, doch in seine Augenwinkel traten endlich die feinen Lachfältchen hervor, die sie so an ihm liebte.

»Ja, mein geliebter Tommaso, ich bin nicht abgeneigt.«

»Genauer bitte.«

»Ich möchte dich gern heiraten, lieber Tommaso. Hast du das endlich kapiert? Ich will dich schon seit vielen Jahrzehnten heiraten, aber für dich war ich ja immer nur das kleine Mädchen von nebenan.«

»Ich fand dich auch schon immer sehr süß.«

»Dann wäre ja endlich alles klar«, lachte sie.

Er zog sie erneut an sich, und die Welt versank.